Birgit Wolgarten

Der Tod der Königskinder

Birgit C. Wolgarten

Der Tod der Königskinder

Kriminalroman

Prolibris Verlag

Handlung und Figuren entspringen der Phantasie. Darum sind eventuelle Übereinstimmungen mit lebenden oder verstorbenen Personen zufällig und nicht beabsichtigt.

Originalausgabe 1. Auflage 2005
Neu gesetzte, inhaltlich unveränderte 2. Auflage 2009

Tel.: 0561/766 449 0, Fax: 0561/766 449 29

Lektorat: Anette Kleszcz-Wagner
Titelfoto: Bednarz, S. / Arco Digital Image
Druck: GGP Media GmbH, Pößneck
ISBN: 978-3-935263-32-0

www.prolibris-verlag.de

Für Stephanie

Dass wir Mutter und Tochter sind, ist Schicksal,
dass wir innige Freundinnen sind, ist Liebe!

Es waren zwei Königskinder,
die hatten einander so lieb,
sie konnten zusammen nicht kommen,
das Wasser war viel zu tief.

Herzliebster, kannst du nicht schwimmen?
Herzlieb, schwimm herüber zu mir!
Zwei Kerzen will ich hier anzünden,
und die sollen leuchten dir.

Das hört eine falsche Nonne,
die tat, als ob sie schlief.
Sie tat die Lichter auslöschen,
der Jüngling ertrank so tief.

(...)

(Volksballade, 17. Jahrhundert)

1

Er betrachtete seine Hände. Sie zitterten nicht einmal. Erstaunlich, nach allem, was er gerade erlebt hatte.

Obwohl es bitterkalt war, saß er auf der kleinen Holzbank am Ufer des zugefrorenen Schwarzen Sees und schaute vor sich auf die Eisfläche. Er hatte sich genau so hingesetzt, dass er zwischen den noch kahlen Sträuchern auf das Loch im Eis blicken konnte. Er öffnete den Rucksack neben sich, entnahm ihm eine Thermoskanne und eine Papiertüte mit einem Leberwurstbrot. Den Deckel der Kanne nutzte er als Trinkbecher und goss den dampfenden Kaffee hinein.

Die Wolkendecke am Horizont riss auf und machte Platz für den Dreiviertelmond. Mit seinem kalten Licht beleuchtete er das Waldgebiet ringsum, und die Eisfläche schimmerte nun bläulich. Er lächelte, während er seine klammen Finger an dem heißen Kaffeebecher wärmte. Ein wohliges Schaudern durchströmte ihn. Nur er wusste, was gerade unter dem Eis geschah.

Das beleuchtete Display seiner Digitaluhr zeigte 23:24 Uhr an.

Er genoss die eingetretene Ruhe, er war nun ganz allein an dem See. Seit genau ... er schaute erneut auf die Uhr ... 93 Sekunden.

Er ließ die Wasserstelle nicht aus den Augen, während er einen Schluck von dem heißen, süßen Milchkaffee trank. Dank des Mondlichtes konnte er nun die Stelle besser sehen. Den besten Blick hatte er natürlich vom Steg aus. Ob es sich lohnte, sich dorthin zu stellen?Aber warum? Nichts geschah, alles blieb ruhig, und es war kaum anzunehmen, dass sich daran noch etwas ändern würde.

Es gab Dinge, die passierten eben, wenn man ihn herausforderte!

Sein Lächeln wurde breiter, und ohne hinzusehen packte er das Brot aus. Genüsslich biss er ein großes Stück davon ab, kaute es zu einem fettigen Brei, den er mit Kaffee hinunterspülte. Von seinem Zeigefinger leckte er die überquellende Leberwurst ab. Er stutzte und noch einmal fuhr er mit seiner heißen Zunge über den Finger, saugte an ihm. Er schmeckte nach Blut, nach ihrem süßen Blut.

2

„Erst einmal möchte ich betonen, wie froh ich bin, dass wir auch in diesem Jahr wieder zusammensitzen und gut gestärkt die kommende Saison in Angriff nehmen können." Direktor Baumann im dunklen Anzug, Leiter des Hotel Pelikan, stand hinter seinem Stuhl und sah einmal lächelnd durch die Runde seiner vierundsiebzig Mitarbeiter, die an den Tischen des Speisesaales verteilt saßen und ihm gebannt zuzuhören schienen. „Das heißt, ich hoffe doch, dass Sie mit dem Büfett, das ich für Sie zusammenstellen ließ, zufrieden sein werden, auch wenn es diesmal nicht unser lieber Herr Heimann gezaubert hat. Aber auch Chefköche dürfen sich ja ab und zu an einen bereits gedeckten Tisch setzen ..."

Höfliches Gelächter folgte auf den lahmen Scherz. Direktor Baumann freute sich, die Marketingleiterin Regina Hofer rechts neben ihm verzog keine Miene. Der soeben angesprochene Chefkoch saß ebenfalls beim Management und nickte freundlich zustimmend. Regina Hofer spielte mit dem Stiel ihres Sektglases und bemühte sich vergebens, der Ansprache ihres Chefs zu folgen, während sie ihren Blick auf das Pflaster heftete, das unter seinem Hemdsärmel hervorlugte. Ihre Nerven lagen blank, sie wünschte sich sehnlichst, in Ruhe gelassen zu werden. Melanie war gestern Abend nicht nach Hause gekommen. Heute Morgen hatte sie die Polizei angerufen.

„... und so darf das Hotel Pelikan, und somit wir alle, in diesem Jahr ernsthaft auf den ersehnten fünften Stern hoffen."

Alles applaudierte, aus einer etwas abgelegenen Ecke war ein lautes „Bravo!" zu hören. Regina klatschte ebenfalls und hoffte, in ihrer Handtasche noch ein Aspirin zu finden.

Die Polizei hatte sie gefragt, seit wann sie ihre vierzehnjährige Tochter vermisse und sie hatte geantwortet: „Seit gestern Abend." So ganz stimmte das nicht, denn sie hatte von morgens bis abends an dem neuen Prospekt für das Hotel gearbeitet und war schließlich, zum Umfallen müde, um neun Uhr zu Bett gegangen. Erst heute morgen, als Melli nicht zum Frühstück erschienen war wie sonst immer, war sie in ihr Zimmer gegangen und hatte das Bett leer und unbenutzt vorgefunden.

„Rückblickend kann ich nur sagen, wir haben ein aufregendes, aber Gott sei Dank auch positives Jahr hinter uns." Direktor Baumanns Stimme wurde ein wenig dunkler und leiser. „Die Mitarbeiter, die schon länger hier sind, wissen, was ich meine. Noch vor drei Jahren mussten wir befürchten, von der Rheinland-Gruppe übernommen zu werden. Fusion und Stellenabbau bis hin zur kompletten Schließung des Hotels, alles war damals möglich, und so war Ihre Stimmung verständlicherweise auch arg gedrückt. Aber ...", er hob seinen Zeigefinger und lächelte wieder, „wir haben uns nicht unterkriegen lassen. Wir alle haben gemeinsam gekämpft. Es war Ihr Einsatz, Ihre Leistung, die das Hotel Pelikan letztendlich zu dem gemacht haben, was es heute ist. Und das ist in der heutigen Wirtschaftslage eine stolze, ja, eine brillante Leistung."

Erneuter Applaus unterbrach seine Ansprache. Regina massierte mit den Fingerspitzen ihre Schläfen. Den ganzen Tag hatte sie auf Melanie gewartet, hatte überall herumtelefoniert. Melli war weder in der Schule gewesen noch bei ihren Freundinnen. Vierundzwanzig Stunden, hatten die Beamten gesagt. Sie wollten vierundzwanzig Stunden warten und dann eine Suchmeldung herausgeben. Verstohlen schaute sie auf die schmale Armbanduhr an ihrem Handgelenk. 19:45 Uhr. Was konnte sie tun? Diese innere Unruhe machte sie noch wahnsinnig. Hielten die Beamten auch, was sie versprachen? Der Mann am Telefon hatte gemeint, sie sei wahrscheinlich fortgelaufen. Sie würde es gerne glauben, schien es doch noch die harmlosestete Erklärung für ihr Verschwinden, aber sie hatte Zweifel. In spätestens fünfzehn Minuten würde sie den Speisesaal verlassen und vom Foyer aus bei der Polizei anrufen. Sie mussten sie finden, sie mussten ganz einfach.

„Einige Mitarbeiter möchte ich nun gesondert aufrufen. Fangen wir einmal mit unseren jüngeren Kollegen an, die ihre Abschlussprüfungen bestanden haben: Kevin ..."

Gott, wann hörte er endlich auf zu schwafeln? Man hatte ihr versprochen, nach vierundzwanzig Stunden zu handeln, und die waren in ... – wieder schaute sie flüchtig auf die Uhr – genau sieben

Minuten um. Mehr Zeit würde sie ihnen nicht geben. Wenn dann keiner handelte, würde sie ... würde sie ..., sie wusste es nicht. Melanie und fortlaufen, so ein Unsinn! Sie hatte doch alles, was sie wollte. Und in der Schule war sie erfolgreich, hatte Freunde, ein gutes Elternhaus, keine finanziellen Sorgen. Also warum hätte sie fortlaufen sollen? Und wenn doch, wohin? Wieder wurde applaudiert, und Reginas Hände bewegten sich wie von selbst aufeinander zu.

„Aber auch heute, liebe Mitarbeiter, habe nicht ich das letzte Wort – und nun fühle ich mich schon fast wie zu hause ..." Direktor Baumann sah lächelnd nach links auf seine Frau, die ihn zum ersten Mal nach ihrem Herzinfarkt ins Hotel begleitet hatte und gespielt empört abwinkte. Schallendes Gelächter machte die Runde.

Regina biss sich auf die Unterlippe. Hatte sie vielleicht ihre Aufsichtspflicht verletzt? Melli sollte um acht gestern Abend zurück sein. Gut, wenn es einmal ein bisschen später wurde, war das auch nicht die Welt. Mal kam sie um halb acht, mal um halb neun. Mein Gott, man hörte ja so viel, überall wurden Kinder ... Nein, nein, nicht daran denken! Wäre sie doch nur aufgeblieben! Aber sie hatte sich wirklich keine Gedanken gemacht, und den Kopf mit dem neuen Prospekt voll gehabt.

„Dieses Jahr kommen die letzten Worte von einem Mann aus unserer Mitte, den ich persönlich als unseren guten Hotelgeist bezeichne." Er schaute erneut in die Runde. Stimmengemurmel wurde laut, Köpfe wurden einander zugeneigt. An einigen Tischen setzten sich die Herren gerade und zupften an ihren Krawatten.

„Wen meint er damit?", hörte Regina Chefkoch Heimann in ihre Richtung murmeln. Sie zuckte mit den Schultern, wollte nicht zugeben, dass sie noch nicht einmal wusste, was ihr Chef gerade gesagt hatte. Ihre Finger umrundeten das zierliche Zifferblatt ihrer Uhr. Noch drei Minuten, nur noch drei Minuten, dann würde nichts und niemand sie mehr auf dem Stuhl halten können. Dann waren die vierundzwanzig Stunden um. Dann konnte man sie nicht mehr abweisen, dann mussten sie etwas unternehmen. Ihre Finger krallten sich in ihre Handtasche.

„Ich meine unseren allzeit fleißigen Hausmeister Theo Winkler. Theo, kommen Sie nach vorne." Der angesprochene Mann saß am letzten Tisch vor dem Büfett, neben ihm der Elektriker und einer der beiden Gärtner. Seine Augen weiteten sich, und er schüttelte lächelnd den Kopf. Vom Fenster rief eine Männerstimme: „Nun komm schon, Theo, stell dich nicht so an. Einmal trifft es jeden!"

Alles grölte, der Mann lachte gezwungen mit. Auf seinem Gesicht zeichneten sich hektische Flecken ab. Er erhob sich unbeholfen und drehte sich kurz um. Hinter ihm, direkt neben dem Ausgang des Speisesaals standen diverse Desserts und Sahnetorten.

„Willst du uns jetzt mit Kuchen bewerfen oder abhauen? Beides gilt nicht!" Der Mann am Fenstertisch hatte wieder die Lacher auf seiner Seite.

Noch 90 Sekunden! Bis sie im Foyer war, dauerte es noch einmal zwei Minuten. Nein, Schluss, aus und vorbei. Sie rückte den Stuhl beiseite. Direktor Baumann sah stirnrunzelnd zu ihr herüber. Ihre Lippen formten eine Entschuldigung, während ihre Füße schon auf dem Weg nach draußen waren. Nur noch weg hier. Warum eigentlich erst anrufen? Sie würde direkt nach Bergen zur Polizei fahren. Suchtrupps, Hubschrauber, Hundestaffeln, sie mussten reagieren. Vor sich, an der Ecke des Büfetttisches sah sie Theo Winkler, der sie schüchtern anlächelte.

„Ich bekomme Unterstützung, oh wie schön." Er breitete seine Arme aus und versperrte ihr dadurch den Weg.

Ja, sie würde direkt nach Bergen fahren. „Lass mich in Ruhe, Theo." Sie schob ihn beiseite. Das fröhliche Gelächter der Gesellschaft verfolgte sie bis in das Foyer. Melli! Wo bist du?

3

Auf dem Horizont lag ein frühmorgendliches, tiefrotes Band, das durch die kahlen Äste des dichten Waldes im Naturschutzgebiet Granitz schimmerte. Das Rauschen der Ostsee war entfernt zu hören. Keine Wolke im himmlischen Blau, und obwohl es noch sehr früh am Morgen war, begann der Tag in den Dörfern, Städten sowie an den Stränden und Ufern von Rügen bereits angenehm warm. Hier im Wald in dem Biosphärenreservat, das sich von Sellin bis nach Binz hinzog, spürte man davon jedoch nichts. Peter Beck atmete tief den frühen und würzigen Morgenduft des Waldes ein, während er mit seinem Hund auf dem Waldweg bis hin zum Schwarzen See lief. Jeden Sonntagmorgen wiederholte sich ein gleich bleibendes Ritual: Er packte für seinen Hund ein Spielzeug, für sich die Nordic Walking Stöcke in den Kofferraum und fuhr die knapp vier Kilometer von Moritzdorf nach Sellin, parkte seinen Wagen auf dem kostenpflichtigen Parkplatz bei der Mutter-Kind-Klinik – jedoch ohne jemals auch nur einen Cent bezahlt zu haben –, lief im strammen Schritt und einen weiten Bogen schlagend bis zum Schwarzen See mitten in der Granitz. Er verweilte ein wenig an dem dunklen tiefen Gewässer, ließ Heinrich, seinen Border Collie, den morastigen Boden, die Erlen und Buchen beschnuppern und erkunden, warf ein paar Mal Heinrichs Spielzeug, seinen geliebten Kong, durch die Lüfte, damit der Hund sich austoben konnte, dann ging er den ganzen Weg im selben strammen Schritt wieder zurück.

Aber dieser Sonntag sollte anders enden, auch wenn zunächst nichts darauf hindeutete. Heinrich lief, den Kong wie immer in seiner Schnauze tragend, ein Stück weit voraus, sprang über abgebrochene Äste, und seine flinken Pfoten fanden geschickt ihren Platz auf dem laubbedeckten Waldboden rund um die noch winterlich kahlen Bäume. Und er marschierte, unterstützt von den stabilen schlanken Stöcken und seinen Gedanken nachhängend, den Waldweg entlang. Irgendwann hatte er angefangen, die vergangenen Tage Revue passieren zu lassen. Hier in dem ruhigen Waldstück fand er Frieden und oftmals auch Lösungen für Probleme, die er die ganze Woche mit sich herumgetragen hatte. Der letzte Winter war hart gewesen, und erst seit Freitag hatte der wärmende Frühling begonnen, Rügen langsam in seinen Besitz zu nehmen. Es schien, als atme die Insel regelrecht auf. Die Straßencafés öffneten ihre Pforten, die großen, eleganten Hotels in den Seebädern entlang der Südostküste und auf Mönchgut reinigten ihre Strände nach dem Winterschlaf. Aber hier im Wald hatte der raue Winter der Insel noch nicht endgültig den Rücken gekehrt. Der Boden war zum Teil noch gefroren, und an vereinzelten Stellen rund um die Wurzeln der Sträucher und Baumstämme lagen kleine Schneeinseln, deren matschiges Grau darauf hindeutete, dass der Frühling auch ihnen in Kürze den Garaus machen würde. Der Schwarze See allerdings trug immer noch sein vereistes Kleid und ließ keinen Blick auf das dunkle Gewässer zu. Zu hart und streng war der Winter gewesen, der noch nicht einmal vor dem großen Selliner See Halt gemacht hatte, und es würden wohl noch ein paar weitere warme Tage vergehen, bis auch der Schwarze See hier mitten im Wald auftaute.

Heinrich ließ den Kong zu Boden fallen, hob den Kopf, und schwanzwedelnd sah er sein Herrchen aufmerksam an.

Beck lachte und tätschelte den großen Hundekopf. „Na, dann man los, mein Freund.“

Er hob das Spielzeug auf, das Ähnlichkeit mit einer ausgehöhlten Muschel aus Vollgummi hatte, und warf es, so weit er konnte. Es landete auf einem der Hügel neben dem See, seine rote Farbe hob sich von dem braunen Laub ab. Der Border Collie jagte dem Kong hinterher, nahm ihn vorsichtig in sein Maul und brachte ihn seinem Herrn zurück.

„Leg ihn ab!“ Der Hund gehorchte und Peter Beck gab ihm zur Belohnung einen Hundekuchen. Ja, der Einsatz in der Hundeschule machte sich bemerkbar. Er blickte sich um. Von dem Spieleifer seines tierischen Gefährten angesteckt, holte er mit Schwung aus und warf das Spielzeug erneut, diesmal in Richtung See. Sofort merkte er, dass er wohl ein wenig zu viel Kraft in den Wurf gelegt hatte, der Kong flog über das Schwinggras hinweg auf die

Eisplatte des Sees. Heinrich wollte hinterher, aber Beck rief ihn zurück. Winselnd stand der Hund am Uferrand. Beck trat zu ihm, mit den Augen suchte er die weiße Eisfläche nach dem roten Spielzeug ab. Missmutig entschied er sich, es selbst zu suchen. Das fehlte noch, dass Heinrich auf die Eisfläche lief, am Ende brach er sich noch eine Pfote. „Sitz!“ Der Hund setzte sich folgsam, der buschige Schwanz fegte langsam über den belaubten Boden. Unwillig kniff Beck die Augen zusammen und blickte auf das vereiste Gewässer. Wo war das verdammte Teil? Er konnte es nicht entdecken. Der Kong war teuer gewesen und er war nicht gewillt, ihn einfach zurückzulassen. Er betrat das morastige Ufer, legte den Ast einer Erle beiseite. Ein Vogel ließ seinen morgendlichen Gruß in dem ansonsten ruhigen Wald verhallen. Er ging bis an den Holzsteg, der auf den See führte, ließ seinen Blick wandern, dann entdeckte er etwas Ungewöhnliches. Etwa zehn Schritte schräg rechts vom Holzsteg, in Richtung Seemitte, war ein Loch ins Eis geschlagen worden. Was war das denn? Hatte sich hier einer im Eisangeln versucht? Das war verboten, das wusste doch jeder! Wie ein dunkler und finsterer Fleck wirkte das freigelegte Wasser in der weißen Eisdecke. Und genau in der Mitte schwamm der Kong!

Beck trat zurück an das Ufer und holte sich einen der Nordic Walking Stöcke. Vorsichtig setzte er einen Fuß auf das Eis und hielt sich erst mal an dem Steg fest. Am liebsten wäre er auf der Stelle umgekehrt, aber er wollte den Kong nicht verlieren. Er ließ sich nämlich mit Futter füllen. Das herauszuholen, beschäftigte Heinrich eine ganze Weile. So würde er ihn heute Nachmittag beruhigt allein lassen können, wenn er seine Freunde besuchen ginge. Nein, der Kong musste her, unbedingt. Sein Blick ging zurück zum Ufer, wo Heinrich mit heraushängender Zunge auf seinen Herrn wartete. Unter seinen Füßen knackte es, doch das Eis hielt. Er fing an zu schwitzen, sein jetzt laut bellender Hund machte ihn nervös.

„Ruhig Heinrich!“, rief er in Richtung Ufer. Langsam trat er an das Eisloch heran. Aus der Nähe betrachtet schätzte er dessen Durchmesser auf etwas mehr als einen Meter. Der Kong wippte wie ein kleines Spielzeugboot auf und ab. Das Knacken wurde lauter, er gab ein Stoßgebet von sich, dass die Eisdecke ihn weiterhin tragen möge. Beck schwitzte vor lauter Angst noch ein bisschen mehr. Er war jetzt schon etwa zehn Meter von dem sicheren Ufer entfernt. Vorsichtig ließ er den Stock in das Wasser gleiten, der Kong tauchte unter.

„Mist!“

Aber so schnell wollte er nicht aufgeben. Entweder holte er das wertvolle Spielzeug wieder hervor oder er würde am Abendnach seiner Rückkehr feststellen, dass während seiner Abwesenheit irgendetwas anderes Heinrichs Interesse geweckt hatte. Er trat noch etwas näher an das Eisloch heran und betrachtete die Eisränder, ihre Dicke ließ ihn aufatmen. Er umklammerte den Stock ganz fest – am Ende verlor er auch noch das teure Sportgerät – ließ ihn noch tiefer in das schwarze Wasser gleiten, zog ihn wieder hoch ... irgendeine Wasserpflanze hatte sich mitsamt der Wurzel an dem Stock verfangen. Er schüttelte den Kopf, die Hoffnung, den Kong wiederzubekommen, schwand ... Aber da war doch etwas ... Etwas auffällig Helles, auf der anderen Seite des Loches und daneben ... der Kong! Er verschwand erneut.

Beck leckte sich über die trockenen Lippen. Jetzt war sein Ehrgeiz angestachelt. Wäre doch gelacht! Er hielt den Stock schräg und berührte mit ihm das helle Etwas. Er wollte es beiseite schieben, stieß es aber hinunter. Was auch immer es war, jedenfalls war es groß und schwer. Beck schluckte. Dann stocherte er mit dem Nordic Walking Stock wie wild in dem Gewässer herum. Irgendwann musste doch das blöde Teil wieder auftauchen. Sein Stock ging ins Leere. Das Wasser schwappte über den Rand des Eises, und seine Füße wurden nass. Da! Er stieß den Stock erneut in das Loch, wollte ihn wieder herausziehen. Aber er hatte sich irgendwie in diesem hellen Objekt verfangen. Ein kräftiger Ruck und als erstes sah er voller Freude den roten Kong hochkommen, dann ... blickte er in ein weißes aufgedunsenes Gesicht. Zwei tote Augen starrten ihn direkt unter der Wasseroberfläche an.

4

Hauptkommissar Sven Widahn stand am Ufer des Schwarzen Sees. Neben ihm kämpfte Katja Sommer missmutig mit einem Papiertaschentuch, weil ein neuerlicher Niesanfall drohte. Michael Heinrichsen, ihr junger Kollege, bemühte sich um einen neutralen Gesichtsausdruck. Wasserleichen kannte er nur von Lehrfilmen, selbst die Ostsee hatte ihn bisher damit verschont.

Der Rechtsmediziner Dr. Ulrich Majonika hockte über den Leichnam gebeugt und fluchte leise vor sich hin. Er versuchte, einen von diesen modernen Fitness-Stöcken freizubekommen, der sich in dem weißen Strickpullover des Opfers verfangen hatte. Majonika war klein und untersetzt. In seinen hohen Gummistiefeln und in dem goldfarbenen Anorak, dessen Kapuze mit Pelz besetzt war, wirkte er auf Katja eher wie ein Eskimo, der auf Fischfang war, als wie ein Arzt, der gerade eine Wasserleiche untersuchte. Ob er gar nicht bemerkt hatte, dass sich die Wetterverhältnisse deutlich gebessert hatten? Allerdings musste sie zugeben, dass es hier mitten im Wald im Naturschutzgebiet Granitz deutlich kühler war als in Sellin. Sie spürte erneut ein Kribbeln in der Nase und griff nach einem frischen Taschentuch.

Dr. Majonika drehte sich kurz zu ihr um. „Pass gut auf dich auf, Mädchen. Hier hast du dich schneller erkältet, als du denkst. Jetzt ist dir vielleicht noch warm nach dem langen Fußmarsch hierher. Aber ...“

Katja verzog das Gesicht. Dass er sie daran erinnern musste! Widahn hatte am frühen Sonntagmorgen mit einem Anruf auf ihrem Handy und den Worten *Wasserleichenfund im Schwarzen See!* ihre Spazierfahrt auf Mönchgut unterbrochen. Sie hatte ihren Tag gut geplant. Zunächst ausschlafen, dann ein feines Frühstück auf der Selliner Seebrücke sowie ein ausgedehnter Spaziergang am Strand. Anschließend wollte sie ihre alte Steinscheune weiter renovieren, die sie in Dreschvitz günstig erworben hatte. Dann war alles anders gekommen. Sie war früher aus dem Schlaf erwacht als erwartet, und kaum hatte sie einen Fuß auf die Treppen gesetzt, die zur Selliner Seebrücke hinabführten, hatte ihr Handy in der Jeanstasche vibriert. Mit leerem Magen war sie frierend fast drei Kilometer durch den Wald gelaufen, um dann festzustellen, dass alle anderen hier hochgefahren waren. Sie hatte sich gewundert, wieso ihr Auto allein auf dem Parkplatz gestanden hatte, glaubte aber, die anderen hätten den Weg über Binz genommen. Schließlich war sie am Tatort angekommen – als Letzte!

„Die Kälte hier im Wald ist Gift für dich, zumindest solange du nicht warm genug angezogen bist. Aber die meisten Menschen begehen ja den Fehler, sofort in die Sommerkleidung zu schlüpfen, sobald die Sonne sich zeigt. Wahrscheinlich liegt spätestens morgen oder übermorgen deine Krankmeldung auf Sebastians Schreibtisch."

Katja lächelte. Seit dem Abend vor gut drei Wochen, an dem sie, Ulrich Majonika und Konrad Vohwinkel durch die Lokale in Binz gezogen waren und am Ende Brüderschaft getrunken hatten, zeigte der Rechtsmediziner sich ihr gegenüber immer von seiner väterlich-fürsorglichen Seite. Sie zog ihre Jeansjacke enger um ihren schlanken, knabenhaften Oberkörper und dachte an Sebastian Bach. Zwar war er offiziell noch Dienststellenleiter in Stralsund, aber er hatte sich seit September von seiner Krankheit nicht erholt, und niemand rechnete damit, dass er noch einmal ins Büro zurückkehrte. Und es war mehr als offensichtlich, dass Sven Widahn als sein Stellvertreter auf seinen Posten hoffte. Manch einen im Team schien es aber zu stören, dass das Fell des Bären bereits verkauft wurde, obwohl der noch nicht erlegt war.

Sie arbeitete nun seit fast fünf Wochen fest im Kriminalkommissariat Stralsund. Patrick, ihren zwölfjährigen Sohn wusste sie vorerst bei Marco, seinem Freund, und dessen Eltern in Köln gut betreut. Zumindest um ihn musste sie sich im Moment keine Sorgen machen. Er hatte die recht dramatische Trennung von ihrem Freund und Vorgesetzten, dem Kölner Hauptkommissar Kai Grothe, problemlos verkraftet, sie aber hatte eine Fehlgeburt erlitten. Die täglichen Spannungen im Büro waren für sie die reinste Hölle gewesen. Und da es ihr bereits im vergangenen Sommer gefallen hatte, dort arbeiten zu können, wo andere Urlaub machten, hatte sie sich sehr über Sebastian Bachs Mitteilung mitten aus seinem Kuraufenthalt heraus gefreut, sich doch ruhig auf eine zu besetzende Planstelle in Stralsund und warum nicht auch auf den freiwerdenden Posten der Dienststellenleitung zu bewerben. Allerdings hatte sie keinen Augenblick darüber nachgedacht, dass an der Ostseeküste der Winterwind schärfer blies als in den engen Kölner Gassen, und so war sie einigermaßen überrascht über die strengen Temperaturen gewesen, als sie sich hier Anfang März niedergelassen hatte. In Köln war es bereits wesentlich milder um diese Jahreszeit. Heute hatte sie zum ersten Mal ihre Winterjacke gegen ihre Jeansjacke eingetauscht.

Am Hügel zum Schwarzen See, hinter dem Absperrband, versammelten sich die Schaulustigen. Sie schauten stumm auf das Vorgehen am See. Katja holte tief Luft und verschluckte sich fast an ihrem Halsbonbon, als sie fragte: „Was ist mit der Leiche?"

Der Rechtsmediziner atmete ebenfalls einmal tief ein und sah erneut zu den drei Kripobeamten hoch. „Weibliches Geschlecht, Alter schätzungsweise zwischen dreizehn und sechzehn. Alles deutet momentan auf Tod durch mittelbares Ertrinken hin, sprich durch Fremdeinwirkung. Zyanotisches Gesicht, Schaumpilzbildung vor dem Mund. Die Ausprägung der Waschhautbildung lässt vermuten, dass sie noch nicht sehr lange im Wasser gelegen hat. Schätze ein paar Tage, höchstens eine Woche. Andererseits ... die Winterperiode war lang und hart, der See ist immer noch gefroren, und Eis konserviert ja bekanntlich. Wenn ich sie auf dem Tisch habe, weiß ich mehr. Einen Unfall schließe ich im Übrigen definitiv aus."

Er deutete auf den Leichnam. „Das Opfer hat einige für eine Wasserleiche eher untypische Verletzungen im Gesicht, am Hinterkopf, am Hals sowie an den Händen, die schaue ich mir später noch genauer an. Ich tippe auf Mord. Alles weitere nach der Obduktion."

Widahn begrüßte den Leiter der Spurensicherung, Konrad Vohwinkel, mit einem kurzen Kopfnicken in ihrer Runde, dann schaute er wieder zu Dr. Majonika, der weiter in sein Diktiergerät sprach. „Mord also", murmelte er und steckte seine Hände in die vorderen Taschen seiner Jeans. „Sie war noch so jung. Was hat Ulrich gesagt? Vier, fünf Tage, höchstens eine Woche? In dieser Zeit verschwanden zwei Jugendliche. Ein Junge und ein Mädchen. Das Mädchen hieß Melanie Hofer. Ich weiß, dass Kollegen die Vermisstenmeldung aufgenommen haben."

„Ganze vierzehn Jahre war sie." Konrad Vohwinkel rückte seine Schirmmütze gerade, sein weißer Spitzbart leuchtete im Sonnenlicht. „Es handelt sich bei der Toten höchstwahrscheinlich um die vermisste Melanie Hofer", er reichte Widahn einen durchsichtigen Plastikbeutel, in dem eine kleine blaue Brieftasche und ein Ausweis steckten. „Das steckte in der Gesäßtasche ihrer Jeans. Hoffentlich lassen sich noch andere Spuren finden. Wenn der Mord schon ein paar Tage zurückliegt, und bei dem unbeständigen Wetter ..., das wird nicht einfach, kannst du dir ja denken." Er lehnte dankend das Halsbonbon ab, das Katja ihm anbot. Er sah, dass sie fror und griff nach ihrem Arm, schüttelte nur leicht den Kopf, dann zog er sie ein wenig beiseite. Dabei zeigte er auf den See und den Holzsteg. „Wenn das Eis abgetaut ist, erkennst du rechts und links von dem Holzsteg das Moor. Der Nebel kommt und geht, als sei hier sein eigentliches Zuhause. Sei ehrlich, hier ist es unheimlich, stimmt's?"

Katja sah sich genauer um. Erlen und Schwingrasen wucherten wild am Gewässersaum. Wie Wachsoldaten standen die schlanken, hoch gewachsenen Buchenbäume rund um den See. Als habe er seinen Namen gehört, zog leichter Bodennebel auf. Ja, Konrad hatte Recht, hier war es unheimlich. Sie sah in das schwarze Eisloch. Bewegte sich da etwas? Natürlich, Polizeitaucher untersuchten den See nach weiteren Spuren. Fröstelnd zog sie die Schultern hoch. „Der Sage nach", erzählte Vohwinkel weiter, „stand hier früher ein Schloss. Als der Schlossherr eines Tages von der Jagd zurückkam, war es verschwunden, dafür war mit einem Mal der See da. Die anderen Schlossbewohner sowie sein ganzes Hab und Gut waren versunken. Das einzige, was er noch vorfand, war ein Stuhl, der in Ufernähe schwamm. Darauf lagen seine Handschuhe, die er vor der Jagd vergessen hatte. Er griff nach ihnen, und dann versank auch der Stuhl. Hätte er nur nach ihm statt nach den Handschuhen gegriffen! Man sagt, so wäre das Schloss mit all seinen Bewohnern wieder aufgetaucht. Ganz verloren und traurig verließ der Schlossherr damals den Wald und ging fort. Niemand weiß, wohin. Doch es heißt, dass man auch jetzt noch das Schloss erlösen kann. Einmal im Jahr taucht es auf. Und zwar genau an dem Tag, an dem es auch versunken ist. Wenn du es siehst, sollst du über das Wasser schreiten und durch das Schlosstor treten, dann wird es nie wieder versinken. Der Schwarze See wird dich an diesem Tag tragen, und du wirst nicht untergehen."

„Und wann ist dieser Tag?"

Konrad Vohwinkel lächelte. „Ja, das kann ich dir leider auch nicht sagen. Komm einfach öfters hierher und finde es selbst heraus."

Katja verdrehte die Augen und ging zurück zu Widahn. „Wann genau kam denn die Vermisstenmeldung?" Sie hatte sich noch nicht in alle offenen Fälle eingearbeitet. Sie wischte sich mit dem Taschentuch über die Augen. Sie fingen an zu brennen und zu tränen.

„Am neunten April, sprich letzten Montag. Als die Mutter ihre Tochter am Morgen wecken wollte, war deren Bett leer. Sie sollte eigentlich am Sonntagabend um acht Uhr zu Hause sein."

„Und vorher hat sie nichts bemerkt?"

Widahn nickte. „Die Mutter ist die Marketingleiterin des Hotels Pelikan. Sie hat gesagt, sie habe den ganzen Sonntag über an einem neuen Projekt oder Prospekt gearbeitet und sei am Abend sehr zeitig zu Bett gegangen. Melanie war an diesem Tag angeblich bei einer Freundin. Es stellte sich aber heraus, dass sie gelogen hatte, sie war gar nicht mit ihrer Freundin verabredet. Genaues können uns nachher die Kollegen mitteilen."

Widahn zog seine schwarze Wollmütze tiefer in die Stirn. „Der Schwarze See ist übrigens schon seit alten Zeiten dafür bekannt, dass sich verzweifelte Mädchen und Frauen hier ertränken. Erst im letzten Jahr haben wir wieder eine Tote herausgezogen." Er winkte zwei dunkel gekleidete Männer vom Bestattungsdienst herbei, die mit einem grauen Sarg an dem Absperrband stehen geblieben waren.

Katjas Nase kribbelte, sie holte aus ihrer Jackentasche ein Papiertaschentuch hervor, Widahn beobachtete sie amüsiert. Er beugte sich zu ihr und flüsterte in ihr Ohr: „Kann ich etwas für dich tun?"

Unwillig schüttelte sie den Kopf und schnäuzte in das Taschentuch. Wann kapierte er endlich ...? Sie suchte nach einem weiteren Halsbonbon. Dabei vermied sie es, in Widahns markantes Gesicht mit den strahlend grau-grünen Augen zu schauen.

„Schöner Mist! Ein Eisloch und eine Vermisste, die wir nur noch tot auffinden", hörte sie ihn murmeln.

So viel war im letzten September passiert. Überall zwischen ihnen lagen noch Scherben. Vielleicht war es doch keine so gute Idee, Bachs Vorschlag anzunehmen. Andererseits konnte sie seit dem Bruch mit Kai Grothe auch nicht mehr bei ihm in Köln arbeiten.

„Wenn es dir nicht passt, warum wechselst du nicht den Beruf?"

„Weißt du, Katja", sagte Widahn mit seiner dunklen Stimme, und sie nahm einen Hauch von seinem Hugo Boss Duft wahr. „Du bist unausstehlich geworden. Wir sollten einmal in Ruhe darüber reden. Als du im Sommer zu uns auf die Insel gekommen bist, habe ich ja nicht wissen können ..." Katjas Niesanfall hinderte ihn daran weiterzusprechen. Er ging einen Schritt zurück. „Hast du dich etwa erkältet? Steck hier bloß niemanden an. Ich brauche jeden Mann."

Katja war dankbar, dass ihr heiß gewordenes Gesicht hinter dem Taschentuch im Verborgenen blieb. Sie wusste, was Sven Widahn gerade zu sagen versucht hatte, wollte es aber nicht hören. Kai hatte ihr den einmaligen Ausrutscher mit Sven nicht verzeihen können, er hatte mit ihr gebrochen, und sie war verzweifelt, dass sie in dem ganzen Stress ihr Baby verloren hatte. Deshalb und nur deshalb war sie hier auf der Insel und versuchte, noch einmal ganz neu anzufangen. Und ... wegen der Aussicht auf den offenen Posten eines Dienststellenleiters.

„Vielleicht wäre es besser ..." Aufgeregtes Stimmengewirr unterbrach Widahn.

Ein Mitarbeiter aus Vohwinkels Team lief auf sie zu. Sein Gesicht war ernst. „Ihr müsst noch einen zweiten Sarg bestellen."

5

Endlich! Sie hatten sie gefunden! Es ärgerte ihn nur, dass er nicht alleine war, immer mehr Schaulustige hatten sich am Absperrband versammelt, und so musste er seine Freude verbergen. Mit unbeteiligtem Gesicht versuchte er, etwas von dem Schauspiel vor ihm mitzubekommen. Um ihn herum viel Gemurmel, voll mit Spekulationen und Vermutungen, und entsetzte Gesichter. Alle richteten ihren Blick auf das Geschehen vor ihnen am Ufer.

Neben ihm quengelte ein kleines Mädchen. „Nicht weinen, Schätzchen." Die Mutter hob einen Ast vom Boden auf und drückte ihn ihr in die Hand. „Schau mal, was die Mama hier für dich hat. Sooo ein schöner großer Stock!" Das Kind schaute ratlos und war nur einen kleinen Moment still. Die Eltern entschlossen sich zu gehen.

„Schreckliches Kind!", murmelte eine Frau hinter ihm.

Er drehte sich zu ihr um und lächelte sie zustimmend an. „Nun ja, der Anblick von zwei Leichen ist ja vielleicht nicht unbedingt etwas für Kinderaugen."

Die Frau hob erstaunt die Augenbrauen und versuchte über seinen Kopf hinweg etwas zu erkennen. „Zwei Leichen? Ich dachte, da sei nur eine."

Verflixt. Schweißtropfen bildeten sich auf seiner Stirn. Er schaute wieder zu dem Leichenfundort, dachte schon daran, sich aus dem Staub zu machen. Doch dann wich seine Panik. „Doch, schauen Sie, es sind zwei Leichen. Kommen Sie her zu mir." Die ältere Frau war kleiner als er. „Von hier können Sie sehen, dass da zwei Körper liegen." Die Frau lehnte dankend ab, sie wollte nicht direkt am Absperrband stehen.

Mit einem Papiertaschentuch wischte er sich über die Stirn. Da hatte er noch einmal Glück gehabt. Wie konnte ihm nur solch ein fataler Fehler unterlaufen? In Zukunft musste er besser Acht geben, was er von sich gab. Er steckte das Taschentuch zurück, und seine Finger berührten das Absperrband. Es war kühl und glatt. Er kniff die Augen zusammen. Er wollte sie noch einmal sehen, ein letztes Mal. Aber eine Frau mit grellroten kurzen Haaren in einem Jeansanzug und ein Blonder mit Pferdeschwanz versperrten ihm die Sicht. Neben ihnen hockte ein Dicker in Anorak mit Fellkapuze. Er konnte lediglich ein Beinpaar und zwei Füße ausmachen. Machten die das mit Absicht? Am liebsten wäre er über das gelbe Band gesprungen und zu ihnen hingelaufen, aber das ging natürlich nicht.

Jeden einzelnen verdammten Tag seit letztem Montag war er vor und nach der Arbeit an den See gekommen, immer in der Hoffnung, dass einer der beiden auftauchte, aber nichts geschah. Fast seine gesamte wertvolle Freizeit hatte er hier verbracht. Wie gerne wäre er zur Polizei gegangen oder hätte sie angerufen. „Herr Wachtmeister, um Gottes Willen, kommen Sie schnell. Ich habe etwas Schreckliches entdeckt!" Und nun stand dieser Idiot mit seinem dämlichen Köter an der Stelle, wo eigentlich er hätte stehen sollen. Heute morgen war er zu spät hier gewesen. Der Alte mit dem Hund hatte das Glück gehabt, das eigentlich ihm gebührte. Nun war er bloß Unbeteiligter zwischen anderen Unbeteiligten und durfte sich ihr spekulierendes Geschwafel anhören. Hinter sich am unteren Wegrand vernahm er ein Motorengeräusch. Autotüren wurden geöffnet und wieder geschlossen. Zwei dunkel gekleidete Männer trugen mit ernsten Gesichtern einen weiteren Zinksarg.

Er unterdrückte ein Lächeln. Ich weiß etwas, was ihr alle nicht wisst. Ihm wurde ganz warm, ein Gefühl der Macht ließ ihn erschauern.

Die Rothaarige unterhielt sich angeregt mit einem der Taucher. Der zeigte auf verschiedene Stellen auf dem vereisten See. Sie nickte. Der pferdeschwanztragende blonde Hüne trat zu ihnen und legte vertraulich seinen Arm um ihre Schulter. Es schien ihr unangenehm zu sein, sie wandte sich ab, für einen Moment trafen sich ihre Blicke. Er schluckte, drehte sich um und bahnte sich einen Weg durch die Menschen. Ein Reporter der *Ostseezeitung* kam ihm mit angespanntem Gesicht und umgehängter Kamera entgegen. Bestimmt würde auch der NDR einen Reporter schicken. Vielleicht war es doch gut, dass nicht er, sondern der Alte mit dem Hund die beiden entdeckt hatte. Spätestens heute Abend in den

Nachrichten würde ganz Deutschland von seinen Königskindern erfahren.

Er atmete die frische Waldluft einmal tief ein und wieder aus. Auf dem Weg schaute er auf seine Uhr. 09:30 Uhr. Es war Zeit für sein zweites Frühstück. Er aß jeden Morgen pünktlich um 10:00 Uhr ein Vollkornbrot ohne Margarine mit Erdbeermarmelade, dazu trank er ein Glas kalte Milch. Meistens nahm er die kleine Mahlzeit in seinem Büro ein. Nichts auf der Welt würde diese Ordnung, seine Ordnung, stören können. Ein Jogger mit verschwitztem Gesicht nickte ihm zu. Er grüßte freundlich zurück. Dabei zeigte er mit dem Daumen hinter sich. „Die haben zwei Tote am See gefunden." Der Jogger verlangsamte sein Tempo, sah ihn verwirrt an. Der Weg nach Hause würde sich noch etwas hinziehen, Pünktlichkeit aber lag ihm im Blut. Jetzt, da er alleine auf dem Weg war, konnte er endlich befreit lächeln.

6

Regina Hofer starrte geradeaus. Irgendjemand hinter ihr sagte irgendetwas. Sprach jemand zu ihr? Da waren noch andere Stimmen. Was wollten sie? Nichts und niemand erreichte sie, drang bis zu ihr durch. Ihr Blut schien zu kochen, in ihren Ohren rauschte es. Sie saß auf ihrem Schreibtischstuhl. Vor ihr auf dem Tisch lagen verstreut Papiere, ein Flachbildmonitor stand am Tischrand, daneben eine moderne Telefonanlage. Regina blickte auf den silbernen Fotorahmen, in dem die Portraitaufnahme eines jungen Mädchens steckte. Es lachte die Menschen an. Ein Funkeln lag in seinem Blick, in den Wangen hatte es kleine Grübchen, der leicht geöffnete Mund gab ihm etwas Geheimnisvolles. Noch halb Kind und doch schon Frau. Es musste bei der Aufnahme schräg gesessen haben, auf dem nussbraunen Haar, wohl von einem Scheinwerfer angeleuchtet, lag ein rötlich goldener Schimmer.

„Hören Sie, Frau Hofer? Ihr Mann kommt gleich und holt Sie ab." Sie spürte die heiße, feuchte Hand Direktor Baumanns auf ihrer Schulter. Da waren ja noch andere Menschen mit ihr in diesem Raum. Regina sah hoch. An den weißen Wänden hingen Landschaftsbilder, Aufnahmen aus dem Bodden, Möwen im Flug am blauen Himmel, gerahmt in schwarzem Metall. In der Ecke am Fenster stand eine Pflanze. Ihre Pflanze, ihr Büro und ihr Schreibtisch. Das Foto. Sie nahm es in die Hand, immer noch sagte sie kein Wort. In der hinteren Ecke, an dem kleinen Besuchertisch mit den beiden Bistrostühlen, saß vornübergebeugt eine blonde Frau. Ihr Gesicht hielt sie in den Händen vergraben. Sie schluchzte laut. Die Mutter von Darius Conelly, Corinna Steinbrück. Irgendjemand sprach von einer Tragödie. Arme Corinna Steinbrück!

Eine andere Stimme fragte, ob man nicht besser einen Arzt rufen solle. Wofür? Für wen? Für Corinna? Regina schaute wieder auf das Foto. Das Mädchen auf dem Bild lachte weiter. Das war gut so. Ihre schlanken, feingliedrigen Finger glitten über das Bild, über den Rahmen. Sie drückte ihn fest an sich, verbarg das Gesicht mit den schönen Augen und dem spitzbübischen Lächeln an ihrer

Brust. Sie stand auf, Corinna sah zu ihr hoch. Wilde Verzweiflung lag in ihrem Blick und maßlose Wut. Corinna stürzte auf sie zu, ihre Hände krallenartig nach ihr ausgestreckt. Was wollte sie denn von ihr? Was hatte sie ihr getan? Aus dem verzerrten Mund drangen Worte des Hasses. Sie spürte Corinnas heißen Atem ganz nah, plötzlich brannte ihre Wange. Schemen griffen nach Corinnas Schulter, rissen sie zurück. Arme, arme Corinna!

„Ich glaube, sie bekommt überhaupt nichts mehr mit."

Vor ihr tauchte mit einem Mal der große Mann auf, in seinem abgewetzten blauen Holzfällerhemd, mit den langen blonden Haaren, die er wie ein Indianer zu einem Zopf zusammengebunden hatte. Er sah sie merkwürdig an. Warum ging er nicht einfach wieder? Sie hatten doch schon alles gesagt. Er sollte weggehen, alle sollten weggehen. Auch die Frau neben ihm, mit ihren roten Haaren. Sie war kleiner und zierlicher als er. Ihre Nasenflügel waren entzündet. Nun nahm sie den Indianer zur Seite und sprach leise mit ihm, dann verließ sie mit Corinna am Arm den Raum, ihren Raum, ihr Büro. Baumann schob die verstreuten Papiere auf ihrem Schreibtisch zu einem ordentlichen Stapel zusammen. Sie protestierte nicht.

Sie schaute aus dem Fenster. Sie liebte den Blick in den Garten mit der gusseisernen Sonnenuhr, die eingerahmt von Blumenbeeten mitten auf der gepflegten Wiese stand. Parkbänke vor hohen Tannen luden zum Verweilen ein. Ein schmaler Weg führte direkt zum Strand, die Bäume gaben an manchen Stellen den Blick zur Ostsee frei. Im Sommer lag alles in sattem Grün, wenn der Wind von der Ostsee kam, trug er seinen salzigen Duft bis hier an ihren Schreibtisch heran, aber jetzt lag unter einer der dunklen Tannen noch ein letzter Schneefleck, weiß wie die Unschuld und in Form einer Insel. Ein wenig im Hotelgarten auf- und ablaufen oder im Kreis. Ihre Füße trugen ihre schlanke Gestalt wie von selbst in Richtung Tür. Hier waren viel zu viele Menschen, wieder sagte jemand etwas zu ihr, berührte ihre Schulter, versuchte sie festzuhalten. Sie schüttelte den leichten Druck auf der Schulter ab. Es fühlte sich unangenehm an.

„Regina, bitte! Bleib stehen, wo willst du denn hin?"

War das etwa Roberts Stimme? Es war doch eine Ewigkeit her, dass er sie angesprochen hatte. Seit einiger Zeit nannte er sie nur Mamilein, dabei troff seine Stimme nur so vor Hohn. Sie ging weiter, durch einen Flur, den Gäste nie zu sehen bekamen. Unter dem schwarzen Brett stapelten sich leere Kartons, auf der anderen Seite standen hohe durchsichtige Plastiksäcke mit Wäschekitteln für die Zimmermädchen und die Mitarbeiter aus der Küche, obenauf ein Auftragszettel für die Wäscherei in Bergen. Auf halbem Weg zum Garten befand sich rechts die Küche. Sie schaute hinein. Niemand war hier, kein Koch, keine Küchenhilfe. In den beiden Spülbecken lag Geschirr, die Geschirrspülmaschine war aufgezogen und von einem Gitter mit vorgespülten Gläsern tropfte Wasser auf den gerillten Steinboden. Auf einer der blitzenden Arbeitsplatten lag auf einem Brett eine halbierte Zwiebel, daneben ein scharfes Messer. Auf der anderen Seite ein achtlos hingeworfenes Küchenhandtuch. Was war denn hier los? Wieso waren die Mitarbeiter nicht an ihren Plätzen? Wieso dampfte nirgends ein Kessel und zischten die Wasserhähne, die mit hohem Druck ihr Wasser in die Becken entließen? Wieso füllte niemand das Frischfleisch in den Kühlräumen auf?

Irgendwo hinter ihr, im Büro von Direktor Baumann, das direkt neben der Tür zur Hotelhalle und der Rezeption lag, klingelte pausenlos das Telefon, aber niemand hob ab. Die Tür stand offen. Sie drehte sich kurz um, warf einen Blick hinein, aber der große Chefsessel aus teurem Rindsleder war leer. Sie stieß mit dem Fuß gegen einen der Kartons. Der Kurierfahrer hatte gestern Papierhandtücher und Toilettenpapier geliefert, pünktlich wie immer. Aber die Wäscherei hatte die Kittel noch nicht abgeholt. Dann war wohl noch früher Morgen. Sie kamen immer vormittags. Oder war es vielleicht doch schon später? Wieso standen dann die Kartons und die Wäsche im Flur? Alles war irgendwie durcheinander geraten. Aber das interessierte sie nicht. Sie hatte nun Zeit, Zeit für den Garten, Zeit für die Erinnerung. Sie öffnete die Terrassentür, trat hinaus und atmete den Duft des Frühlings ein. Die Sonne schien wieder kräftiger. In ein paar Wochen würde sie heiß vom Horizont brennen, die Menschen würden die Strände für sich einnehmen, im Terrassencafé des Hotels ihren Eiskaffee schlürfen und den Blick auf das Meer genießen. Aber noch war es nicht soweit. Noch konnte sie ganz alleine über die noch winterkühle Erde der Wiese gehen.

„Regina!“ Erneut erklang eine Stimme hinter ihr wie die eines quengelnden Kindes. „Du hast ja nicht einmal eine Jacke an. Es ist doch noch viel zu kalt.“

Kalt? Ihr war überhaupt nicht kalt.

7

„Das sind so die Momente, in denen ich meinen Eltern im Nachhinein doch Recht geben muss." Widahn sah in Katjas verquollene Augen und hängte sein Holzfällerhemd, das er als Jackenersatz nutzte, an die Garderobe.

„Was meinst du?" Müde schaute sie zu ihm hinüber. Ihr Hals kratzte, und sie nahm sich eines der Halsbonbons, die sie stets griffbereit hielt. Ihren Schreibtisch hatte sie kurzerhand zu einer Apotheke umfunktioniert. Hustensaft, Nasenspray und eine Aspirinschachtel gaben sich ein Stelldichein mit Kräutertee und einem Sechserpack Papiertaschentücher.

„Ich meine", er setzte sich ihr gegenüber an den Schreibtisch und sah unwillig auf das Medikamentensortiment, „sie haben mir immer gesagt, mit meinem Aussehen hätte ich das Zeug zum Gigolo. Ich könnte auf Barbados in der warmen Sonne an süßen braunen Ohrläppchen knabbern, statt auf Verbrecherjagd zu gehen. In der Coconut Bar den heißen karibischen Rhythmen zuhören ..." Sein gebräuntes Gesicht strahlte, und sein langes Haar, das mit natürlichen dunkelblonden bis hellblonden Strähnen versetzt war, wallte über seine Schultern. Aber selbst wenn er lächelte, hatte sein Gesicht etwas Melancholisches.

„Das haben deine Eltern niemals gesagt." Sie klappte einen Aktenordner zu. Wieso musste der Kerl auch dann noch gut aussehen, wenn er angab, dass sich einem der Magen herumdrehte? Konnte er nicht einfach nur unsympathisch sein und fertig? Das Schlimmste allerdings war, dass er sich seiner Wirkung bewusst war und das reichlich ausnutzte.

Er lächelte sie treuherzig an. „Stimmt, das haben meine Eltern nicht gesagt."

Sie legte die Unterlagen in ein Ablagekörbchen. „Was ist passiert?"

Widahn öffnete eine Schreibtischschublade und nahm eine Tafel Schokolade heraus, die mit einer Seidenrose und einem Papierherz verziert war. Darauf stand *Ingrid*. Er bemerkte, wie Katja auf seinen durchtrainierten Oberkörper starrte, der sich nur zu gut unter seinem engen T-Shirt abzeichnete.

„Was immer du gerade bemerken wolltest, behalte es für dich. Die Dame ist nur eine gute Bekannte von mir, mehr nicht." Er warf das Herz in den Mülleimer, bot ihr Schokolade an, die sie dankend ablehnte, und reichte ihr wortlos die Seidenrose über den Tisch. „Was meinst du, Mord oder erweiterter Suizid?"

„Kann ich hellsehen?"

Er grinste sie an. „Ich dachte so an ein klein wenig weibliche Intuition. Konrad und seine Leute nehmen sich gerade die Zimmer der beiden vor. Die Taucher im See haben im Übrigen ein Handy gefunden. Es gehörte dem Jungen. Konrad hat es bereits in die KTU gegeben, aber die Techniker haben wenig Hoffnung. Es war nicht komplett ausgeschaltet, stand auf Stand-by-Betrieb. Wahrscheinlich hat es einen Kurzschluss bekommen. Auch hat es wohl zu lange im Wasser gelegen, und die Karte ist durch die Oxidation beschädigt. Das Handy von Melanie ist noch nicht aufgetaucht. Wir haben die Nummer schon angewählt, aber das Handy ist aus."

„Vielleicht hat der Mörder es mitgenommen. Ich habe übrigens die Freundin von Melanie hierher beordert. Sie muss jeden Moment da sein." Sie warf die Rose achtlos in den Papierkorb, stand auf und ging zu der Kaffeemaschine, dabei fragte sie sich, wie viele *Bekannte* er hatte und wie er wohl von ihr gesprochen hatte, nachdem sie mit ihm geschlafen hatte. „Willst du auch Kaffee?"

„Kaffee und eines von deinen Aspirin, sonst überlebe ich den Tag heute nicht. Findest du es nicht seltsam ...", er strich sich über das glatt rasierte Kinn und betrachtete sie unauffällig. Ihre Schultern hingen herunter, ihre Augen waren geschwollen. Ob er sie nicht besser nach Hause schicken sollte? Eigentlich hatte er keine Befugnis dazu. Und da sie sich beide um den Posten als Dienststellenleiter beworben hatten, würde Katja sich auch nichts von ihm sagen lassen, sondern wahrscheinlich eher beleidigt reagieren. „Ich meine, die beiden Mütter arbeiten sogar im selben Hotel."

„Zufall, was sonst!" Katja drehte sich zu Widahn um, in ihren Händen hielt sie die geöffnete Metalldose mit dem Kaffeepulver und dem Dosierlöffel.

„Mach den Deckel zu, das Aroma geht flöten.“ Er knabberte genüsslich an einer Ecke des Schokoriegels. Seine Füße, die in ausgetretenen Nike-Sportschuhen steckten, legte er auf die Schreibtischkante. „Zufall, ja? Ich weiß nicht. Bisschen viele Zufälle. Beide Opfer waren zum Zeitpunkt ihres Todes vierzehn Jahre alt. Ihre Mütter arbeiten beide im Hotel Pelikan in Sellin, Regina Hofer als Marketing Managerin und Corinna Steinbrück als Küchenhilfe. Beide Familien haben ihre Kinder am neunten April als vermisst gemeldet. Ihnen war zwar aufgefallen, dass sie nicht nach Hause gekommen waren, aber sie dachten, sie seien bei Freunden. Aber wie unterschiedlich die Reaktionen der beiden. Melanies Mutter, Regina Hofer, völlig teilnahmslos, und Corinna Steinbrück, die Mutter von Darius, geht in Hass und Wut auf Regina Hofer los. Es war schlimm, findest du nicht?“ Er schaltete den Computerbildschirm ein und zauberte aus einer der Schreibtischschubladen einen weißen Kaffeebecher mit roten Herzchen hervor.

Katja sah Regina Hofer vor sich, wie sie, ohne auf andere Menschen zu achten, einfach in den Garten gegangen war. Mit niemandem hatte sie auch nur ein Wort gesprochen. „Der Name von Darius' Mutter ist Corinna Steinbrück? Aber Darius heißt Conelly? Hast du die Mutter einmal gefragt, ob sie vielleicht geschieden ist?“

„Ja, hab ich. Und nein, ist sie nicht.“

Katja schob ihm ein Aspirin über den Schreibtisch zu und reichte ihm ein Glas Leitungswasser.

„Danke, du bist meine Rettung. Ich glaub, ich hab mich bei dir angesteckt, ich hätte dich lieber zu Hause im Bett ...“ Er sah flüchtig zu ihr hoch, registrierte, wie ihre Augen kurz glitzerten, sie dennoch abwehrend die Augenbrauen hochzog, dann den Mund zu einer Antwort öffnete, und sprach schnell weiter. „Damit du deine Erkältung auskurieren kannst, natürlich.“ Sie war wirklich schwer zu knacken. Aber gerade das machte sie so reizvoll.

Sie holte sinnloserweise den Aktenordner wieder hervor und spürte, wie sich ihre Wangen erhitzten. „Natürlich!“, murmelte sie.

„Darius' Vater, Ian Conelly, stammt ursprünglich aus Irland. Die Mutter hat ihren Mädchennamen behalten, vielleicht wollte sie ja nicht Corinna Conelly heißen.“ Er schlenkerte die Tasse an ihrem Henkel an seinem Zeigefinger hin und her. Auf seinem Gesicht erschien ein lausbübisches Lächeln. „Und die Akte Clasen kannst du wieder weglegen, der Fall ist abgeschlossen."

Katja tat so, als habe sie ihn nicht gehört und legte demonstrativ ihre Hände auf den Ordner. „Du kommst doch gerade von der Steinbrück, kann sie uns weiterhelfen? Viele Informationen haben wir ja noch nicht gerade."

Widahn sah sie an. Die Sonne spielte mit ihrem feuerrot gefärbten Haar und ließ es leuchten. Er fragte sich, ob ihr wohl auch blondes Haar stehen würde. Wenn er verglich, wie sie im Sommer noch ausgesehen hatte! Nun war ihr Gesicht spitz geworden, und ihr Haar hatte etwas von seinem Glanz eingebüßt. Unter ihren großen blauen Augen hatten sich dunkle Schatten gebildet. Sie hatte einiges erdulden müssen und beschlossen, einen Neuanfang zu wagen. Aber irgendwie schien es ihr nicht besser zu gehen. Er hatte sich schon gefragt, warum sie nach Rügen zurückgekehrt war, warum sie sich nicht einfach nach Düsseldorf versetzen lassen hatte. Dass sie aufgrund der angespannten Lage nicht im Kölner Polizeipräsidium hatte bleiben wollen, war verständlich. Er kannte Kai lange genug, um sich denken zu können, wie er nach dem Bruch mit ihr umgegangen war. Warum hatte sie sich auch verplappern müssen. Er jedenfalls hatte seinem ehemaligen Freund mit keinem Wort verraten, was in jener Gewitternacht zwischen ihm und Katja geschehen war. Sie selbst hatte Kai alles erzählt, und eigentlich müsste er auf sie böse sein. Denn er hatte schließlich seinen Freund verloren. Er seufzte, es war viel passiert am Ende des vergangenen Sommers.

„Also", er nahm ein Taschentuch, seine Nase kitzelte erneut, „laut Aussage der Mutter wollte Darius zu einem Freund in der Nachbarschaft, in Altensien. Als Corinna Steinbrück so gegen halb acht am Abend bei diesem Jungen anrief, erfuhr sie von seiner Mutter, dass er mit seinem Vater im Kino und Darius auch nur ganz kurz da gewesen sei. Darius' Eltern haben daraufhin die Kollegen angerufen, die haben ihnen geraten, ruhig zu bleiben und zu warten, es sei ja noch früh am Abend. Sie warteten vierundzwanzig Stunden, dann erstatteten sie eine Vermisstenanzeige, wie auch

Melanies Eltern. Daher gingen die Beamten davon aus, dass es sich um jugendliche Ausreißer handelte. Besonders, da die Eltern vehement verneinten, dass die beiden miteinander befreundet seien. Laut Corinna Steinbrück waren sie wohl ganz kurz miteinander liiert gewesen, aber das sei schon längst vorbei. Beide Elternpaare glaubten, dass das plötzliche und gemeinsame Verschwinden ihrer Kinder purer Zufall sei. So ein Unfug!"

Katja sah ihn zustimmend an. „ Du hast Recht. Wirklich ein seltsamer Zufall."

„Ja, nicht wahr? Beide Jugendliche waren mit ihren Fahrrädern unterwegs, von denen fehlt im Übrigen noch jede Spur. Am Schwarzen See sind sie jedenfalls nicht. Konrads Leute stellen nun die gesamte Granitz auf den Kopf."

„Ob sie sich wohl am Schwarzen See verabredet haben, so tief im Wald? Da ist es kalt, unheimlich."

Widahn zuckte mit den Schultern. „Der See hat etwas Mystisches. Viele Geschichten und Sagen ranken sich um das Gewässer. So soll einst der Teufel das Boot eines Fischers hoch oben in den Buchenkronen versteckt haben, nur damit er auf dem Schwarzen See nicht mehr fischen konnte. Oder ein anderes Mal hat ein geldgieriger Fischer ..."

Katja hob abwehrend die Hände. „Komm, bitte verschone mich mit diesen Horrorstories." Sie dachte an das dunkle, tiefe Wasser, und es fröstelte sie leicht. „Können sie vielleicht einer religiösen Sekte angehört haben?"

„Du meinst schwarze Messe? Opferstätte am Schwarzen See? Nein, glaube ich nicht. Von solchen Dingen ist uns absolut nichts bekannt." Er sah aus dem Fenster auf die gegenüberliegenden Häuser der Barther Straße. Dabei dachte er an den eisigen, frostigen Winter, der die Insel wie auch Stralsund und die gesamte Mecklenburgische Seenplatte so lange fest im Griff gehabt hatte. Es war halb fünf nachmittags, und die immer noch wärmende Sonne hatte den Kampf gegen den Winter endgültig gewonnen. Den ganzen Tag schon roch es nach Frühling, die ersten Straßencafés hatten geöffnet, man sah Kinder wieder mit ihren Müttern auf den Spielplätzen, und die Seebäder auf Rügen füllten sich langsam aber sicher mit neuem, turbulentem Leben. An den Stränden waren auffallend mehr Menschen, und draußen vor den Geschäften standen Rollständer mit Tüchern, Modeschmuck und Postkarten. Noch ein paar Wochen, und man würde wieder kaum einen Parkplatz in den Seebädern finden.

„Hm“, Katja riss ihn aus seinen Gedanken. „Aber du hast doch gerade selbst gesagt, der See habe etwas Mystisches, Geheimnisvolles. Wäre doch möglich, dass er solche Spinner regelrecht anzieht.“

Vom Korridor her war Stimmengewirr zu hören, die Türklinke wurde heruntergedrückt. Ein junges Mädchen mit schwarz gefärbten, kurzen Haaren, die ihr wie bei einem Igel vom Kopf abstanden, kam herein. „Sie wollten mich sprechen?“ Ihr Gesicht drückte nur zu deutlich aus, wie unangenehm es ihr war, von den *Bullen* verhört zu werden.

„Wenn du Michaela Heuser bist, dann komm rein und mach die Tür zu.“ Katja zeigte auf den freien Stuhl neben ihrem Schreibtisch.

Das Mädchen setzte sich. Ihre Augen, dunkel geschminkt in ihrem blassen Gesicht, sahen verheult aus. Sie schlug die dünnen Beine übereinander und spielte mit ihrem Zungenpiercing.

„Du warst mit Melanie Hofer befreundet?“

Das Mädchen zögerte. „Befreundet?“ Sie sah zu Boden.

„Ja, befreundet“, sagte Sven. „Die Mutter hat geglaubt, Melanie sei an dem Abend bei dir gewesen.“

„Das ist gelogen.“

Für Katja kam ihre Antwort ein wenig zu schnell. „Sag mal, wie alt bist du?“

„Ich bin sechzehn, warum?“ Sie zog die Nase hoch.

„Sechzehn? Melanie war doch erst vierzehn?“ In dieser Altersstufe konnten 2 Jahre Unterschied Welten bedeuten. Katja bekam Lust auf eine Zigarette, nahm aber statt dessen einen Bleistift zwischen die Zähne. „Ihr seid zusammen auf eine Schule gegangen.“

Michaela hob den Kopf und starrte sehnsüchtig auf Katjas Marlboro Packung. „Sind wir, ja. Wir besuchen ... besuchten ... beide das Sassnitz Gymnasium. Sie die neun, und ich die zehn.“

Katja sah kurz zu Widahn, der auf seinen Bildschirm starrte und so tat, als gäbe es nichts Interessanteres für ihn. Sie nahm die Packung Zigaretten und das Feuerzeug. „Willst du eine?"

Das Mädchen nickte dankbar und zog eine Zigarette aus der Schachtel. Ihre Hand zitterte.

„Sag mal, kannst du mir etwas über Melanies Handy sagen?" Katja nahm sich auch eine und gab dem Mädchen Feuer. Widahn öffnete das Fenster, griff einen Stapel Papiere vom Schreibtisch und verließ den Raum.

„Ihr Handy? Das war ihr Heiligtum. Mit ihm konnte sie Fotos machen, die neuesten Spiele herunterladen. Es hatte einen Organizer und super Klingeltöne. Sie hatte es gerade erst zu Weihnachten geschenkt bekommen. Warum? Was ist mit ihrem Handy?"

Katja musterte sie eingehend. Sie war von durchschnittlicher Größe und zierlich gebaut. An jedem Finger glänzte ein Modeschmuckring, und sie trug einen dunkelblauen Jeansanzug mit einem schwarzen Rollkragenpulli.

„Wir haben es nicht gefunden."

Michaela runzelte die Stirn und dachte nach. „Hmm, vielleicht hat sie es verloren. Sie war manchmal ein wenig schusselig. Andererseits ... auf ihr Handy gab sie Acht wie ein Schießhund. In letzter Zeit gab sie es gar nicht mehr aus der Hand."

Katja machte sich eine kurze Notiz. Dann schaute sie das Mädchen direkt an. „Weißt du, was ich nicht so ganz verstehe?"

„Was?" Michaela schaute sie nicht an, sondern tippte die Asche ab und rollte ihre Zigarette auf dem Aschenbecherrand hin und her.

„Wie kommt Melanie dazu, zu behaupten, sie ginge zu dir, wenn ihr nicht miteinander befreundet gewesen seid?"

Das Mädchen legte den Kopf leicht schief. Sie war sichtbar verlegen. Ihre großen blauen Augen schimmerten feucht. „Ja, gut. Wir waren befreundet!"

„Wie gut?"

„Was, wie gut?" Offensichtlich wollte sie ihre wahren Gefühle nicht zeigen und reagierte aggressiv.

„Wie gut wart ihr befreundet? Nur ein bisschen oder etwas enger?"

Michaela seufzte. „Wir waren beste Freundinnen."

Treffer! Katja lehnte sich zurück und inhalierte einen tiefen Zug von der Zigarette. Beste Freundinnen in dem Alter wussten wesentlich mehr voneinander als sonst irgendein Mensch. „Erzähl mir ein wenig von Melanie."

„Was gibt's da schon groß zu erzählen? Sie ging zur Schule und im Sommer wollte sie ein Praktikum im Hotel machen. Der Chef der Mutter, Baumann oder so ähnlich, hatte ihr das angeboten. Sonst fällt mir nichts Wichtiges ein." Sie hatte die Zigarette halb aufgeraucht und drückte sie vorsichtig aus. Die Kippe steckte sie sich in die Jackentasche.

Katja schmunzelte innerlich. Es gab Dinge, die änderten sich nie. „Warum erzählst du mir nicht einfach, was ihr immer so gemacht habt? Wo seid ihr hingegangen? War Melanie bei euren Freunden beliebt?"

Michaela atmete einmal tief ein und wieder aus. „Im Sommer waren wir oft am Strand, im Winter haben wir uns meist bei ihr zu Hause getroffen. Ihre Eltern sind ja nie da. Aber in letzter Zeit ..." Sie biss sich auf die Unterlippe und starrte auf ihre Ringe.

„Was war in letzter Zeit?" Katja drückte ihre Zigarette aus und beugte sich zu Michaela vor. „Sie hatte einen Freund, stimmt's?"

Michaela schaute nicht hoch, sondern zuckte mit den Schultern. „Ja, so in etwa."

„Kennst du Darius Conelly?"

Michaela schüttelte stumm den Kopf.

„War Darius ihr Freund?"

„Sie hat einmal so etwas in der Richtung erwähnt."

Katja wurde es zu bunt. Sie schlug mit der flachen Hand auf den Tisch, und das Mädchen schreckte hoch. „Hör zu, Michaela! Deine beste Freundin ist ermordet worden, und ich habe die Aufgabe herauszubekommen, von wem. Also hilfst du mir jetzt oder nicht?"

Michaelas Augen füllten sich mit Tränen, und Katja ärgerte sich über sich selbst. Das noch halbe Kind vor ihr hatte einen schrecklichen Verlust erlitten, und sie benahm sich ihr gegenüber wie der Elefant im Porzellanladen.

„Du willst doch auch, dass wir ihren Tod aufklären", sprach sie mit sanfter Stimme weiter.

„Ja, Melanie war mit Darius zusammen. Aber bitte, bitte nicht der Mutter verraten."

Katja runzelte die Stirn. „Wusste Melanies Mutter nicht, dass die beiden zusammen waren?"

„Doch, Melli hatte es ihrer Mutter einmal gesagt. Frau Hofer muss daraufhin fuchsteufelswild geworden sein und hat ihr den Umgang mit Darius verboten."

„Mit welcher Begründung?"

„Weil Melli noch so jung sei. Sie sollte erst ihre Schule fertig machen und dann hätte sie immer noch Zeit für Jungs."

Katja stand auf, ging um die beiden Schreibtische herum, um das Fenster zu schließen. In welcher Welt lebte die Hofer eigentlich? „Aber Melanie hat sich nicht an das Verbot gehalten, was?"

Michaela sah kurz hoch. „Nein, natürlich nicht. Sie liebte Darius über alles und war echt sauer auf ihre Mutter."

„Und dann haben sie sich immer am Schwarzen See getroffen?"

Nun schaute Michaela sie verblüfft an. „Am Schwarzen See? Wie kommen Sie denn darauf? Mann, wir hatten tiefste Minusgrade, die sind doch nicht malle, sich dort zu treffen. "

„Und wo haben sie sich stattdessen getroffen?" Musste man dem Mädchen denn alles aus der Nase ziehen?

„Keine Ahnung!"

„Ach komm, du warst ihre beste Freundin und willst mir erzählen, du wüsstest nicht ...?"

„Nein, weiß ich auch nicht. Sie hat es mir nämlich nicht gesagt, damit ich mich nicht bei ihrer Mutter verplappere."

„Aber du warst ihr Alibi."

„Ja, ab und zu."

„Und was war letzten Sonntag? Deine Mutter hat gedacht, sie sei bei dir. Du aber hast sofort ausgesagt, sie sei nicht bei dir gewesen. Wieso hast du sie dieses Mal nicht gedeckt?"

„Weil ... weil wir uns gestritten haben." Sie senkte den Kopf und fing an zu weinen. „Wir haben uns übel gezankt und konnten uns nicht mehr versöhnen."

Katja reichte ihr ein Papiertaschentuch. Das junge Mädchen tat ihr Leid. „Was ist denn passiert?"

„Melli kam an dem Sonntagmittag kurz zu mir." Michaela schnäuzte sich. „Sie war ganz aufgeregt. Ich fragte sie, was los sei. Sie aber sagte nur: Wart's ab, wenn dieser Tag vorbei ist, wird alles anders. Mehr wollte sie mir partout nicht verraten. Sie tat schrecklich geheimnisvoll, und das machte mich echt nervös. Ich blaffte sie an ... Ich machte mir doch nur Sorgen um sie und wollte, dass sie gefälligst auf sich aufpasste."

„Warum sollte sie aufpassen?"

Michaela drehte das Papiertuch zwischen ihren Händen. „Na ja, weil sie in letzter Zeit Angst hatte. Das hat sie mir selbst erzählt. Merkwürdige Geschichte. Ich hatte das Gefühl, sie heckte was aus, wusste aber nicht was und ob es mit der Geschichte zu tun hatte."

„Angst? Geschichte? Vor wem hatte sie Angst, und welche Geschichte meinst du?"

„So ganz habe ich das auch nicht verstanden. Aber sie war sich sicher, verfolgt zu werden!"

8

Er strich mit einem Staubwedel über die Kassetten auf dem Regalbrett. Er hasste Staub und Schmutz. Es war ein aufregender Tag gewesen, ein Tag, der ihm weitaus mehr geboten hatte, als er erwartet hatte. Er rückte die Kassetten nach vorne, fuhr mit dem Wedel hinter das Regal, dann stellte er die Kassetten millimetergenau wieder an ihren Platz zurück.

Nun war Ruhe eingekehrt. Unter der Fensterbank gab die Zentralheizung in dem Kellerraum glucksende Geräusche von sich. Durch die aufsteigende Hitze bewegten sich die kleinen Gardinen leicht wie im Sommerwind. Zufrieden blickte er sich um. Hier fühlte er sich wohl. Niemand kam hierher und außer ihm durfte niemand dieses Zimmer betreten. Er hielt die Kammer stets gut verschlossen wie eine Schatztruhe. Zwei Fahrräder lehnten an einem freien Stück Mauer unterhalb des Fensters. Da war das gut bestückte Regal, der einfache Tisch und ein alter Stuhl, beide stammten noch aus dem Haushalt seiner Eltern, ein simples Radiogerät mit CD und Kassettenfach, ein Videorekorder, ein Fernseher, sowie ein Karton mit einem durch Feuchtigkeit entstandenen Loch in einer seiner unteren Ecken, aus dem nun ein gelber Anorakstoff hervorquoll. Er brauchte nicht viel zu seinem Glück. Der obere und sichtbare Teil des Hauses war natürlich gut eingerichtet. Aber dieser Kellerraum war sein Reich, sein Refugium.

Die undurchsichtige weiße Gardine vor dem vergitterten Fenster schirmte ihn vor der Außenwelt ab. Hier war es immer kühl, und aus diesem Grund war auch immer die Heizung an. Auch wenn Regina ihn schon auf die hohen Heizkosten aufmerksam gemacht hatte. Er mochte keine Kälte. Die Wände waren weiß gestrichen und kahl, die Möbel alle nicht neu, aber das störte ihn nicht weiter. Das war seine Welt. Wie viele Video- und Audiokassetten hatte er mittlerweile? Einhundertvierundsiebzig, genau so viele waren es inzwischen. Seit dem letzten Herbst war seine bis dahin eher kleine Sammlung enorm angewachsen. Und immer war alles ordentlich aufgereiht und archiviert. In den unteren

Regalböden standen die Videos in beschrifteten Hüllen, auf dem obersten Brett die Audiokassetten. Wenn er etwas suchte, fand er es sofort. Er starrte auf den Pappkarton unter dem Tisch, und seine Gedanken schweiften ab, weg von dem Raum und dem Inventar.

Sie hatten sie gefunden! Und er hatte zuschauen dürfen. Er seufzte. Welch eine Zukunft hatte vor ihnen gelegen. Er hätte gerne daran teilgenommen. Nun lagen ihre Körper in einem Kühlfach oder vielleicht gerade auf einem Metalltisch. Aber sie waren selbst schuld. Warum hatten sie ihn so behandelt? Sie hatten ihre Strafe verdient. Seine Hände griffen wie von selbst nach einer der Audiokassetten. Er ging mit ihr zu dem länglichen Tisch mit dem Rekorder, schob die Kassette in das Deck und spulte sie ein klein wenig vor.

„Deine Mutter ist total beknackt. Was habe ich ihr denn getan?"

Vor seinem geistigen Auge erschien das empörte Gesicht eines großen Jungen. Es war das Gesicht eines Vierzehnjährigen, das noch die Weichheit und Verletzbarkeit aus Kindertagen in sich trug und zugleich ersten Bartflaum, Starrsinn und ein ausgeprägtes Ichgefühl zeigte. Darius Conelly! Sein rötlichblondes Haar, die vollen Lippen, das blasse Gesicht mit den kleinen zarten Sommersprossen. Er lächelte wehmütig. Dieses Funkeln in seinen grünen Augen, wenn er Melanie ansah, das seinen betont kühlen Gesichtsausdruck Lügen strafte.

„Ich weiß es doch auch nicht! Mein Vater glaubt, dass sie eifersüchtig ist."

Er seufzte erneut und betätigte die Stopptaste. Er hörte die Verzweiflung in ihrer Stimme. In ihrem Gesicht hatte noch soviel Unwissenheit und ein letzter Rest kindlicher Neugier gesteckt. Aber es war abzusehen, dass aus ihr einmal eine auffällige Schönheit, genau wie ihre Mutter, werden sollte.

„Werden sollte, aber nun leider nicht mehr wird. Schade."

Die Wut übermannte ihn, als sein Blick auf die bunten Kanada-Prospekte fiel, die neben dem Rekorder lagen, und er fegte sie mit einer einzigen Handbewegung vom Tisch. Einen kurzen Moment lang war er versucht, sie einfach auf dem Boden liegen zu lassen, dann hob er sie rasch wieder auf. Auswandern nach Kanada! Eine

Schwachsinnsidee pubertierender Frischlinge. Etwas musste an dem Tag ... Moment, wann war es genau gewesen?

Er ging wieder zu der gegenüberliegenden Regalwand, legte den Kopf schief und schaute auf die ordentlich beschrifteten Cover der Kassetten. Das Metallregal blitzte und spiegelte sein Gesicht wider. Seine Zunge glitt flink über die spröden Lippen hin und her. In der zweiten Reihe von oben die dritte von links, die musste es sein. Es war die fünfte Kassette! Seine Hände zitterten leicht. *M/D – CAN – 14/12.* Gesprächsaufnahme von Melanie und Darius, Thema Kanada am 14. Dezember. Ja, das war die richtige. Er trat erneut an den Rekorder, wechselte die Kassetten.

„Weißt du, mein Onkel David hat eine kleine Trucker-Bar in der Nähe von Toronto. Und er besitzt ein Holzhaus im Wald an einem See. Er hat uns schon oft zu sich eingeladen, aber mein Vater kommt mit ihm nicht so gut zurecht. Ich weiß, dass die Hütte ständig leer steht. Dort könnten wir doch zunächst einmal hin, irgendwie kommen wir schon in die Bude. Ja, und dann sehen wir eben weiter."

Erneut keimte dieses Gefühl der Verachtung in ihm auf. Darius war derjenige mit den Flausen und Träumereien im Kopf gewesen.

„... wir wären frei und ungebunden. Wir könnten Fische fangen, ein Lagerfeuer machen ..."

Und Melanie war empfänglich für seine Spinnereien gewesen. Er fuhr sich mit der Hand über sein Kinn. Vielleicht war sie aber auch nur maßlos verliebt in ihn, er hätte ihr jedenfalls die Sterne vom Himmel holen wollen. Die Mädchenstimme lachte unbeschwert. „Natürlich! Morgens Fisch, mittags Fisch und abends Fisch. Eine schreckliche Vorstellung. Aber alles besser als das Gemeckere meiner Alten hier."

Mädchen, nach einer Woche Fisch hättest du das anders gesehen.

„Ja, wenn ich könnte, würde ich dir ein Schloss bauen, du würdest alles bekommen, was du dir je erträumt hast." Er hörte Darius lachen.

„Ach, sei nicht so blöd, Schloss bauen! Eigentlich will ich nur raus hier, weg von dem ganzen Mief, von den Streitereien mit meiner Mutter wegen dir und von meinem Vater, der auch nur noch ätzend ist."

Ihr ätzender Vater ... Er stoppte die Kassette. Aus und vorbei. Ihm blieb nichts mehr von ihnen außer den Kassetten und seiner Erinnerung. Er hatte mit ihnen noch so viel vorgehabt. Mit ihnen war es anders als sonst. Es war ein Gefühl ... ein Gefühl der Zusammengehörigkeit, irgendwie. Dann hatten sie versucht, ihn zu überrumpeln, ihn auszutricksen. Die Empörung ließ ihn fast zittern. Und in der Nacht zum neunten April hatte er ihnen gezeigt, wer der Stärkere war. Aber nicht er trug die Schuld, sie hatten ihn zu dem Spiel herausgefordert, und er hatte gewonnen, ganz einfach.

Sein Blick fiel erneut auf den halbgeöffneten Karton unter dem Tisch. Ja, sie waren in dem Spiel seine Königskinder gewesen, ... und er hatte die Rolle der Nonne.

9

„Glaubst du nach der Aussage der Kleinen vorhin immer noch an erweiterten Selbstmord?“ Katja tippte Michaelas Aussage in ihren Computer. Sie sah Widahn gleichmütig zu, der mit missmutigem Gesicht die erkaltete Zigarettenasche in den Papierkorb leerte.

„Macht immer noch Sinn.“

„Und was ist mit Melanies Ängsten, dass sie verfolgt wurde?“

Widahn verzog das Gesicht. „Hirngespinste eines jungen Mädchens. Sie war superhübsch. Natürlich hat der eine oder andere sie mal ein bisschen länger angegafft, oder ein verliebter Pennäler ist ihr hinterhergeradelt.“

Katja schüttelte unwillig den Kopf, nahm ihm den leeren Aschenbecher ab und verstaute ihn in ihrer Schreibtischschublade. „Wenn wir sie nicht gerade tot aus dem Wasser gezogen hätten, würde ich das auch glauben. Schade, dass Michaela nicht mehr über Melanies Verfolgungsängste aussagen kann. Ich würde dem gerne nachgehen ... Wir könnten uns in der Schule noch mal umhören ... Oder vielleicht besser ... beim Hotelpersonal, schließlich arbeiten beide Mütter dort und Melanie hatte sich ja auch beim Hoteldirektor vorgestellt, für ihr Praktikum ... Was meinst du?“

„Kollege Merz hat mit allen Angestellten im Hotel gesprochen. Hier liegen die Protokolle.“ Er blätterte durch ein paar Unterlagen auf seinem Schreibtisch. „Und wir sind da auch auf einen privaten Kontakt zu den Hofers gestoßen. Ach ja, hier haben wir es ... da schau mal an. Direktor Baumann wohnt mit seiner Frau ganz nahe bei den Hofers. Die Familien verkehren auch privat miteinander. Baumanns Frau hat im letzten Winter einen Herzinfarkt erlitten und ist seit zwei Tagen in einer Rehaklinik. Baumann will ihr Melanies Tod erst mitteilen, wenn sie gesundheitlich wieder einigermaßen stabil ist. Sie haben keine eigenen Kinder, und gerade Frau Baumann hing sehr an Melanie. Er hat auch bestätigt, dass Melanie im Sommer als Praktikantin ins Hotel kommen sollte. Nichts Neues also. Und ich bleibe dabei. Wir sollten der Aussage der Freundin nicht zuviel Bedeutung beimessen. Letztendlich hat sie nichts gewusst, was uns wirklich weiterhilft."

Er trat an die Kaffeemaschine und setzte neuen Kaffee auf. „Schau mal, Melanie hat ihr nicht erzählt, wo sie sich mit Darius getroffen hat. Warum eigentlich nicht? Schließlich waren sie beste Freundinnen. Ich dachte, Mädchen hätten keine Geheimnisse voreinander. Andererseits behauptet sie aber, sich sicher zu sein, der Treffpunkt sei nicht der Schwarze See gewesen. Das ist doch pure Aufschneiderei. Woher will sie das so genau wissen? Die Hofers haben in Sellin ein kleines Einfamilienhaus, die Conellys wohnen in Altensien. Wäre doch gut möglich, dass sie sich immer am See getroffen haben."

Widahn wurde unterbrochen, da Vohwinkel zusammen mit Dr. Majonika den Raum betrat. „Hmm, es duftet nach frischem Kaffee. Hoffe, ihr habt noch ein Tässchen für einen armen, überarbeiteten Kollegen."

„Selbstbedienung!", forderte Katja freundlich auf. „Habt ihr in Melanie Hofers Zimmer eigentlich etwas Interessantes gefunden? Vielleicht ein Tagebuch oder so?"

„Negativ!" Vohwinkel schaute sich suchend um.

Widahn sprach einfach weiter. „Kennen gelernt haben sich die Jugendlichen im Übrigen im November letzten Jahres auf dem Betriebsfest des Hotels Pelikan."

„Wo beide Mütter arbeiten." Katja beobachtete aus den Augenwinkeln, wie Sven die Kollegen doch mit Kaffee bediente. Dachte er gelegentlich mal darüber nach, dass sie beide ja auch Konkurrenten um den Posten des Dienststellenleiters waren? Wie würde er mit ihr umgehen, wenn sie die Stelle bekam? Würde er ihr dann auch noch so liebevoll zuzwinkern, wie er es jetzt ab und an machte? Sie seufzte. Hatte sich denn gar nichts geändert? Wenn er in ihrer Nähe war, zog sich ihr Magen zusammen, und sie hatte Schwierigkeiten, sich zu konzentrieren. Empfand sie trotz der negativen Erfahrungen doch mehr für ihn, als sie sich eingestehen wollte? Das käme einer mittleren Katastrophe gleich.

Widahn nickte. „Genau. Die eine als Marketingleiterin, die andere in der Küche. Corinna Steinbrück ist auf Regina Hofer losgegangen“, erzählte er Vohwinkel, „nur mit Mühe konnten wir sie davon abhalten, ihr die Augen auszukratzen.“

„Warum kam es zu den Handgreiflichkeiten?“

„Die Steinbrück macht die Hofer für den Tod der beiden verantwortlich. Laut ihrer Aussage war es Regina Hofer, die ganz hartnäckig gegen die Beziehung von Darius und Melanie war und sie dadurch in den Tod getrieben hat. Regina Hofer aber war der Meinung, die Liaison zwischen den beiden sei beendet gewesen. Diese Querelen haben die Väter der beiden Opfer bestätigt. Sie kamen in die Firma, um ihre Frauen abzuholen. Das war ein Tag, kann ich euch sagen. Aber richtig seltsam war das Verhalten von Regina Hofer, fragt mal Katja. Das Weib ...“, er räusperte sich mit einem kurzen verstohlenen Blick auf Katja, „Melanies Mutter ist so schön wie die Nacht, aber auch so kühl und emotionslos, eben unnahbar. Es schien, als berühre sie der Tod ihrer Tochter überhaupt nicht. Ihr Blick war ... wenn ich daran denke, bekomme ich jetzt noch eine Gänsehaut. Ihr Chef hat dann einen Arzt gerufen.“

„Dass du bei einer gut aussehenden Frau eine Gänsehaut bekommst, ist uns allen nicht ganz neu.“ Spöttisch sah Katja zu ihm hinüber, aber wie er mit leuchtenden Augen über die Hofer sprach, hatte sie doch getroffen. Widahn lächelte zurück und setzte sich auf die Fensterbank hinter sie. Seine Hände umschlossen die dampfende Kaffeetasse. Er überging Katjas spitze Bemerkung.

„Ich glaube, Melanie wollte mit Darius Schluss machen. Er tötete das Mädchen im Affekt und als er sah, was er da eigentlich gemacht hat, sprang er hinterher.“ Er beobachtete den Rechtsmediziner, der an der Birkenfeige neben der Tür die gelben Blätter abzupfte. Das Zimmer brauchte unbedingt einen neuen Anstrich. Eigentlich wäre ein ganz neues Gebäude anstelle des Plattenbaus in der Nähe des Bahnhofs vonnöten. Wenn er erst einmal Dienststellenleiter war, würde er sich ganz intensiv darum bemühen.

Die Tür ging auf, und Heinrichsen kam herein. Der junge Kommissar mit dem südländischen Teint und dem ernsten Gesicht war seit etwa einem Jahr bei der Mordkommission. „So, ich habe die Aussage von Peter Beck protokolliert. Den Augenblick, als er die Leiche aus dem Wasser zog, vergisst der auch nicht so schnell."

Widahn beugte sich zu Katja vor und berührte mit seiner warmen Hand ihre rechte Schulter. „Das sagt er nur, um von seinem eigenen Schreck abzulenken, als er die Leiche sah", raunte er in ihr Ohr und zu Heinrichsen gewandt sagte er: „Es ist wohl kaum anzunehmen, dass Beck jemals wieder diesen lieb gewonnenen Sonntagmorgenspaziergang macht." Er winkte ab. „Das kann aber nicht unsere Sorge sein. Was sagst du, Ulrich, was hat die Obduktion ergeben? Wie lange befanden sich die Opfer bereits im See? Gibt es eine Übereinstimmung zwischen der Todeszeit und der Entstehung des Eisloches?"

Dr. Majonika nickte. „Ja, davon können wir wohl ausgehen."

„Standen sie unter dem Einfluss von Drogen oder Alkohol?"

Der Rechtsmediziner warf die welken Blätter in den Papierkorb. „Nein. Ich bin zwar noch nicht mit allen Untersuchungen durch, aber durch die Minustemperaturen war ihr jeweiliges Blutbild einwandfrei. Keine bewusstseinsverändernden Substanzen, nichts. Todesursache war bei beiden Ertrinken." Er legte die Unterlagen auf den Schreibtisch neben Katja. „Aber ...", er sah in die Runde und tippte mit einem silbernen Kugelschreiber bedeutungsvoll gegen seine Lippen, dabei sah er zu Widahn, der es sich auf der sonnigen und breiten Fensterbank richtig gemütlich gemacht hatte, „Melanie ist auf gar keinen Fall freiwillig in den See gegangen."

Katja schnupfte in ihr Taschentuch und griff nach dem Paracetamol. „Und was genau hast du bei Melanie entdeckt?" Das *Du* kam ihr immer leichter über die Lippen. Allerdings hatte sie von der gemeinsamen Zechtour nur noch zwei Dinge in Erinnerung. Zum einen hatten Vohwinkel und Majonika sich gewundert, wie viel sie *vertrug*, zum anderen war sie am nächsten Morgen übel gelaunt und mit schrecklichen Kopfschmerzen herumgelaufen.

„Sie hat eine starke Kopfwunde, die von einem stumpfen Gegenstand, vermutlich von einem schweren Ast herstammt. Wir haben nämlich kleine Holzpartikel an den Wundrändern gefunden. Ich nehme mal an, sie wurde bewusstlos in den See geworfen. Auch hat sie kleinere Schürfwunden am Handgelenk und an der rechten Schulter. Zwei abgebrochene Fingernägel deuten auf Abwehr hin. Wäre da nicht die Liegezeit im Wasser, wir hätten sicher noch mehr Spuren gefunden. Jedenfalls deutet sehr vieles auf einen Kampf hin, da bin ich mir sicher."

„Und bei Darius hast du nichts gefunden, nicht einmal einen kleinen Kratzer oder so?"

Dr. Majonika hob bedauernd die Schultern. „Nein, nichts, nada. Es hat keinen Kampf zwischen Darius und Melanie gegeben."

Katja stand auf, ging an Widahn vorbei, der seine Beine auf der Fensterbank ausgestreckt hatte, und kippte das andere der beiden Fenster. Sie glaubte, ihr Kopf müsse jeden Moment platzen, und sie brauchte dringend ein wenig frische Luft. Ein Hund bellte in der Ferne, sie hörte die Autos auf der Straße vorbeifahren. „Melanies Verletzungen können auch nicht unter Wasser durch Strömungen oder Pflanzen, Äste oder ähnliches verursacht worden sein?"

Dr. Majonika winkte entschieden ab. „Nein! Der Schwarze See ist ein ganz außergewöhnliches Gewässer, ein fünfzehn Meter tiefer, nährstoffarmer Kesselsee. Angeblich soll es Seeigel und Fische geben, die wegen der Finsternis dicke, fette Glubschaugen haben. Aber der Schwarze See hat so gut wie keine Strömungen. Du weißt selbst, Katja, wie Wasserleichen untergehen. Der Körper treibt oben, während die Extremitäten absacken. So sehen sie aus, als hätten sie einen Buckel, und nur ihre Knie und Hände berühren den Grund. Bei Strömungen oder fließendem Gewässer hätten wir typische Abschürfungen zumindest an den Knien feststellen müssen. Aber wir haben die Hautoberfläche der Opfer ganz genau untersucht, kein vorbeiströmender Ast oder Stein hat sie verletzt. Dann die schwere Kopfwunde, die Abwehrspuren an den Händen, die Kratzer im Gesicht, am Hals und an der Schulter. Die einzigen Verletzungen, die wir bei dem Jungen gefunden haben, sind winzig kleine Schürfwunden an den Fingerkuppen. Die Eisschicht ist von unten sehr rau."

„Das hieße, er hat unter Wasser an dem Eis gekratzt." Sven Widahn ließ eine seiner langen Haarsträhnen durch die Finger gleiten. „Er wollte sich umbringen, bekam dann aber doch Panik!

Und dann musste er feststellen, dass man nichts mehr sieht unter dem Eis, du bist absolut blind und hilflos, verlierst die Orientierung.“ Er sprang von der Fensterbank und ging zu der Kaffeemaschine.

„Unsinn. Wieso hältst du immer noch an Darius' Suizid fest? Überleg doch mal, bei den Temperaturen unter dem Eis hat er bestimmt nicht mehr viel Zeit gehabt, seine Meinung zu ändern. Es kann wohl kaum sehr lange gedauert haben, bis es zum Exitus kam. Was sagst du dazu, Ulrich?“

„Es gibt normalerweise verschiedene Erstickungsstadien. Man geht unter, hält den Atem an, atmet die Luft aus, dann atmet man Wasser ein, bekommt Erstickungskrämpfe, es kommt zur Lähmung und zu einer präterminalen Atempause. Es folgt der Tod.“ Der Mediziner gesellte sich zu Widahn, schüttete noch einmal seine Tasse auf. Katja bot ihm Milch an, die bei ihr auf dem Schreibtisch stand, doch er lehnte dankend ab. „Aber bei den Minustemperaturen, die wir bis letzte Woche noch hatten, wird auch die Blutmenge durch Kontraktionen der äußeren Blutgefäße aufgrund des Kältereizes reduziert worden sein. Ich denke, es hat nicht länger als dreißig, allerhöchstens fünfzig Sekunden gedauert. Eins dürfte aber klar sein: Die Schnittwunde ist von einem rauen Objekt, wie zum Beispiel der Eisunterfläche, verursacht worden und nicht durch Äste oder ähnliches.“

„Das passt doch alles nicht, wieso hat der Mörder Melanie angegriffen und Darius in Ruhe gelassen? Dennoch ist auch Darius mausetot. Kann mir das vielleicht einmal jemand erklären? Und mal so ganz nebenbei, wer hatte überhaupt ein Motiv, die beiden zu töten? Ihr könnt sagen, was ihr wollt, ich bleibe dabei, das war erweiterter Suizid, ich weiß nur noch nicht wie.“ Widahn wollte erneut einen Schokoriegel aus demSchreibtisch nehmen, bemerkte aber Katjas spöttischen Blick und schloss die Schublade wieder.

„Na wunderbar“, Katjas Stimme troff vor Spott. „Sie bekamen also Streit, sie ließ sich von ihm die Hände und was weiß ich was zerkratzen, drehte ihm dann den Rücken zu, zeigte auf ihren Hinterkopf und sagte: Schlag genau hierhin, Liebling!“

„Nein, das ist natürlich Blödsinn.“

Katja schaute gedankenverloren in ihre Kaffeetasse. „Eben! Und mir kommt noch ein anderer Gedanke. Wo ist der Gegenstand, mit dem Melanie niedergeschlagen worden ist?"

„Wie?" Widahn entdeckte kleine hektische rote Flecken in Katjas Gesicht. Sie waren ihm im September bereits aufgefallen, und er deutete sie als sicheres Anzeichen dafür, dass der Fall sie völlig gefangen nahm und sie eine neue Idee verfolgte. So ganz nebenbei sah sie zum Anbeißen aus, und am liebsten hätte er sie in seine Arme gerissen, hätte sie an sich gedrückt, aber es gab Dinge, die vergaß man besser ganz und für immer.

„Ich habe gefragt, wo der Knüppel geblieben ist, mit dem das Mädchen am Hinterkopf verletzt wurde. Und wo sind die Fahrräder der beiden, Darius war bis auf Unterhemd und Jeans entkleidet, wo ist der ganze Kram? Konrad, habt ihr etwas gefunden?" Katja sah zu Vohwinkel.

Dieser schüttelte den Kopf. „Bis jetzt noch nicht. Ich muss aber zugeben, wir sind mit der Suche noch nicht ganz fertig. Wir stellen die gesamte Granitz auf den Kopf."

Heinrichsen mischte sich ein. „Wir wissen von den Eltern, welche Kleidung sie an dem Tag getragen haben. Melanie war noch fast vollständig bekleidet, bis auf ihren roten Winteranorak. Er ist spurlos verschwunden, bei Darius fehlen ein schwarzer Pullover Marke Fishbone, ein paar schwarze Sportschuhe Größe 42 und eine gelbe Winterjacke. Schuhe und Jacke sind von Adidas!" Als müsse er sich dafür entschuldigen, dass er erst so spät mit der Information herüberkam, sah er schuldbewusst in die Runde und räusperte sich. Es wurde ganz still im Raum.

Widahn verschränkte die Arme ineinander und starrte nach draußen. In den gegenüberliegenden Wohnhäusern gingen die ersten Lichter an. Ein Mann zog die Vorhänge zu. „Wenn sie allein am See gewesen wären, um sich dort umzubringen, dann hätten wir ihre Sachen ja finden müssen. "

Widahn drehte sich zu seinen Kollegen herum, sah in ihre betroffenen Gesichter. Katjas Einwände waren logisch. Sie hatte Recht, die beiden waren getötet worden. „Mein Gott, mit welchem teuflischen Monster haben wir es hier zu tun?"

10

Regina Hofer öffnete die Augen. Ihr Kopf lag auf dem kühlen Kissen, das in einem Satinbezug in Tigermuster steckte. Auf dem kleinen weißen Schreibtisch, der an der Wand gegenüber stand, lag ein geöffnetes Mathematikbuch, davor das dazugehörige Rechenheft. Regina brauchte nicht aufzustehen, um zu wissen, welche Formeln in der fein säuberlichen Schrift auf der aufgeschlagenen Seite standen. Ihre Hände glitten über die Spaghettiträger des seidigen Tops, Melanies Lieblingstops, das durchzogen war von dem Duft von J'adore, Melanies Lieblingsparfüm.

Sie drehte sich um zu der Wand, an der vier Geburtstagskarten hingen. Die oberste zeigte lauter bunte Luftballons. *Für Melli! Zu Deinem 14. Geburtstag alles Liebe!* Die ganze Klasse hatte unterschrieben. Daneben eine Karte mit einem Blumenstrauß, darunter stand geschwungen in Gold *Herzlichen Glückwunsch.* Innen las Regina: *Zu Deinem Geburtstag die besten Wünsche, Heidelinde und Joachim Baumann.* Direktor Baumann und seine Frau waren mittlerweile zu guten Bekannten geworden. Sie wohnten in der Parallelstraße, ihre beiden Gärten lagen sich gegenüber. Robert hatte mit Joachim ein Verbindungstörchen eingebaut, sehr zu Melanies Freude, denn Baumanns hatten einen Pool. Im Sommer hatte Melli in Baumanns Büro als Praktikantin mithelfen wollen. Vorbei, alles vorbei. Heidelinde war noch in irgendeiner Klinik, sie würde Melli nie wieder sehen.

Sie seufzte, ihr Blick wanderte weiter über die Wand. Nach rechts unten versetzt hing eine Karte mit einem silbernen Einhorn vor der untergehenden Sonne und der hereinbrechenden Nacht. Melanie liebte Einhörner. Für unser großes Mädchen. In Liebe Mama und Paps. Robert und sie hatten einen großzügigen Euroschein dazugelegt. Melli hatte sich Geld gewünscht. Sie war nach Stralsund in die Altstadt gefahren und hatte sich Kleidung gekauft.

Ihr Zeigefinger strich über die letzte der drei Karten, sie hing so, dass sie direkt ins Auge fiel. Regina malte mit dem Finger die

Form des sitzenden Teddybären nach, der ein großes rotes Herz in seinen Tatzen hielt. Auch diesen Text kannte sie nun auswendig, doch wie unter Zwang musste sie die Karte nochmals aufklappen.

Für meinen Schatz! Ich liebe Dich über alles, Süße, nichts kann uns trennen. Ich wünsche Dir einen wunderschönen Tag, und heute Abend wartet eine Überraschung auf Dich. In Gedanken bin ich schon jetzt bei Dir, Darius. Neben der Karte hatte Melanie eine langstielige, mittlerweile vertrocknete Rose an der Wand befestigt.

Regina seufzte und legte sich auf den Rücken. Seit exakt drei Monaten und vier Tagen hingen die Karten an der Wand, aber erst jetzt kannte sie ihren genauen Inhalt. Melanie war in dem Alter, in dem man großen Wert darauf legt, ein eigenes Leben zu führen, und sie hatte Verständnis gezeigt. War das falsch gewesen?

„Mutter, rutsch doch mal, du brauchst immer soviel Platz im Bett!"

Regina drehte sich um und drückte ihren Körper ganz eng an die Wand. „So besser, Süße?"

Melanie hatte immer so gut gerochen, ihre Haut war zart wie ein Pfirsich, ihre Augen groß und ausdrucksstark gewesen, und das nussbraune, lange seidige Haar, das dem ihren so ähnelte, hatte den schmalen Kopf umschmeichelt. Reginas Hand glitt über das glänzende Laken. Oft hatte sie abends mit Melanie eine Stunde so gelegen. Sie hatten gequatscht, geträumt und gelacht. Ein Ritual, das sie seit dreizehn Jahren zusammenhielt. Und jetzt?

Jemand hatte sie heute Nachmittag nach Hause gebracht. Wer war das noch gleich? Robert? Nein, Robert war es nicht. Er war in die Rechtsmedizin nach Greifswald gefahren, um die Leiche ... das Opfer zu identifizieren. Wer war nur der Fahrer ...? Theo! Theo Winkler hatte sie nach Hause gefahren. Er hatte ihr einen Drink zubereitet, und sie? Sie hatte das Glas gegen die Küchenwand geworfen. Er hatte wortlos die Scherben aufgehoben und gewartet, bis der Arzt gekommen war. Morgen, morgen würde sie zu ihm gehen und sich bei ihm entschuldigen. Aber jetzt nicht. Jetzt fühlte sie sich Melanie ganz nahe und das genoss sie.

„Robert?" Ihre Stimme klang selbst in ihren Ohren ganz fremd. Niemand antwortete, im Haus blieb alles still. Eben war er doch noch da gewesen? Sie strich sich über die Stirn. Uniformierte Beamte hatten ihn nach der Identifizierung wieder nach Hause gebracht. Er hatte sich auf das Sofa gesetzt, den Kopf in die Hände gestützt und zunächst geschwiegen. Irgendwann hatte er sie angesehen. „Es ist Melanie!“ Sie hatte nicht reagiert.

„Willst du mir nicht wenigstens jetzt alles sagen?“, hatte er sie gefragt. Sie schaute auf den schneeweißen Eisbären mit dem dunkelroten Samtschal, den Melanie auf den Kleiderschrank gelegt hatte, ein Bein lugte über die Schrankwand. *„He, ich nenn dich Schneeweißchen!“*

Was genau hatte sie ihm geantwortet? Wahrscheinlich hatte sie gar nichts gesagt.

Seine Augen waren schmal geworden. „Du bist so eiskalt. Noch nicht einmal der Tod deiner eigenen Tochter scheint dich zu rühren.“ Er war aufgestanden und aus dem Haus gegangen, oder nicht? Jedenfalls hatte sie ihn seither nicht mehr gesehen. War er in seinem Kellerraum? Er zog sich gerne in sein Heiligtum dort unten zurück.

Melanies Tod sollte sie nicht rühren? Sie stand auf, die Stunde war um. Tief in ihr war ein Vulkan, der alle Tränen verdunsten ließ, noch bevor sie geweint waren. Er fraß sich durch ihren ganzen Körper, durch ihre Seele, hinterließ verbrannte Erde, schwarze Flecken der Leere. Sie griff nach der Türklinke, drehte sich zu dem zerwühlten Bett um. Es war leer. Natürlich war es leer. Melanie war tot. Der Polizist mit dem langen Haar hatte von erweitertem Selbstmord gesprochen. Demnach war Darius der Mörder von Melanie.

„Ach was, Mama, nie im Leben.“

11

„Wirkte Ihr Sohn auf Sie irgendwie verändert in letzter Zeit? War er unruhig, nervös oder haben Sie ihn vielleicht öfter beim Lügen ertappt?“ Widahn saß in einem der schmalen, roten Lederclubsessel und betrachtete aufmerksam die einzelnen Familienmitglieder auf der Couch gegenüber. Von dem Vater, Ian Conelly, sah er nur den lockigen rotblonden Haarschopf, er hielt den Kopf tief gebeugt in seinen Händen. Corinna Steinbrück saß ganz am Rand der Couch, gerade so, als gehöre sie nicht dazu, als sei sie eine Fremde, die nur gekommen war, um eine Versicherung oder eine Zeitung zu verkaufen. Ihre Augen waren vom vielen Weinen rot und entzündet. Zwischen den Eltern lag Carmen Conelly, die jüngere Schwester von Darius. Ihr Kopf lag auf dem Schoß der Mutter, das wellige, rötliche Haar verdeckte ihr Gesicht, die Füße schmiegte sie an ihren Vater.

Conelly schüttelte energisch den Kopf und sah hoch, seine Augen waren ebenfalls rot geweint. Die vielen Sommersprossen wirkten auf der kränklich blassen Hautfarbe ungewöhnlich dunkel. „Ich habe wirklich keine Ahnung. Ihr Mitarbeiter ... wie heißt er noch ? ... ein hagerer, älterer Mann. Er und seine Kollegen haben Darius’ Zimmer durchwühlt ...“ Seine Finger spielten nervös mit einem blauen Glasaschenbecher, der vor ihm auf der weißen Marmorplatte des Wohnzimmertisches stand.

„Sie meinen unseren Leiter der Spurensicherung, Herrn Vohwinkel“, Katja schaute mürrisch auf den einzigen freien Platz in dem kleinen Wohnzimmer, sie mochte sich nicht auf einen zierlichen Clubsessel setzen. Ihre Erkältung plagte sie immer noch, und ihre Hose zwickte. Seit sie auf Rügen lebte und in ihrer Freizeit hauptsächlich mit dem Um- und Aufbau der alten Scheune beschäftigt war, hatten ihre Essgewohnheiten sich zum Negativen geändert. Trotz der körperlichen Anstrengung, die ein Umbau mit sich brachte, machten sich die vielen Pizzeria- und Imbissbuden-Besuche langsam bemerkbar. Ihr fehlte ihr Sohn und das tägliche Kochen und Essen mit ihm.

„Ja, genau den meine ich! Er und ein paar seiner Kollegen haben sein ganzes Zimmer durchsucht, nirgends ein Hinweis, dass er, ich meine sie beide geplant hatten ..., ich habe es nicht gewusst. Noch nicht einmal einen Abschiedsbrief hat er uns hinterlassen. Wir wissen nichts, wir verstehen nichts.“ Ian starrte hilflos zunächst auf seine Frau, dann wanderte sein Blick weiter zu der schwarzen Anbauwand hinter Widahn. Katja folgte seinem Blick. Die Wohnungseinrichtung wirkte wie zusammengewürfelt, aber nicht ungemütlich. Die Wände waren in einem hellen Gelbton gestrichen, Holzengel hingen an der Wand. Auf einem Regal stapelten sich DVDs aufeinander, bewacht von einem Farn und einem Kugelkaktus. Auf den Ablagen der schwarzen Anbauwand stand eine Sammlung silberfarbener Miniaturfiguren, und in der hinteren Reihe fanden sich einige Bücher. In der zugehörigen Glasvitrine leuchtete in verschiedenen Glasflaschen das tiefe Goldgelb irischen Whiskys, daneben Whiskygläser. Aber Conellys Blick haftete auf einem Foto in einem Silberrahmen, das jemand zwischen den Figürchen ganz nach vorne gezogen hatte: ein etwas älteres Bild von Darius, der sich folgsam bemühte, ein freundliches Gesicht zu machen, davor Carmen, die strahlend ihre Zahnlücke in die Kamera hielt.

Corinna Steinbrück schluchzte auf. Carmen setzte sich hoch und schlang tröstend die Arme um den Hals ihrer Mutter. Sie war kreideweiß, und für jemanden, der selbst Trost dringend nötig hatte, wirkte sie sehr stark und tapfer. Widahn schätzte sie auf etwa zwölf Jahre. Ganz kurz überlegte er, ob es einen Zweck hatte, sich mit ihr zu unterhalten, Geschwister wussten oft mehr als die eigenen Eltern. Aber als er in das zarte Mädchengesicht mit dem hilflosen Blick sah, verschob er den Plan auf später.

„Es ist alles ihre Schuld, nur ihre Schuld!“ Hass blitzte Widahn aus Corinna Steinbrücks tränennassen Augen entgegen.

„Wen meinen Sie?“

„Regina Hofer! Sie allein trifft Schuld! Diese hochnäsige Person, die sich für etwas Besseres hält. Sie hat nicht gewollt, dass Darius und Melanie ein Paar sind, sie war immer gegen die Freundschaft.“ In ihrem blassen Gesicht hatten sich hektische rote Flecken gebildet, die sich bis zum Hals hinunterzogen. „Wenn sie nicht solch einen Zirkus gemacht hätte, dann wären die beiden heute noch am Leben. Sie hat sie in den Selbstmord getrieben." Ihre Augen funkelten ihn weiter hasserfüllt an, als trüge auch er Schuld am Tod ihres Sohnes. Ihre kräftigen Finger zerrissen das Papiertaschentuch in kleine Fetzen.

„Ich muss Ihnen nun etwas mitteilen", Widahn schluckte kurz, es fiel ihm immer wieder schwer, Angehörigen diese Nachricht zu überbringen. „Wir gehen mittlerweile davon aus, dass die beiden ermordet wurden."

Stille! Er sah, wie Carmen den Kopf hob, die Haarsträhnen aus dem Gesicht strich, wie sich ihre grünen Augen weiteten und veränderten. Verständnislosigkeit trat in ihren stumpfen, traurigen Blick. Wie viel konnten Mädchen in ihrem Alter ertragen?

Corinna Steinbrück sprang auf. Ihre Augen hatten sich geweitet. „Dann war sie es, sie, sie! Sie hat sie umgebracht! Sie ist schuld!"

Ian Conelly fasste nach dem Arm seiner Frau, sein Gesicht war noch blasser geworden, Tränen rannen ihm über die Wangen. Er versuchte, sie zu sich auf das Sofa zu ziehen. Sie riss sich los, weinte lauthals und rannte hinaus.

„Mama!" Carmen schrie verzweifelt. Sie lief ihr hinterher, und sie hörten eine Tür zuschlagen.

„Sie wird in ihr Schlafzimmer gelaufen sein, das macht sie immer, wenn ... sie Stress hat ... oder so." Ian Conelly räusperte sich und stand ebenfalls auf. Seine Hände fuhren nervös über den groben, braunen Cordstoff seiner Hosenbeine.

Katja sah kurz zu Widahn, dieser nickte stumm. „Ich gehe zu ihr. Wo ist das Schlafzimmer, Herr Conelly?"

Der rothaarige Mann hielt den Kopf gesenkt. Er war völlig in sich zusammengesunken. „Kommen Sie!"

Er führte Katja und Widahn in die Diele und zeigte auf die hintere der beiden weißen Zimmertüren. „Hier ist unser Schlafzimmer, daneben ist Carmens Reich."

Widahn schaute flüchtig auf die Holztreppe, die nach oben führte. Die großzügig geschnittene Maisonettewohnung wirkte mit ihren weißen Fußbodenkacheln und dem sandfarbenen Wandanstrich freundlich und hell. Nirgends schien es eine dunkle Nische zu geben. Darius hatte oben sein eigenes Refugium gehabt, bestehend aus einem Wohnschlafraum und einem eigenen kleinen Bad.

Conelly folgte Widahns Blick. „Kommen Sie mit mir", sagte er mit brüchiger Stimme und strich müde über den Hals eines braun lackierten Holzdekopferdes. „Ich brauche was zu trinken."

Widahn band seinen Pferdeschwanz neu und folgte dem großen, kräftigen Mann in die Küche. Erstaunt stellte er fest, dass die Küche größer war als das Wohnzimmer. Sie war in rustikalem Stil eingerichtet, die massiven Holzstühle sahen aus, als seien sie für die Ewigkeit gebaut worden. Conelly zog an der Tür des Apothekerschranks. „Möchten Sie auch einen Whisky? Aber wahrscheinlich nicht, Sie sind ja im Dienst. Vielleicht einen Tee?" Er griff nach einer braunen Flasche im obersten Regal, nahm sich ein Wasserglas aus der Spüle, achtete nicht darauf, dass es schmutzig war, und füllte es randvoll mit der goldgelben Flüssigkeit.

„Nein danke! Ich möchte nichts trinken." Er fragte sich, ob der Ire die Flaschen überall in der Wohnung bereithielt.

Conelly setzte das Glas an, trank es aus und goss sich erneut ein. Er nickte schwerfällig und setzte sich Widahn gegenüber an den runden Esstisch. Ein schnurloses Telefon wurde zu seinem Spielzeug, seine Finger drehten es geschwind hin und her, ohne dass er es wahrzunehmen schien. „Sie sagen, es war Mord?"

„Was wissen Sie über das Verhältnis Ihres Sohnes zu Melanie Hofer?"

„Nichts!"

Widahn sah ihn mit hochgezogenen Augenbrauen an. Die Antwort war zu schnell gekommen. Er log, aber warum? „Herr Conelly", sagte er mit ruhiger, sanfter Stimme. „Wir brauchen Ihre Hilfe, wir suchen den Mörder Ihres Sohnes, ohne Ihre Unterstützung werden wir vielleicht nie erfahren, was in der Nacht wirklich geschah. Wollen Sie das?"

Conellys Gesicht verzerrte sich. Er biss sich in den Handrücken, versuchte ein Schluchzen zu unterdrücken. In seinen Augen schimmerten Tränen.

Das Telefon klingelte. Conelly hob ab. „Ja?"

Widahn sah, wie er bedauernd mit den Schultern zuckte, und trommelte mit den Fingern auf den Tisch. Er wurde nicht gerne bei Ermittlungsgesprächen unterbrochen.

Conelly fuhr sich mit den Fingern über die Augen, dabei schüttelte er den Kopf. „Nein, danke, Theo! Ist lieb von dir, aber im Augenblick ... Ja, sicher, machen wir ... Ja ... Ja ... Vielen Dank!"

Er legte das Telefon weg. „Entschuldigen Sie bitte. Im Augenblick klingelt es andauernd. Freunde, Bekannte, alle wollen helfen. Das war jetzt ein Arbeitskollege meiner Frau. Er wollte uns sein Beileid aussprechen und uns etwas zu essen vorbeibringen." Er schluchzte. „Ich glaube, ich kann nie wieder etwas essen."

Widahn ließ ihn einen Augenblick weinen.

„Was haben Sie mich noch gefragt?"

„Ich wollte wissen, ob Ihr Sohn sich in letzter Zeit auffällig benommen hat. Hat er vielleicht die Schule geschwänzt oder war er aggressiv?"

„Darius aggressiv? Niemals!" Conelly sah den Beamten wütend und voller Schmerz an. Er schlug mit der Faust auf den Tisch. „Niemals!", wiederholte er. „Darius hätte keiner Fliege etwas zuleide tun können. Er war ein Mensch voller Gefühl und Sehnsüchte. Sicher denken Sie jetzt, dass ich ihn nach seinem Tod glorifiziere. Aber was ich sage, stimmt, Herr Kommissar. Trotzdem haben Sie irgendwie auch Recht. Darius hat sich verändert."

Widahn sah ihn aufmerksam an. „Inwiefern?"

Der Mann schaute stumm aus dem Fenster, blickte auf den Selliner See, dessen Wellen kleine Schaumkronen trugen. Auf der anderen Seite lag Sellin, kleine Häuser fast direkt am Ufer, dahinter die von Bäumen gesäumte B196, Teil der deutschen Alleenstraße, auf der im Sommer fast pausenlos die Autos vorbeizogen. Oben auf dem Hügel waren die beiden Gebäude des Cliff Hotels zu sehen. Seegras wuchs rund um das Ufer. Eine Schar von Möwen hatte sich auf dem Wasser niedergelassen und schaukelte träge auf und ab.

„Hier hat er oft gesessen und nach draußen gestarrt!", flüsterte Conelly. „Und wenn seine Mutter oder ich ihn ansprachen, ist er zusammengezuckt!" Seine Augen wurden zu schmalen Schlitzen.

Widahn gönnte ihm eine Pause und schwieg. In dem Gesicht des kräftigen Mannes spiegelte sich sein Schmerz. Er hätte ihm gerne die Erinnerung erspart, aber sie waren auf der Jagd nach einem heimtückischen Mörder, einem Phantom, noch ohne Gesicht und Profil, sie konnten auf Emotionen keine große Rücksicht nehmen.

„Wir haben ihn natürlich gefragt, was los sei", sprach Conelly endlich weiter, „aber er winkte nur ab. Wir erkundigten uns nach schulischen Problemen, aber es gab keine. Und ich fragte ihn auch nach Melanie."

„Ja?"

Conelly zuckte mit den Schultern. „Er meinte, es sei doch schon lange aus zwischen ihnen. Kein Wort sprach er mehr von ihr. Deswegen verstehe ich auch nicht, wieso er und Melanie ... Und letzten Sonntag, an ... seinem letzten Sonntag, da war er mit einem Mal wie ausgewechselt."

Widahn lehnte sich zurück und streckte die langen Beine unter dem Tisch aus. Er dachte an die Aussage von Michaela Heuser, die Katja aufgenommen hatte. Melanie hatte Michaela doch auch eine bevorstehende Veränderung angekündigt. „Erzählen Sie mir von dem Sonntag."

„Es war mittags. Am Vormittag war er kurz unterwegs ..."

„Wo war er denn am Vormittag und wie lange war er weg?"

„Nicht lange, vielleicht eine halbe Stunde. Ich habe ihn nicht gefragt, wo er war. Corinna hatte Dienst im Pelikan, und ich übte mit Carmen Mathe, wegen einer Klassenarbeit. Ich habe angenommen, er sei bei seinem Freund. Jedenfalls kam er supergut gelaunt nach Hause. *Wo ist Mama*?, hat er gefragt. Er hatte vergessen, dass sie Dienst hatte. Er war so gut aufgelegt, strahlte regelrecht und überredete mich und Carmen, zu seiner Mutter ins Hotel zu fahren."

Widahn runzelte die Stirn. „Er wollte zu Ihrer Frau ins Hotel? Machte er das öfter?"

Conelly schüttelte den Kopf und nahm einen Schluck aus dem Glas. „Nein, eben drum. Ich habe mich auch gewundert. Aber er war so gut gelaunt mit einem Mal, und ich habe dann nachgegeben. Und so haben wir Corinna überrascht. Wir verbrachten ihre

Pause gemeinsam im Speisesaal. Wir aßen und lachten alle vier zusammen ..." Wieder beugte er sich vor und wurde von seinem Schluchzen unterbrochen. „Deswegen ist es auch so schwer für uns ... Wir verstehen das alles nicht."

Widahn atmete einmal tief durch. Er beschloss, diese Erinnerungen zunächst einmal auf sich beruhen zu lassen. „Woher stammt eigentlich der Hass Ihrer Frau auf Regina Hofer? Nur weil Melanies Mutter gegen eine Beziehung der beiden war, kann sie doch unmöglich annehmen, dass sie auch schuld an ihrem Tod ist."

Conelly knetete seine Hände, und es schien ihm eine gewisse Mühe zu bereiten, das zu vermitteln, was ihm auf dem Herzen lag. „Ich kenne Robert und Regina Hofer noch aus früheren Zeiten", platzte es dann regelrecht aus ihm heraus.

„Aha", Widahn wartete darauf, dass Conelly weitersprach.

Conellys lange knochige Finger spielten nervös mit den künstlichen Blättern eines Frühlingskranzes, der auf der Mitte des Tisches stand. Die Kerze darin war noch nicht angezündet worden. „Wir waren einst Freunde."

„Sie, Robert und Regina?" Noch konnte sich Widahn keinen Reim auf das Gestammel machen.

Conelly drehte eine abgerupfte Plastiklilie zwischen den Fingerspitzen hin und her. „Ich kam vor über fünfzehn Jahren aus Irland hierher. Die Mauer war gerade gefallen und meine Mutter, eine gebürtige Deutsche, hatte sich eben erst von meinem Vater getrennt. Sie glaubte, wenn man nun beim Aufbau Ost helfen würde, dann fiele auch für uns ein Stück vom großen Kuchen ab." Er lächelte bitter. „Die Rechnung ging nicht ganz auf."

Widahn hörte schweigend zu. Nun erklärte sich zumindest, weshalb der Mann aus Irland ein fast akzentfreies Deutsch sprach.

„Ich hatte in Irland gerade meine Ausbildung zum Elektriker beendet, mein Vater wollte, dass ich blieb, aber ich nicht. Also dachte ich, es könne ja nicht schaden, mit Mutter nach Deutschland zu gehen. Es verschlug uns nach Bergen auf Rügen. Robert war damals unser Nachbar. Er arbeitete als Elektriker bei der Deutschen Bundesbahn, und so wie ich ihn kennen gelernt habe, wird er da immer noch tätig sein, obwohl es ihm damals schon nicht besonders gut gefallen hat. Aber heute muss man ja froh sein, wenn man einen Job hat. Und welche großartigen Chancen hatte er schon?“ Er untermalte seine Worte mit einem spöttischen Lächeln.

Widahn überlegte. Es stimmte, Robert Hofer war immer noch als Elektriker bei der Bahn tätig. Allerdings arbeitete er heute nur noch im Büro und delegierte die verschiedenen Aufgaben an die Mitarbeiter.

„Jedenfalls besorgte er mir auch eine Stelle bei der Bahn, wir arbeiteten in Stralsund. Mir gefiel der Job damals nicht so gut, aber ich hatte zumindest Arbeit.“ Wieder schwieg er, setzte sich schräg auf den Stuhl und schaute aus dem Küchenfenster. Widahn ließ ihm Zeit, drängte ihn nicht, sondern folgte seinem Blick. Über der schneeweißen Rüschengardine hing eine Lichterkette aus kleinen bunten Ballons und auf der Fensterbank bemühte sich ein hochgewachsener Christusdorn an der Fensterscheibe um den nötigen Halt. Das Alpenveilchen daneben dankte die Vernachlässigung mit hängenden Blütenköpfen und gelb gefärbten Blättern, der Christusdorn war da schon etwas robuster.

Widahns Blick wanderte weiter auf den Selliner See. Von hier, aus dem Küchenfenster im zweiten Stock des neu gebauten Wohnhauses am Ufer des Sees hatte man eine fantastische Aussicht. Es würde sich in naher Zukunft ja einiges ändern rund um den Selliner See. Der Fährbetrieb nach Altensien sollte wieder aufgenommen werden und die geplante Marina würde dem See neues Leben einhauchen.

„Jeden Morgen kam sie auf Gleis vier an“, griff Conelly den Faden seiner Erzählung endlich wieder auf. „Und jeden Morgen blieb sie stehen, hielt ihre Collegemappe fest an sich gedrückt. Dann schaute sie einmal nach links, dann nach rechts, bevor sie in der Menschenmenge verschwand.“

„Regina Hofer?“

Conelly nickte. „Damals hieß sie noch Kerzmann. Sie war neunzehn oder zwanzig und ging in eine Sprachenschule für Englisch und Französisch. Es war Robert, der mich auf sie aufmerksam machte. Er hatte sich wohl schon lange in dieses hübsche Mädchen mit den langen, glatten Haaren verliebt. Ich fand sie ebenfalls interessant. Sie war schon früher eine Schönheit. Wissen Sie, was ich meine?" Conelly sah Widahn mit einem müden, stumpfen Blick direkt in die Augen.

„Und Sie haben ein Verhältnis mit Regina angefangen?" Widahn wollte nicht mit Conelly seinen Frauengeschmack diskutieren. Er zeichnete mit dem Zeigefinger das Muster eines gestickten gelben Ostereis und eines braunen Hasen nach. Direkt daneben befand sich ein eingetrockneter Kaffeefleck.

Conelly hob abwehrend die Hände. „Nein, nein! Gut, ich hätte schon gerne mit ihr geschlafen, mehr nicht. Aber sie wirkte wie eine Jungfrau, so etwas erkennt man doch, finden Sie nicht?"

Widahn sah ihn ausdruckslos an.

„Jedenfalls dachte ich mir damals, es sei besser, die Finger von ihr zu lassen."

Widahn glaubte ihm kein Wort, ließ ihn aber weitersprechen.

„Robert ging dann mit ihr aus, und sie wurde seine Freundin. Er verriet mir, dass ihre Eltern sehr streng waren, übertrieben auf die Moral ihrer Tochter achteten und sehr auf sie aufpassten. Besonders der Vater habe eine Macke, so hat er sich damals ausgedrückt. Das schreckte Robert natürlich nicht ab. Eines Abends erwischte uns der Alte, als wir Steinchen an ihr Fenster warfen, damit sie herunterkam. Er stand plötzlich mit einem Luftgewehr im Türrahmen. Der war echt irre. Regina kam dann auch angelaufen. Er zerrte seine Tochter an den Haaren ins Haus und schlug die Tür hinter ihnen beiden zu. Ich ging nach Hause, hatte die Nase voll. Robert blieb in der Nähe des Hauses, war verrückt vor Sorge um Regina. Ich weiß nicht, was noch in der Nacht geschah." Er unterbrach seine Erzählung und trank einen Schluck Whisky. „Es wurde dann mehr und mehr klar, wir hatten uns nicht viel zu sagen. Ich zog mich von ihnen zurück, hatte neue Freunde und einen neuen Job, später habe ich mich selbstständig gemacht. Und ich habe Corinna kennen gelernt und mich in sie verliebt. Sie hatte zwar nicht Reginas Aussehen, aber alles an ihr war ... menschlicher, wärmer."

Widahn stellte sich die beiden Frauen vor. Wie in einem Werbefilm sah er Regina in seinem Bett, schlank wie eine Gazelle, ihre nackte Haut glänzte bronzefarben, während sie ihren Körper vor ihm räkelte. Ein Gesicht wie aus Porzellan, das seidige nussbraune Haar auf roter Satinbettwäsche wie ein Fächer ausgebreitet ..., aber sie waren nicht allein. Rechts neben ihm befand sich Corinna in einem gemütlichen Flanellpyjama, ihren Kopf auf dem rundlichen Arm abgestützt schaute sie ihn traurig an. Ihre Augen waren vom Schlaf verquollen, das hellblonde, knabenhaft kurze Haar stand stachelig und unordentlich von ihrem Kopf ab. Er seufzte, wo seine Phantasien ihn wieder hintrieben! Er musste Conelly Recht geben. Corinnas Blick war vielleicht nicht so sinnlich, dafür aber lebendiger, herzlicher, wärmer und irgendwie ehrlicher. „Ihre frühere Freundschaft zu den Hofers erklärt nicht, wieso Ihre Frau Regina Hofer nicht mag."

Conelly zuckte mit den Schultern. „Keine Ahnung. Aber sehen Sie, auf dem Betriebsfest im November haben Regina, Robert und ich uns das erste Mal wiedergesehen. Corinna war überrascht, dass wir uns kannten. Und ich wusste nicht, dass Regina die Marketing-Tussi ist, die Corinna nicht ausstehen kann. Sie hält Regina eben für eine eingebildete Ziege. Regina, Robert und ich fanden dieses zufällige Wiedersehen zunächst sehr lustig. Wir drei frischten unsere alten Erinnerungen auf, während Corinna auffällig still blieb. Und dann verplapperte sich Robert auch noch und erzählte in die Runde, dass ich einst ebenfalls verrückt nach Regina gewesen war. Corinna kann ganz schön eifersüchtig sein, das bekam ich dann zu Hause zu spüren. Aber ich konnte sie davon überzeugen, dass ich heute keinerlei Interesse mehr an Regina habe. Als sie später erfuhr, dass Darius und Melanie sich verliebt hatten, kam es ihr eigentlich ganz gelegen, dass Regina, aus welchem Grund auch immer, gegen eine Beziehung der beiden war. Sie war ja selbst nicht davon begeistert."

Widahn sah auf das halbvolle Glas vor Conelly. „Könnte ich vielleicht jetzt doch ein Glas Wasser bekommen?" Conelly nickte, stand auf und nahm aus dem Schrank ein frisches Glas und aus dem Kühlschrank eine Flasche Mineralwasser. „Sie meinen, sie wollte keine privaten Beziehungen zu den Hofers?"

Conelly goss Widahns Glas voll und setzte sich wieder hin. „Corinna mochte die schöne Regina nun natürlich noch weniger, nachdem sie wusste, dass ich mal scharf auf sie war. Sie nannte sie nach wie vor eine eingebildete Schnepfe, die sich weiß Gott wie toll vorkäme. Aber da war noch mehr. Melanie sah ihrer Mutter sehr ähnlich. Darius kommt ...", er räusperte sich, mühte sich um Fassung, „kam ganz auf mich. Die beiden waren ein einziges Mal hier, das war kurz nach dem Betriebsfest. Corinna erwischte sie, als sie sich küssten, und wurde blass. Sie sagte zwar nicht viel, aber sie war auch nicht gerade nett zu dem Mädchen. Wahrscheinlich stellte sie sich vor, wie Regina und ich ... na ja, wie auch immer." Er winkte ab und räusperte sich. „Sie wollte den beiden dann nicht mehr erlauben, sich bei uns zu treffen, selbst wenn das arme Mädchen nach dieser Behandlung noch gewollt hätte. Man müsse Reginas Willen respektieren, und da sie ja nun mal nicht mit dem Verhältnis der beiden einverstanden sei, könne sie der Dame aus der Chefetage ja nicht in den Rücken fallen und die zwei unterstützen. Corinnas großer Fehler ist der Neid, Herr Hauptkommissar. Ganz besonders auf Frauen wie Regina, halt so Karrierefrauen. Regina und Robert haben ein tolles Haus, Regina fährt einen schicken Wagen. Das würde sie natürlich nie zugeben, aber ich kenne meine Frau. Letztendlich wünscht sie sich selbst das Aussehen und den Posten von Regina. Dabei hat sie das gar nicht nötig. Ich stehe doch zu meiner Frau, und wir wohnen doch auch sehr schön, oder?"

Widahn gab ihm innerlich Recht, ließ ihn aber weitersprechen. „Eines Tages stand Regina bei uns vor der Tür. Sie wollte mich sprechen, kam aber nicht herein. Und sie sah mich so seltsam an, mit einem Blick ...", Conelly schaute in die Luft, suchte nach den passenden Worten. „Ich kann ihn gar nicht beschreiben. Undurchdringlich. Dann betonte sie noch einmal, dass sie gegen eine Beziehung von Darius und Melanie war. Sprach's, drehte sich um und ging."

Widahn sah ihn prüfend an. Warum erzählte ihm Conelly das alles jetzt? Wollte er sich nur einmal aussprechen? Irgendwie schien ihm das nicht einmal die ganze Geschichte zu sein. „Haben Sie mir sonst noch etwas zu sagen?"

Ian schaute zu Boden, sein helles Gesicht mit den kleinen Sommersprossen wurde rot. „Nein“, er schüttelte den Kopf und schaute geflissentlich an Widahn vorbei. „Da ist nichts.“

„Gut!“ Widahn stand auf, in der Tür drehte er sich zu ihm um. „Herr Conelly, wir wissen nicht, wer der Mörder Ihres Sohnes ist. Und was das Motiv angeht, tappen wir auch noch im Dunkeln. Wenn es also irgendetwas gibt, was Sie uns mitteilen wollen ...?“

Conelly schaute zu ihm hoch. Widahn erkannte, dass er kurz davor stand zu weinen. „Wir Iren, Herr Kommissar, glauben an Hexen, an Kobolde und Zauberer.“ Er griff zu einer Packung Papiertaschentücher. Dann sah er Widahn bedeutungsvoll an. „ Und ich sage Ihnen, mit ihr stimmt etwas nicht.“

Widahn runzelte die Stirn. „Von wem sprechen Sie?“

„Regina Hofer!“

12

Er rieb sich mit den Händen fest über die Knie, bis sie ganz heiß wurden. Aus einem der Nachbarhäuser waren Schüsse und ein lautes kaltes Lachen zu hören. Ach ja, die Nachbarn drei Häuser weiter hatten seit ein paar Wochen ein Pay-TV-Abonnement und schauten nun dauernd irgendwelche Spielfilme. Leider stellten sie den Fernseher immer so laut, dass die ganze Nachbarschaft mitbekam, was sie sich gerade ansahen. Und seine Laune war sowieso schon auf dem Nullpunkt. Oft genug hatte er ihren Lärm ertragen, hatte geschwiegen. Aber heute waren seine Nerven zum Zerreißen gespannt. Er überlegte. Sie hatten ihm, als sie letztes Jahr in Urlaub gefahren waren, ihren Schlüssel dagelassen, damit er die Blumen versorgen konnte. Natürlich hatte er das gerne gemacht. Und er hatte einen Zweitschlüssel anfertigen lassen. Man konnte ja nie wissen. Er war gerade auf dem Weg zu seinem Werkzeugkasten, um seine Zange zu holen. Schließlich wusste er auch, wo das Antennenkabel war. Da hörte der Lärm schlagartig auf.

„Manche Menschen scheinen Gedanken lesen zu können", knurrte er und warf die Zange zurück in den Kasten.

Er fühlte keine Müdigkeit, die tiefe Lust ließ ihn einfach nicht los. Wäre die dumme Tussi mit dem Bengel an der Hand doch nur ein paar Minuten später gekommen. In der Küche setzte er in einem Wasserkocher Teewasser auf.

Irgendwann am Abend hatte er es nicht mehr ausgehalten. Die Wände schienen ihn erdrücken zu wollen. Er war aufgesprungen und fortgelaufen. Er schaute an sich herunter auf sein festes Schuhwerk und runzelte unwillig die Stirn. Die Schuhsohlen waren von dem langen Spaziergang voller Sand und Erdklumpen, der glänzende Parkettboden war beschmutzt. Er setzte sich in einen Sessel, zog die Schuhe aus, ließ seine Zehen in den dunklen, klammen Wollsocken kurz auf- und abwippen. Gerne hätte er sich seine Tasse Tee sofort zubereitet, aber zuerst musste er sich um seine Schuhe kümmern. Er nahm sie vorsichtig hoch und brachte sie in das Badezimmer. Er stellte sie in die Wanne, kleine

Dreckklumpen verteilten sich auf der weißen Emaille. Mit verbissenem Gesicht reinigte er erst die Schuhe, stellte sie auf einer alten Zeitung unter die Heizung und wusch die Wanne aus, bis kein Schmutz mehr zu sehen war. Er ging in den Keller, betrat die Waschküche mit integrierter Duschkabine. Dann erst zog er sich weiter aus.

So sehr ihn die Stille am Nachmittag verrückt gemacht hatte, jetzt war es genau das, was er brauchte. Ruhe und Einsamkeit. Er musste nachdenken. Seine Hose hängte er akkurat über einen dünnen Metallbügel, die Socken wanderten in die Wäschetruhe, und sein weißes Hemd sowie die Unterwäsche steckte er in die Waschmaschine, gab Waschpulver und Weichspüler hinzu und schaltete sie ein. Immer noch verärgert öffnete er die Glastüren der Duschkabine, während die Waschmaschine mit zischendem Geräusch Wasser in sich aufnahm. Endlich spürte er das heiße, prickelnde Nass auf seinem haarlosen, rosigen Körper, seine Anspannung nahm zu.

Wie ein Wolf durch die Steppe war er am Abend bis an die Selliner Seebrücke gelaufen, ohne Ziel, den Kopf nach unten gesenkt. Er hatte den Aufzug zum Strand genommen, war unter dem mächtigen Zugang zur Seebrücke durch den Sand gewatet, dann den betonierten Weg wieder hoch. Die Königskinder waren fort, und nun musste er sich eingestehen, dass er sie vermisste. Warum hatten sie ihn herausfordern müssen? Es war doch klar, dass er stärker und klüger war. Er grinste. Aber man sollte nach vorne schauen, nicht immer zurück. Er wollte neue Wege gehen, nicht soviel grübeln. Außerdem, wenn er sich an sie erinnern wollte, besaß er ja in seinem Refugium noch die ganzen Kassetten, ihre Fahrräder, Jacken, Schuhe.

Irgendwann war er ein wenig ruhiger geworden, er hatte sich sogar noch etwas von dem Abend versprochen. Er war in das russische Restaurant in der Wilhelmstraße gegangen, hatte dort Kakao und eine Fisch-Soljanka bestellt, die ihm sehr gut geschmeckt hatte.

Von dem kleinen Metallgitter an der grün gekachelten Wand nahm er sich die Handbürste, rieb sie mit Seife ein und begann, seinen ganzen Körper abzuschrubben.

Er hielt sich gerne dort auf, wo Touristen waren, es war interessant, ihren Gesprächen zuzuhören. Die Einheimischen hatten fast immer nur die gleichen Themen: die schlechte Wirtschaftslage, die Fischerei-Erträge oder die hohe Arbeitslosigkeit. Nach dem Essen hatte der Abend erst richtig begonnen. Suchend und horchend war er um die Häuser in den Nebenstraßen von Sellin geschlichen, immer darauf wartend, ob irgendwo ein zu lautes Wort, ein Keuchen, Stöhnen oder kehliges Lachen zu vernehmen war ... Er wurde immer fündig. Es war halt nur eine Frage der Zeit und man musste Geduld haben. Am geöffneten Fenster eines Ferienhauses war er dann stehen geblieben. Das Gespräch hatte sofort seine Aufmerksamkeit geweckt.

„Ach, nun komm schon, wir haben noch mindestens eine halbe Stunde, bis sie zurück ist." Die Männerstimme hatte werbend und dunkel geklungen.

Sie hatte verschämt gelacht. „Ich denke, du hast Kopfschmerzen. Du bist verrückt, weißt du das? Wenn Anita herausbekommt ... Gott, hör auf, was machst du da?" Wieder hatte sie dieses glucksende Lachen von sich gegeben. Er hatte sich umgeschaut. Direkt vor der Tür ein dunkelblauer BMW mit Münchener Kennzeichen, hinten ein Kindersitz und auf der Hutablage ein buntes Spielzeugauto. Das Haus war groß und offensichtlich ganz frisch in weißer Farbe getüncht, die Klingel sowie der Türgriff aus edlem und blitzendem Messing. Mit geübtem Blick hatte er die Situation erfasst: Die Frau des Mannes war offensichtlich mit dem gemeinsamen Sohnemann zu Fuß unterwegs. Er war unter einem fadenscheinigen Vorwand im Ferienhaus geblieben. Bei ihm war ... Ja, wer war die Frau? Er hatte schon so einiges mitbekommen. Die Frau des Freundes, die Freundin der Frau, seine Sekretärin, einmal war es sogar die eigene Schwiegermutter gewesen. Egal, die beiden dort in dem Haus hatten vor, sich zu amüsieren, und er hatte genau dasselbe Bedürfnis. Das ließ sich doch prima miteinander vereinbaren. Der Mann hatte der Frau wahrscheinlich etwas ins Ohr gegurrt, das er leider nicht verstanden hatte. Sprich doch lauter, du Idiot. Er hatte sich gegen die Hauswand gelehnt und so getan, als würde er einen Inselplan von Rügen studieren.

„Trotzdem, wenn sie kommt. Ich fühle mich so miserabel. Sie ist schließlich meine beste Freundin, und ich ..."

„Du bist verrückt nach mir. Na und? Wir nehmen ihr doch nichts. Sie hat sowieso keine Lust mehr auf Sex. Und wenn ich dich sehe, dann würde ich am liebsten ..."

Er hatte sich noch so anstrengen können, kein Wort war zu verstehen. Es musste irgendetwas Deftiges gewesen sein, was er ihr vorgeschlagen hatte, denn die Frau hatte ein gespielt empörtes Lachen von sich gegeben.

„Lass uns in den Garten gehen, ja? Wir hören dann den Kleinen, wenn sie kommen. Oh, weißt du, was ich mit dir gleich mache?"

„Komm mit nach hinten, schnell!" Die Stimme des Mannes war ganz heiser geworden.

Er war mit ihrem Entschluss, ihrem Liebestreiben im Garten nachzugehen, sehr einverstanden gewesen. Ihm waren die Orte, an denen auch er sich ein wenig zurückziehen konnte, am liebsten. Er hatte sich kurz umgeschaut, die Straße hatte immer noch ruhig dagelegen. Aus einem Haus schräg gegenüber waren Klaviertöne zu hören gewesen. Es war wirklich eine feine Gegend. Dann war er durch das Türchen in den Garten getreten, aber gleich an der Ecke stehen geblieben.

Er ließ das warme Wasser auf seinen Körper rieseln, die eine Hand umklammerte immer noch die Handbürste, während die andere wie von selbst ihren Weg an seinem Bauch entlang nach unten fand. Er schloss seine Augen und die Erinnerung nahm ihn gefangen.

Er hatte nur die Schatten der beiden Körper sehen können, die sich aneinander drängten. Aber das hatte genügt, um zu erkennen, dass sie ein leidenschaftliches Pärchen waren, das es verstand, sich lustvoll zu lieben. Keine Gefahr, dass sie ihn entdeckten. Er hatte ihr Liebesspiel sehr genießen können, hatte die Erregung am ganzen Körper gespürt. Er war bei ihnen gewesen, hatte einen ihrer intimsten Momente miterlebt, und sie hatten es nicht einmal geahnt. Seine Hand war rhythmisch über den Reißverschluss seiner Jeans gefahren.

„Was machen Sie denn da, bitte schön?"

Erschrocken hatte er sich umgedreht und sich um einen ruhigen Atem bemüht. Hinter ihm stand eine blonde junge Frau, die mit der einen Hand Pizzakartons balancierte und an der anderen einen kleinen Jungen hielt. Verdammter Mist, sie hatte sich kaum einen ungünstigeren Moment aussuchen können. Er hätte sie und den Kleinen am liebsten auf der Stelle erwürgt. Stattdessen hatte er sich geräuspert und sie angelächelt. „Entschuldigung! Ich habe ein Geräusch gehört und wollte nachsehen, ob etwas passiert ist. Es ist aber alles in Ordnung, da lieben sich nur zwei recht laut und heftig im Garten." Er ging an der Frau vorbei, strich dabei dem kleinen Jungen über den Kopf. Die Augen der Frau hatten sich vor Entsetzen geweitet, und sie hatte den Mund aufgerissen. Seine Rache war geglückt, aber seine Lust hatte er nicht befriedigen können.

Aber jetzt und hier konnte ihn niemand hindern. Er malte sich aus, wie das Paar aus dem Garten ihn entdeckte. Aber im Gegensatz zu der Frau waren sie nicht sauer. Nein, sie luden ihn sogar zu sich in den Garten ein. Die Frau legte sich nackt in das Gras. Herausfordernd sah sie ihn an und spreizte leicht ihre langen, schlanken Beine. Der Mann kniete sich neben sie und winkte ihn zu sich herunter. „Komm her, fass sie an. Sie mag das und wartet auf dich."

Sein Atem wurde kurz und hektisch, auf dem weichen, rosigen Körper bildeten sich rote Flecken. In seiner Phantasie krallte die Frau ihre Finger in das Gras und in die Erde. Ihre Lippen waren geöffnet, bereit für ihn. Der Mann war geduldig und ließ ihm den Vortritt. Er genoss das starke Ziehen in seinem Körper und fuhr sich hektisch mit der Zungenspitze über die Lippen. Die Waschmaschine drehte ihre Touren, ein Hosenknopf klackerte regelmäßig laut gegen das Türglas. Das konnte ihn jetzt nicht stören. Er kniff die Augen zusammen, nun war der Mann an der Reihe. Die Maschine gab für einen Augenblick Ruhe. Er bemerkte es nicht, sondern konzentrierte sich ganz auf das sich liebende Paar. Sein Herz schlug bis zum Hals und sein Atem wurde zu dem Schnauben eines mächtigen Stieres. Ja, er war ein großer, mächtiger Stier, ein schwarzer Hengst. Er ließ die Handbürste achtlos fallen und verschmolz mit dem Paar im Gras.

Schwer atmend und noch zitternd nahm er die Seife und wusch sich erneut. Auf seinen Lippen ein Liedchen pfeifend, dachte er daran, sich nun eine gute Tasse Tee ... Der elektrische Wasserkocher! Er hatte sich doch Teewasser aufgesetzt. In seiner Aufregung hatte er es vergessen und war einfach duschen gegangen. Er stellte das Duschwasser ab, die restliche Seife brannte ihm in den Augen. Blinzelnd und halb blind griff er nach dem Duschhandtuch, das über dem Heizkörper neben der Dusche hing, legte es sich um die Hüften und tapste mit nassen Füßen so schnell wie möglich in die Küche.

„Du hattest da wohl etwas vergessen", hörte er eine weibliche Stimme. Er bemühte sich die Augen zu öffnen und sah auf einen Frauenrücken mit langen glatten Haaren.

„Danke, Regina!"

„Ich war im Garten und habe Mellis Badmintonschläger gesucht, den du ihr zu Ostern geschenkt hast. Dabei sah ich Dampf aus dem Küchenfenster aufsteigen. Hast du ihn irgendwo gesehen?"

„Was gesehen?"

„Mellis Badmintonschläger."

Er schüttelte den Kopf. „Nein, habe ich nicht." Ihm war mit einem Mal sehr heiß, hatte sie ihn etwa ...?

Sie ging zur Küchentür, sah ihn nur kurz an. Lag da nicht Spott in ihrem Blick? „Du solltest vielleicht demnächst überlegen, ob du lieber erst duschen oder Tee trinken möchtest." Leise ließ sie die Küchentür hinter sich ins Schloss fallen.

Mit verkniffenem Blick sah er auf die verschlossene Tür. Du bist auch noch dran, warte es ab!

13

Widahn steuerte den Dienstwagen, seit kurzem ein silberfarbener BMW, über die B 96 in Richtung Stralsund.

„Was sagst du dazu?", fragte Katja und nahm sich ihr Nasenspray. Ihre Erkältung war zwar dank der Medizin und ihrer selbst verabreichten nächtlichen Rosskur mit Zwiebeln und Zitrone schon wesentlich besser geworden, aber immer noch nicht ganz ausgeheilt.

Widahn zeigte einem PKW Fahrer mit Rügener Kennzeichen, der zu nahe an ihm vorbeizog, einen Vogel. „ Was sage ich wozu?"

„Na, zu der Geschichte, die dir Ian Conelly erzählt hat."

„Was soll ich dazu sagen? Er hat mir davon erzählt, um eine Erklärung oder Entschuldigung abzuliefern, warum seine Frau solch einen Hass auf Regina hat."

Katja schüttelte den Kopf. „Nein, das meine ich nicht. Darius und Melanie haben etwas ausgeheckt. Es ist doch kein Zufall, dass beide am selben Tag plötzlich so aufgekratzt und verändert sind. Überleg doch mal, Darius verlässt am Sonntagvormittag das Haus, kommt etwa eine halbe Stunde später zurück und ist wie ausgewechselt. Melanie geht am selben Tag mittags zu ihrer Freundin und macht dort eine Bemerkung, die ebenfalls auf eine Veränderung schließen lässt." Sie fuhren durch Rambin, den ersten größeren Ort, wenn man über den Strelasund nach Rügen gekommen war, und Katja fiel ein, dass sie am Abend noch einen Termin mit einem Glaser aus Rambin wegen ihrer neuen Fenster hatte. Das Mauerwerk sollte von außen weiß getüncht werden, und sie wünschte sich in vier Scheiben geteilte Fenster mit entweder roten oder blauen Fensterrahmen. „Conelly hat gesagt, dass sein Sohn etwa eine halbe Stunde weg war. Wie lange braucht man mit dem Fahrrad von Altensien bis nach Sellin?"

Widahn fuhr auf den Rügendamm und schnippte mit den Fingern. „Na, das kommt doch darauf an, wie schnell man fährt und wohin genau man will."

Katja gab ihm Recht. Sie biss sich auf die Unterlippe. So gestellt war ihre Frage gar nicht zu beantworten. „Also wenn die beiden sich beispielsweise am Schwarzen See getroffen haben?"

„Nein, dann wäre Darius nicht innerhalb von dreißig Minuten wieder zu Hause gewesen. Aber ..." Sie fuhren am Stralsunder Bahnhof vorbei, Widahn lenkte den Wagen in die Barther Straße und parkte auf dem Parkplatz neben dem Polizeigebäude.

Katja sah ihn von der Seite an. „Aber was?"

Widahn parkte den Wagen. „Er hätte die Zeit doch zum Telefonieren nutzen können."

„Aber wozu der ganze Aufwand? Er hatte doch ein Handy? Damit hätte er von seinem Zimmer aus telefonieren können." Sie gingen nebeneinander die Treppe hinauf in den zweiten Stock.

„Nicht wenn er unbedingt vermeiden wollte, bei einem Telefonat überrascht zu werden."

„Ja, das wäre natürlich möglich. Er könnte Melanie angerufen haben. Vielleicht haben die beiden etwas miteinander beredet, etwas Positives. Und deswegen auch seine plötzlich so gute Laune."

Widahn betrat das Büro und hängte seine Wildlederweste, seine neueste Errungenschaft vom Flohmarkt in Stralsund, an dem Garderobenständer auf. „Vielleicht hat er aber auch mit seinem Mörder gesprochen. Oder mit beiden nacheinander, denn Melanie ist ja mittags schnurstracks zu ihrer Freundin und hat geheimnisvoll getan. Wenn dieser Tag vorbei ist, wird alles anders. Was kann sie damit gemeint haben?"

Katja schaltete den Computermonitor an. „Vielleicht meinte Melanie ja ihre Mutter. Vielleicht wollte sie ihrer Mutter ja irgendetwas erzählen. Vielleicht hatten sie und Darius beschlossen, endgültig reinen Tisch zu machen."

„Das hätte sie aber doch sicher Michaela erzählt. Wieso war Regina Hofer eigentlich so heftig gegen die Beziehung der beiden? Und erzähl mir nicht, weil sie Melanie für zu jung hielt. Aber irgendwie stimmt doch mit beiden Familien etwas nicht. Corinna Steinbrück, die angeblich, laut Aussage ihres Mannes, an unbegründeter Eifersucht leidet, die Hofer regelrecht hasst und behauptet, sie habe die beiden auf dem Gewissen."

„Dennoch sehe ich in der Familie kein Motiv für einen Mord."

„Das stimmt. Nicht dass ich den beiden Müttern keinen Mord zutraue. Aber Regina hätte eventuell Darius getötet, doch ganz sicher nicht ihre eigene Tochter. Und gerade die ist es, bei der sich äußere Gewalteinwirkungen feststellen ließen. Und Corinna? Wenn sie, so wie ihr Mann sagt, ihren Hass von der Mutter auf die Tochter projiziert hat, wäre es möglich, dass sie Melanie ermordet hat. Aber wie ist dann bitte Darius unter das Eis geraten? Nein, ich glaube auch nicht, dass die Eltern etwas mit dem Tod der beiden zu tun haben. Mensch, wenn mir alle Mütter, deren schöne Töchter ich ausgeführt habe, an die Kehle wollten ... Hundertmal wäre ich schon tot, glaub mir das."

Katja sah ihn schräg an, lächelte spöttisch. „Angeber!"

„Hast du eine Ahnung", sagte Widahn sanft und versuchte, ihr tief in die Augen zu schauen, aber Katja blickte demonstrativ auf ihren Schreibtisch.

Jemand klopfte an der Tür, und Katja, die genau gegenübersaß, blickte hoch. „Herein!"

Ein hochgewachsener Junge auf dürren Beinen und mit noch schlaksigeren Armen kam herein. „Hi! Meine Mutter hat gesagt, ich soll herkommen." Linkisch blieb er an der noch geöffneten Tür stehen und wusste nicht so recht, wohin mit seinen Händen.

„Wenn du Ingo Kaufmann heißt, dann hat deine Mutter Recht." Widahn schaute ihn nicht an, sondern interessierte sich scheinbar nur für seinen Computermonitor.

Der Junge lächelte und fuhr sich mit dem Handrücken über die Nase. „Der bin ich."

Widahn sah ihn nun an. Sein Gesicht war ebenso dünn und lang wie der Rest der Gestalt. Die Nase war groß und gebogen, und er schien unter Akne zu leiden. Widahn konnte nicht erkennen, ob er seinem Haar seit ewigen Zeiten keine Wäsche mehr gegönnt oder ob er es nur mit dem Gel ein wenig übertrieben hatte. „Setz dich hierhin."

„Ist es wegen Darius?" Das linke Bein des Jungen spielte Stakkato, seitdem er sich auf dem Stuhl niedergelassen hatte.

Widahn nickte. „Ihr wart Freunde?"

Der Junge zog erneut die Nase hoch. „Klar, Mann!"

„Seid ihr zusammen zur Schule gegangen?"

„Nö! Darius war auf der Realschule Sellin und ich auf der Hauptschule Prora."

„Und wo habt ihr euch kennen gelernt?"

„Na, in Altensien. Wir sind quasi seit Geburt befreundet."

„Also Nachbarskinder."

Ingo grinste schief. „Nachbarn ja, Kinder ..."

Widahn sah kurz zu Katja, die den Jungen amüsiert betrachtete. „Und wie alt bist du?"

„Vierzehn, warum?"

„Du und Darius, wart ihr eng befreundet?"

„Klar Mann, er war mein bester Kumpel. Darf ich rauchen?" Seine Hand wanderte bereits zu der aufgesetzten Tasche am Oberschenkel, während er zum dritten Mal seine Nase hochzog.

„Nein!" Widahn sah erneut zu Katja. Wehe Dir! Aber Katja tat so, als habe sie seinen Blick nicht gesehen. Sie beobachtete den Jungen nun etwas intensiver. Etwas gefiel ihr nicht an ihm. „Kanntest du auch Melanie Hofer?"

Ingo nickte. „Hab sie einmal gesehen, war 'ne coole Braut."

„Hast du sie beide zusammen gesehen?"

Ingo nickte stumm, sein linkes Bein beruhigte sich, dafür fing er nun rechts an zu wippen. Er zog wieder die Nase hoch.

„Und wo hast du die beiden getroffen?"

„Na, bei uns in Altensien. Darius war echt sauer. Seine Mutter hatte Melanie regelrecht rausgeschmissen."

„So hat er es dir erzählt."

Der Junge sah Widahn wütend an. „Und das stimmte auch! Darius war doch kein Lügner, Mann. Die Braut war ihm echt wichtig."

Widahn bemühte sich, sein Gesicht nicht zu sehr zu verziehen. Die *Braut* schien Ingos Lieblingsausdruck zu sein. „Sag mal, hast du eigentlich auch eine Freundin?"

Ingo wurde rot. „Nö! Aber Darius hat gesagt, wenn das vorbei ist, dann würde er mich Melanies Freundin vorstellen, bevor sie ..., bevor sie ..." Er wischte sich die Finger an der Hose ab.

Widahn beugte sich zu dem Jungen vor und sah ihm direkt in die Augen. „Wenn was vorbei ist?"

„Ich ... ich weiß nicht!" Diesmal zog er gleich mehrmals hintereinander die Nase hoch. Katja wurde es zu bunt. Sie nahm ein Päckchen Papiertaschentücher und reichte sie dem Jungen. Zuerst hatte sie den Verdacht gehabt, er würde sich regelmäßig durch die Nase irgendwelche Drogen ziehen, aber wahrscheinlich handelte es sich lediglich um einen nervösen Tick. „Hier, nimm."

Verblüfft, so als habe er Katja erst jetzt bemerkt, nahm er das Päckchen entgegen. Katja stand auf und stellte sich hinter Sven Widahn an den Aktenschrank. Von dort konnte sie Ingo besser beobachten. Der Junge wusste etwas ganz Entscheidendes!

„Was hat Darius dir erzählt?"

Ingo hielt den Kopf gesenkt und schüttelte ihn. „Nichts, Darius hat mir nichts erzählt."

Widahn atmete hörbar durch. „Weißt du was, Ingo? Ich glaube dir nicht. Wo warst du eigentlich, als Darius ermordet wurde?"

Erschrocken sah Ingo ihn an. Von der *coolen* Maske war nichts mehr zu sehen. „Ich? Ich war zu Hause und dann mit meinem Vater im Kino. Fragen Sie doch meine Eltern, die können Ihnen das bestätigen."

Widahn rollte mit dem Stuhl bis an die Schreibtischecke heran. Sein Gesicht war nun ganz dicht vor dem des Jungen. „Willst du uns jetzt alles erzählen, was du weißt, oder nicht?", fragte er leise, um gleich darauf die Stimme wieder zu erheben. „Und hör endlich auf herumzuzappeln!"

Eingeschüchtert zuckte der Junge zusammen. Er vergaß sogar, seine Nase hochzuziehen.

„Darius war in letzter Zeit echt komisch. Wir trafen uns nicht mehr oft, und wenn, dann war er irgendwie ... abwesend. Vor etwa zwei oder drei Wochen saßen wir abends am Selliner See, rauchten eine Zigarette und er war besonders still. Zuerst habe ich gedacht, er habe Zoff mit seiner Brau ... mit Melanie. Aber dann machte er eine seltsame Bemerkung. So ... völlig ohne Sinn."

Widahn rollte wieder zurück. „Was genau hat er denn gesagt?"

Ingo sah kurz zu Katja, die immer noch gegen den Aktenschrank lehnte und zuhörte. „Das war echt deftig!“, sagte er leise zu Widahn. Der drehte sich kurz zu Katja um und schmunzelte. „Mach dir keine Sorgen. Meine Kollegin kann so einiges vertragen. Komm, spuck's aus.“

„Na ja, mir war es an dem Abend zu kalt geworden, und meine Zigarette hatte ich auch ausgeraucht, ich wollte gehen, aber er blieb sitzen und starrte weiter auf den See. Ich sagte: Steh auf, Alter, lass uns gehen. Aber er reagierte nicht. Er lachte nur und meinte: Das Arschloch würde wahrscheinlich sogar einen hohlen Ast pimpern, wenn er könnte. Aber die Suppe werde ich ihm versalzen.“

Widahn öffnete seinen Pferdeschwanz, nur um ihn neu zu binden. Er sah zu Katja. Verstehst du das?

Katja zuckte mit den Schultern. „Wen meinte er damit?“

„Ja, genau das habe ich ihn auch gefragt. Aber er hat mir nur auf die Schulter geklopft und gegrinst. Das wirst du noch früh genug erfahren, sagte er.“

„Und dann? Was geschah dann?“ Katja fuhr sich mit der Hand durch ihr Haar. Das altbekannte Kribbeln überkam sie.

„Ich habe ihn danach immer nur ganz kurz gesehen und wir haben über alles Mögliche gesprochen. Ich fand das schon gar nicht mehr wichtig. Aber an dem Sonntag ... als ich ihn das letzte Mal sah, da machte er wieder so eine komische Bemerkung.“

„Du hast ihn letzten Sonntag getroffen?“

Ingo nickte, und seine Beine fingen nun an, abwechselnd zu zappeln. Er bemühte sich sichtlich um Fassung. „Ja, vormittags. Aber nur ganz kurz. Er stand nicht weit von seinem Haus und telefonierte mit seinem Handy.“

„Mit wem?“

Der Junge verdrehte die Augen. Mittlerweile war sein zuvor blasses Gesicht arg gerötet. „Ich weiß es doch nicht. Ich kam mit dem Fahrrad angefahren und habe ihn schon von weitem gesehen. Zuerst wirkte er echt wütend und fuchtelte mit den Händen herum. Ich dachte, er habe Stress mit seinen Eltern oder so. Aber da kann ich mich auch verguckt haben, denn als ich ihn erreichte, da war er gerade fertig mit dem Handy und machte einen ganz zufriedenen Eindruck. Alter, sagte er zu mir, ab heute Abend sieht die Welt ganz anders aus. Und er hat mir wieder nicht gesagt, was das heißen sollte. Wart's ab, wenn alles vorbei ist, werde ich es dich wissen lassen."

14

Katja Sommer saß trotz der einbrechenden Dämmerung und der sogleich sinkenden Temperaturen auf einer der beiden Bänke am Ufer des Schwarzen Sees. Die warmen Sonnenstrahlen hatten dem Eis den Garaus gemacht. Vor ihr auf dem Boden lag ein kläglicher Rest des polizeilichen Absperrbands, ihr Fuß spielte mit dem Schnipsel.

Als sie am Nachmittag in ihrem neuen Zuhause angekommen war, hatte sie den Anrufbeantworter abgehört. Der erste Anrufer war der Glaser aus Rambin, der ihr mitteilte, dass er den heutigen Termin aufgrund einer Verzögerung auf einer anderen Baustelle nicht einhalten könne. Als Nächstes eine Nachricht von Kai Grothe. Er begann seinen Monolog mit der unverfänglichen Mitteilung, sie habe noch ein paar Kleinigkeiten im Kölner Präsidium vergessen, um dann auf das Thema zu kommen, das ihn eigentlich berührte. Er wolle sie zurückhaben, hatte er gesagt. Er verzeihe ihr. Sie würden noch mal ganz neu anfangen. Er würde ihr noch etwas Zeit zum Nachdenken lassen. Momentan käme er aus beruflichen Gründen nicht weg aus Köln. Wenn sie aber bis zum Sommer nicht zurück wäre, würde er kommen und sie holen. So leicht würde er nicht aufgeben.

Sie kannte Kais Dickschädel gut genug, um zu wissen, dass er seine Drohung wahr machen würde. Katja bemerkte, dass ihr Fuß immer noch mit dem Schnipsel spielte, und kickte ihn weg. Er ging einfach davon aus, dass sie ihn liebte, dass sie vielleicht sogar dankbar für das großzügige Angebot war. Was sie wollte, wie sie darüber dachte, schien ihn nicht zu interessieren. Ihr Blick schweifte über den dunklen See. In der Ferne zwischen den vielen Buchen begann sich Bodennebel zu bilden, der langsam auf den See zukam. Ja, was wollte sie eigentlich? Liebte sie ihn noch? Er war der Vater ihres Kindes gewesen, das sie vor Stress und Kummer verloren hatte. Er war der Mann ihrer Träume gewesen ... dennoch hatte sie ihm wehgetan. Sie hatte in einer schwülen Gewitternacht Sven Widahn zu lange in die Augen geschaut ... Die

Zeit danach hatte sie viel nachgedacht, hatte nach den richtigen Worten gesucht, um Kai alles zu erklären. Aber dann, im Krankenhaus, als sie Kai aus einer Unachtsamkeit heraus alles gebeichtet hatte, kam erst sein furchtbarer Zorn, dann, was noch viel schlimmer war, hatte er sie geschnitten, hatte spöttisch gelächelt, wenn sie das Büro betrat, und er war kalt wie Eis zu ihr gewesen. Alle hatten unter der Situation gelitten. Der sarkastische Oliver Weingarth, der stets gutgelaunte Borg und sogar der sonst immer kecke Rechtsmediziner Dr. Brettschneider, alle waren nur noch herumgeschlichen wie geprügelte Hunde, wenn Kai und sie gemeinsam in einem Raum waren. Daraufhin hatte sie einen Schlussstrich gezogen, sie hatte es einfach nicht mehr ausgehalten. Und nun wollte er, dass sie zurückkommt!

Hier war ihr neues Leben, eventuell die Aussicht auf den Posten des Dienststellenleiters und ... dieser verflixte Sven! Sie wusste immer noch nicht, ob das, was sie im Sommer mit ihm erlebt hatte, nur ein ganz kurzes Strohfeuer gewesen war, oder ob nicht doch ... Katja stöhnte, da sei Gott vor. Aber sie schaffte es einfach nicht, sich selbst endlich die Frage ehrlich zu beantworten, warum sie ausgerechnet nach Rügen zurückgekehrt war. War es wirklich nur *wegen der Insel*, wie sie ihrer Mutter erklärt hatte? Die hatte ihre Erklärung gar nicht akzeptiert. *„Wenn du auf einer Insel leben willst, kannst du mit Patrick auch zu uns nach Mallorca kommen. Hätte den Vorteil, dass du auch deinen scheußlichen Beruf aufgibst."* Ihre Eltern hatten eine Finca auf der Insel und waren vermögend genug, dass es für zwei Leben gereicht hätte. Aber sie hatte kein Interesse an ihrem Geld, und als der Vater ihr einen größeren Betrag für Grundstück und Haus geben wollte, hatte sie abgelehnt. Sie war ein freier Mensch und das wollte sie auch bleiben. Mit Mitte dreißig war sie schließlich erwachsen und nicht mehr von den Eltern abhängig. Sie wusste genau, was sie wollte und was nicht, meistens jedenfalls, und genau das hatte sie ihrem Vater erklärt, als er entsetzt zur Kenntnis nehmen musste, dass sie ohne seine Unterstützung die 440 Quadratmeter Land und die dazugehörige 120 Quadratmeter alte Scheune gekauft und bei Banken und Notar alles geregelt hatte. Und der Gedanke mit Patrick für immer auf der balearischen Insel zu leben ... Nein danke! Sie verdiente sich ihre Brötchen lieber selbst und blieb unabhängig. Die bloße Vorstellung, mit ihrer Mutter unter einem Dach leben zu müssen, jagte ihr eine Gänsehaut nach der anderen ein. *Kind, tu dies, mach das, wo gehst du hin?*

Als sie im Auto unterwegs auf der B 196 in Richtung Sellin gewesen war, um hier am Schwarzen See ein wenig zur Ruhe zu kommen, hatte ihr zwölfjähriger Sohn Patrick sie auf ihrem Handy angerufen und ihr mitgeteilt, dass er am Wochenende nicht nach Rügen kommen, sondern lieber in Köln bleiben und bei Kai schlafen wolle. Kai habe ihn angerufen und gefragt, wie es ihm ginge, und ob er nicht mal wieder Lust auf einen gemeinsamen „Männerabend" habe. Patrick war begeistert gewesen. Katja trommelte mit den Fingern auf das Lenkrad und atmete tief ein und aus. Sie hatte zwar zugestimmt, warum sollte sie auch den Jungen in ihren Streit mit Kai einbeziehen. Sie wollte nicht den gleichen Fehler machen wie Anke Liv mit Sven, der ihre Tochter Loreena nach der Trennung nicht mehr sehen durfte, aber sie war auch betrübt. War das auch einer von Kais Tricks, sie zurückzubekommen? Versuchte er es nun über ihren Sohn? Gut, die beiden hatten sich schon immer gut verstanden. Trotzdem war sie gekränkt – und auch eifersüchtig auf Kai. Sie hatte das bevorstehende Wochenende nutzen wollen, ihrem Sohn das neue Zuhause schmackhaft zu machen. Jetzt musste sie bis zu den Osterferien in zwei Wochen auf ihren Jungen warten. Hoffentlich hatte er dann nicht eine neue Ausrede, warum er nicht nach Rügen wollte?

Im Moment fühlte sie sich von den Männern in ihrem Leben arg gebeutelt: Patrick, Kai und Sven. Da tauchte es auch schon wieder auf, das Bild von diesem Teufel mit seinem Pferdeschwanz, den tiefgründigen, grau-grünen Augen, den Grübchen, wenn er lächelte und einer Ausstrahlung, mit der er so geschickt umging, dass einfach jeder Frau die Knie weich werden mussten. Sie griff in ihre Anorakjacke und holte das Päckchen Marlboro hervor. Sie rauchte seit der Fehlgeburt wieder und besonders, wenn die Gedanken wie Herbstblätter im Wind durch ihren Kopf wirbelten. Ein paar Telefonate, und alles geriet durcheinander! Der Nebel kam langsam über den See auf sie zu. Sie zündete die Zigarette an und blies den Rauch nach oben zu den Kronen der beiden Bäume, die rechts und links neben der Bank standen.

Eine Frage stellte sie sich immer wieder aufs Neue. Hatte sie Kai, als sie im letzten Sommer nach Rügen gegangen war, um ein wenig zur Besinnung zu kommen, überhaupt noch geliebt? Wenn ja, warum hatte sie sich dann von Sven verführen lassen? Ihr Körper hatte sich von ihm angezogen gefühlt wie die Motte vom Licht. Alles hatte sie vergessen. Die toten Kinder in den Wäldern in Köln, ihr Sohn in den tödlichen Händen Friederikes, die ermordete Wilhelmine aus der Seniorenresidenz *Abendsonne* in Göhren, ihre ewig nörgelnde Mutter, die nur zu gerne Patrick zu sich nach Mallorca holen wollte. Und sogar Kai und ihr gemeinsames, ungeborenes Kind. Und sie hatte auch keine Rücksicht auf Svens Familie genommen, die sie in Göhren aufgenommen hatte. Immer noch durchströmte sie ein tiefes Schamgefühl, wenn sie daran dachte. Umso dankbarer war sie Sebastian Bach, Svens Noch-Schwiegervater, der ihr geraten hatte, sich um den frei werdenden Posten des Dienststellenleiters zu bewerben, und ihr zu verstehen gab, dass er ihre Bewerbung befürworten würde.

Sie liebte die Ostsee, wenn sie nach den Launen der Natur ihren Farbton änderte, von einem satten Grün über ein tiefes Blau zu einem düsteren bedrohlichen Grauton, sie liebte die Insel Rügen und die herzliche Art ihrer Bewohner, die trotz der vielen Sorgen und Ängste das Lachen nicht verlernt hatten. Sie liebte auch ihren Beruf und die Karriereleiter und vielleicht liebte sie irgendwo ein Stück weit weg auch Sven oder doch ... Kai? Vielleicht würde sie es in Svens Nähe eher herausfinden, als aus der Entfernung. Ja, ihre Entscheidung für Stralsund und Rügen war richtig gewesen.

Ob auch Patrick sich hier zurechtfinden würde und ob ihr nun, aus der Entfernung, wiederum Kai fehlen würde? Lieber nicht darüber nachdenken. Sie seufzte und sah sich genauer um, die Spurensicherung war durch, das Absperrband entfernt. Dann hörte sie plötzlich hinter sich das Knacken von Holz und raschelndes Laub. Was war das? Sie drehte sich um und sah zum Hügel und dem einzigen ausgewiesenen Weg zum Schwarzen See. In einen langen Mantel und eine Kapuze gehüllt, kam eine Gestalt näher. Sie wirkte auf Katja im ersten Moment wie ein Mönch in seiner Kutte, der unbeirrt und sicheren Schrittes seinen Weg ging.

Katja drehte sich wieder zum See und ihre Gedanken kehrten zu ihrem aktuellen Fall zurück. Was war hier passiert in der Nacht vom achten auf den neunten April? Melanie und Darius hatten sich hier mit jemandem getroffen. Das war kein Zufall, alles war geplant. Sie waren also mindestens zu dritt gewesen. Was hatte die drei miteinander verbunden? Es war noch eiskalt gewesen. Katja schauderte es. War die dritte, noch unbekannte Person vielleicht schon vor ihnen hier gewesen und hatte das Loch in das Eis geschlagen mit der Absicht, die Jugendlichen zu töten? Die beiden waren auf den ersten Blick ganz normale Jugendliche gewesen. Aber stimmte das auch? Wem hatten sie ein Motiv geliefert, sie zu töten? Warum war Regina Hofer so gegen die Verbindung der beiden gewesen? Bis jetzt war sie noch nicht in der Verfassung für eine Befragung gewesen. In ihrem Schmerz war sie tief in sich gekehrt.

Katja schloss für einen Moment die Augen, sie hörte die Schritte hinter sich näher und näher kommen. Hoffentlich hatte der Spaziergänger nicht vor, mit ihr ein Schwätzchen zu halten. Sie überlegte gerade, ob Regina Hofer wohl ursprünglich ein Verhältnis mit dem hübschen Darius gehabt haben könnte. Als Kommissarin war ihr kaum etwas fremd. Aber es kam ihr eher unwahrscheinlich vor, wenn es auch nicht auszuschließen war. Hatten nicht alle Familienmitglieder ausgesagt, sich erst auf dem Betriebsfest kennen gelernt zu haben? Und im Nachhinein hatte Ian dann erzählt, dass er Regina und Robert bereits seit fast zwanzig Jahren kannte. Sie logen also. Aber warum? Lag da der Schlüssel des Ganzen? War doch eines der Familienmitglieder der Mörder der beiden? Wieder schüttelte sie den Kopf, biss sich auf die Unterlippe. Wie passte denn da hinein die männliche Person, von der Darius so abfällig gesprochen hatte? Es war jemand, vor dem er keine Angst hatte und von dem er auch keine Bedrohung zu fürchten glaubte. Welch ein fataler Fehler.

Die hoch gewachsene Gestalt in dem langen Mantel war links neben der Bank stehen geblieben. Starr schaute sie auf den Schwarzen See, dabei schien sie Katja gar nicht wahrzunehmen, zumindest sagte sie kein Wort. Katja schielte zu ihr hinüber. Das nussbraune Haar, das rechts und links aus der Kapuze des braunen Wildledermantels hervorquoll, sowie das ebenmäßige Profil verrieten ihr, dass es Regina Hofer war, die den Ort aufsuchte, an dem ihre Tochter ihr Leben gelassen hatte.

„Guten Abend!"

Regina Hofer nickte kurz und murmelte den Gruß zurück, dabei ruhte ihr Blick weiter auf der Eisfläche. Dann drehte sie sich unschlüssig zu der Bank und gab Katja die Möglichkeit, besser ihr schmales, blasses Gesicht zu betrachten. Ja, Sven hatte Recht, sie war eine Schönheit.

„Darf ich mich zu Ihnen setzen?" Ihre Stimme war leise, sie bemühte sich um ein Lächeln.

„Natürlich!" Katja wunderte sich ein wenig, Regina Hofer hatte sie offensichtlich nicht erkannt.

Die Frau schwieg erneut, Katja schien überhaupt nicht für sie zu existieren. Vielleicht war sie immer noch nicht in der traurigen Realität angekommen. Katja fragte sich, ob ein vernünftiges Gespräch mit ihr möglich wäre. Ihre berufliche Neugierde hielt sie nun an diesem Ort gefangen. Der Bodennebel wurde dichter und suchte sich über den See hinweg einen Weg an das hiesige Ufer. Langsam kroch er in ihre Richtung. Katja war nicht ängstlich und glaubte auch nicht an irgendwelche übersinnlichen Erscheinungen. Trotzdem bekam sie eine Gänsehaut. Ihre privaten Sorgen und Nöte waren endgültig aus ihrem Kopf. Sie dachte an das, was Sven ihr von Ian Conelly erzählt hatte. „Wir Iren glauben an Hexen, an Kobolde und Zauberer. Und mit Regina Hofer stimmt etwas nicht." So ein Unfug. Die Frau litt nur maßlos und konnte ihre Gefühle nicht so offen ausdrücken, wie es Corinna Steinbrück möglich war. Der Nebel wurde immer dichter. Hingen die Äste der Bäume nicht tiefer herab als zuvor?

„Haben Sie Kinder?", fragte Regina unvermittelt.

„Ja, einen Sohn." Eigentlich sprach Katja in Ermittlungsverfahren nicht über ihr Privatleben, aber hier glaubte sie, es könne der Wahrheitsfindung dienen.

„Ich hatte auch ein Kind, wissen Sie." Regina Hofer starrte weiter geradeaus, sie schien Katja neben sich wirklich nicht als die Polizistin erkannt zu haben, die ihr die Nachricht vom Tod ihrer Tochter überbracht hatte. Katja antwortete nicht, sondern wartete darauf, dass sie weitersprach.

„Melanie ist tot!"

Katja bekam erneut eine Gänsehaut. Wie sie das sagte ... Die Stimme klang fast teilnahmslos. Die Situation wurde immer unheimlicher und unwirklicher. Kam der Nebel nicht doch mit einem Mal schneller auf sie zu? Nein, nein, alles nur Einbildung. Sie schaute verstohlen auf das Profil von Regina Hofer, das schlanke Gesicht, das leicht nach vorne stehende Kinn, die kleine gerade Nase, von dunklen dichten Wimpern umrandete Augen und das lange nussbraune Haar. Hexen sahen in Märchen doch ganz anders aus. Ein Windstoß wirbelte den Nebel auf, die Baumkronen über ihr rauschten, und Katja zuckte zusammen. Etwas hatte sie an der Schulter berührt. Mein Gott, es war nur ein sich im Wind bewegender Ast. Fing sie jetzt an sich zu fürchten? Reiß dich zusammen, Hasenfuß!

Katja konzentrierte sich wieder auf Regina. Sollte sie sich als Polizistin zu erkennen geben? Sie musste ihr ja nicht sagen, dass sie sich schon einmal getroffen hatten. Der Nebel, der langsam auf die Bank zukroch, lag über dem Wasser wie ein Schleier. Die Dämmerung ging endgültig über in Dunkelheit. Der Wind hatte sich wieder gelegt. Katja fröstelte es, aber sie wagte nicht aufzustehen. Sie wollte mehr über die Frau neben sich erfahren. Vielleicht wusste sie Antworten auf die Fragen, die ihr durch den Kopf gingen? Flüchtig kam ihr in den Sinn, dass sie sich später auf ihrem Rückweg nach Sellin an einer der Weggabelungen verlaufen könnte. Es gab zwar überall Orientierungshilfen in Form von beschrifteten Holzschildern, aber in der Dunkelheit würde sie diese vielleicht nicht lesen können.

Regina zeigte auf den See. „Da ist sie. Die Polizei hat sie angeblich aus dem Wasser geborgen, aber ob das stimmt? Vielleicht ist sie immer noch da drin ... Ihr war bestimmt kalt, als sie in das Wasser tauchte. Außerdem konnte sie überhaupt nicht schwimmen." Die Stimme sprach klar und nicht brüchig.

Katja räusperte sich. Wie fing sie am besten an? „Sie sind Regina Hofer, die Mutter von Melanie?“ Was hatte sie da gerade gesagt? Melanie konnte nicht schwimmen? Wie war das möglich? Sie wohnten auf Rügen und nicht auf einer Alm am Fuße der Zugspitze.

Die Frau starrte immer noch auf das Wasser. „Woher wissen Sie das?“

„Ich bin Polizistin, mein Kollege und ich waren bei Ihnen im Büro. Wir untersuchen den ...“, beinahe hätte sie *Fall* gesagt, „...den Tod Ihrer Tochter.“

Regina nahm die Kapuze ab und blieb gerade sitzen, nur den Kopf drehte sie in Katjas Richtung und sah sie durchdringend an. „Stimmt, ich erkenne Sie. Sprachen Sie nicht von Suizid? Was gibt es für Sie also noch zu untersuchen?“ Ihre Stimme klang fast ein wenig bitter.

Katja stand auf, ihr wurde es endgültig zu kalt. Sie ging in Richtung Ufer und ihre Füße verschwanden in dem Nebel, als sie den Holzsteg betrat. Sie drehte sich um und schaute Regina Hofer, die ihr gefolgt war, direkt ins Gesicht. Es war bildhübsch, aber auch leer, keine Emotionen waren zu erkennen. Was ging nur in ihr vor? Katja nahm sich vor, es herauszufinden. Bis jetzt hatte ja nur Sven mit ihr gesprochen. Klar, dass er sich darum riss, fügte sie in Gedanken bitter hinzu. „Sie sagten gerade, Ihre Tochter konnte nicht schwimmen? Haben Sie das meinem Kollegen nicht erzählt?“

Regina Hofer schüttelte den Kopf. Sie ging an ihr vorbei bis an das Ende des Stegs. Nun war es an Katja, ihr zu folgen. „Nein, ich habe es vergessen. Ich habe einen Traum, wissen Sie. Seit meinem dreizehnten Lebensjahr. Ich träume von einem dunklen See oder Teich. Anfangs stand ich nur am Ufer, schaute auf das Wasser, später änderte sich der Traum, ich flog über den See und betrachtete das Wasser von oben, ich konnte bis auf den Grund sehen. Irgendwie dachte ich schon früher, dass der Traum etwas zu bedeuten habe, und ich habe dafür gesorgt, dass sie Angst vor Gewässern oder Schwimmbädern hatte. Sie sollte sich vom Wasser fern halten.“

„War Melanie denn nie am Strand?“

„Doch natürlich, aber sie ging nicht ins Wasser.“

Regina starrte immer noch auf den See. „Der Traum hat aufgehört. Vielleicht liegt es daran, dass ich kaum noch Schlaf finde.“

Katja hatte ihr schweigend zugehört. Es war falsch von Sven anzunehmen, die Frau sei kühl und emotionslos. Es war ganz das Gegenteil, in ihr steckte ungeheuer viel Leid und Qual. „Und nun glauben Sie, der Traum habe eine tiefere Bedeutung gehabt?“

Regina drehte sich erneut zu ihr hin, sah ihr direkt in das Gesicht. Ihr Blick blieb kühl und verschlossen. „Was würden Sie denn sagen, wenn Sie immer wieder von dem gleichen Traum heimgesucht werden, und dann stirbt Ihr Kind unter dem Eis in einem See?“

Katja biss sich auf die Unterlippe. Was sollte sie ihr antworten? Dass sie zwar nie solche Träume hatte, aber zumindest im Ansatz nachfühlen konnte, wie ihr zumute war?

„Möchten Sie einmal Melanies Zimmer sehen? Ich wohne nicht allzu weit von der Mutter-Kind-Klinik entfernt. So könnten wir auch gemeinsam durch den Wald zurückgehen. Im Dunkeln ist es doch sicher unangenehm für Sie.“ An sich selbst dachte sie nicht, fiel Katja auf, während sie zustimmend nickte. „Ich bin zu Fuß gekommen“, erklärte Regina Hofer. „Ich koche uns noch einen Kaffee, wenn Sie mögen. Ich bin alleine, uns wird also niemand stören.“

Katja überlegte. Konrad und Sven waren schon in dem Zimmer gewesen, und sie hatte sich heute Abend eigentlich eine Auszeit nehmen wollen. Andererseits, wer vermisste sie schon in ihrer Steinscheune, in der bisher nur ein Zimmer mehr schlecht als recht fertig renoviert war? Durch die alten Fensterscheiben und die Ritzen der Fensterrahmen pfiff der Wind, die neue Wandisolierung und der Putz waren soweit fertig, aber die Tapete fehlte. Und der Boden bestand noch aus kühlem Estrich und wartete darauf, dass sich die Besitzerin endlich für einen Bodenbelag entschied, sei es nun Holz oder Teppichboden oder was auch immer. Der Gedanke, mal wieder in einer fertigen, warmen Wohnung zu sitzen, war gar nicht mal so unangenehm.

„Ich nehme Ihr Angebot an, danke! Aber ich bin dafür, dass wir meinen Wagen nehmen.“

Ihren Gedanken nachhängend und schweigend, dafür aber um so schnelleren Schrittes gingen sie nebeneinander durch den dunklen Wald. Katja überlegte, ob sie Regina Hofer über den neuen Ermittlungsstand informieren sollte. Warum bis morgen warten, wenn sie, wie geplant, Regina Hofer zusammen mit Sven besuchen würde?

„Ihre Tochter Melanie ...", begann sie vorsichtig.

„Ja?" Regina Hofer ging leicht vornüber gebeugt, und ihr schneller Gang erinnerte Katja an Sven.

„Sie wurde ermordet."

Regina Hofer trat auf einen der Äste, und es gab in der Dunkelheit ein knackendes Geräusch. Die Hände hielt sie tief in den Taschen vergraben, sie verlangsamte nicht einmal ihr Tempo. „Ich weiß!" Katja glaubte trotz Dunkelheit ein kleines, fast schon triumphales Lächeln auf ihrem Gesicht zu erkennen.

Sie blieb einen Moment verblüfft stehen. Mit welcher Sicherheit die Frau das sagte. Was verschwieg sie ihr?

„Sie wissen es? Woher, von wem? Hat mein Kollege mit Ihnen gesprochen?" Sie spürte einen kleinen Stich in der Brust, hatte Sven hinter ihrem Rücken die Frau besucht und ihr nichts gesagt?

Regina blieb abrupt stehen, umfasste Katjas Arm, drehte sie um in die Richtung, aus der sie gekommen waren. Der Nebel hatte sich gelichtet, und vom Halbmond beschienen lag hinter ihnen nur der dunkle, sandige Waldweg mit den vielen Tannenzapfen am Boden. Rechts und links des Weges dichtes Waldgelände, das im Mondlicht silbrigkalt glänzte. „Ach was, Ihr Kollege! Aber Melanie hätte sich nie getötet, niemals! Außerdem hat sie es mir gesagt."

„Ihre Tochter wusste, dass sie ermordet werden würde?"

„Nein, natürlich nicht. Sie hat es mir erst heute gesagt."

15

Regina stand an den Türrahmen gelehnt und beobachtete die Polizistin. Die Art, wie sie sich in Melanies Zimmer bewegte, wie sie sich umschaute, wie sie zart mit den Händen die Bücher auf dem Regal über dem Schreibtisch berührte, gefiel ihr. Der ältere Mann und sein Team von der Spurensicherung gestern waren da anders vorgegangen. Sie hatten Handschuhe getragen, alles durcheinander gebracht und nach etwas gesucht, das anscheinend nicht da war. Hinterher hatte sie alles wieder aufgeräumt, und das Zimmer sah nun wieder so aus, als habe Melanie es gerade erst verlassen. Ihr Blick glitt auf die weiße, durchscheinende Organzagardine, auf den orange-roten Vorhang im gleichen Stoff, beide glänzten im Neonlicht. Direkt vor dem Fenster leuchtete eine Straßenlaterne. Gegenüber stand ein Haus im Stil der Bäderarchitektur zum Verkauf. Es stand bereits leer, die weiße Farbe blätterte vom Holz. Ein Auto fuhr vorbei, die Reifen rumpelten laut über die groben Pflastersteine.

Ihr kam zum ersten Mal der Gedanke, dass es in diesem Zimmer eigentlich nie ganz dunkel war, und irgendwie fand sie diesen Zustand beruhigend. Sie schaute erneut auf die Polizistin, die sich auf den roten Schreibtischstuhl gesetzt hatte und sie auffordernd anblickte. Sie sah auf ihren Mund, wie er sich bewegte und einzelne Wörter formte. Regina versuchte, sich zu konzentrieren, hörte aber nur Melanie sprechen. *„Mama, ich verstehe dich nicht! Was hast du gegen Darius? Er ist kein Verbrecher, er ist nett, sieht gut aus und er frisst keine kleinen Kinder. Also was soll das Theater von dir?"* Sie ging durch den Raum, achtete nicht mehr auf die Worte der Polizistin, berührte die Gardine. Hier, direkt vor dem Fenster, hatte Melanie bei ihrem letzten heftigen Streit gestanden, sie selbst war an der Tür stehen geblieben. Nein, natürlich hatte Darius Melanie nicht getötet.

Die Polizistin verlangte erneut ihre Aufmerksamkeit. Was wollte sie noch wissen? Ob Melanie Tagebuch geführt hatte? Sie überlegte, der ältere Polizist von der Spurensicherung hatte sie gestern dasselbe gefragt. Sie hatte die Frage verneint, und das war auch nicht gelogen. Erst heute Morgen hatte sie ein buntes Schulheft gefunden. Es lag im Keller in Melanies Fitnessraum, im Regal unter den Handtüchern. Robert hatte ihr den Raum zu Weihnachten extra eingerichtet. Sie selbst nutzte ihn nie, Melanie hatte dort ab und an trainiert und ihn selbst sauber gehalten. Sie bat die Polizistin ihr zu folgen. *„Mama, was machst du da?"* Regina zögerte einen Augenblick. War das richtig? Sollte sie wirklich fremde Menschen im Privatleben von Melanie herumwühlen lassen? War es nicht Verrat an ihrer Tochter? Aber vielleicht konnte das Tagebuch helfen, den Mörder zu finden. *Was soll ich denn tun, Melli?*

Ihre Füße trugen sie wie von selbst die Kellertreppe hinunter. *Hilf mir doch!*

Sie gingen an Roberts Refugium vorbei, seinem Hobbyraum. Die Tür war abgeschlossen, sie wusste gar nicht genau, was sich hinter der Tür befand. Daneben die Waschküche, in die Robert eine Duschkabine einbauen lassen hatte, damit Melli oder ihre Freundinnen nach dem Training gleich hier unten duschen konnten. Gegenüber lag Melanies Fitnessraum, er war nicht verschlossen. Sie griff nach der Türklinke. *„MUTTER! Hast du nicht schon genug falsch gemacht? Lass mir meinen Frieden!"* Sie spürte die warme Hand der Polizistin auf ihrer Schulter und schüttelte den Kopf. Sie wollte jetzt nicht berührt werden. Sie öffnete die Tür, der Raum war ganz in hellblau gehalten, eine Wand mit Spiegelglas verkleidet, so wirkte er größer. Robert hatte auch hier Parkett ausgelegt. An einer Wand stand ein offenes, kleines Regal im Landhausstil. Oben lagen Handtücher, unten DVDs mit verschiedenen Aerobicübungen, ein anscheinend benutztes Handtuch hatte Melanie achtlos über das Regaldach geworfen. Ein Fernseher und ein DVD-Player standen in einer Ecke vor der Spiegelwand. Die Ausstattung, eine Fitnessbank mit Gewichten für den Muskelaufbau des ganzen Körpers, ein Laufband und ein Stepper erlaubten es, den Raum zu mehreren zu nutzen. Wie oft war Regina in den Keller gekommen und hatte Melanie und ihre Freundinnen gebeten, die Musik leiser zu stellen, oder nicht ganz so laut zu lachen und zu kichern? Jetzt war es hier einsam, kühl und still.

Die Polizistin ging an ihr vorbei, auf das Regal zu. Am liebsten hätte Regina sie weggeschickt. Sie glaubte, keine Luft mehr zu bekommen. Die Frau sollte gehen, sofort. Ruhig atmen, einfach nur weiteratmen. Sie bemerkte noch, wie die Polizistin zwischen die Handtücher griff und das Heft hervorzog. Sie drehte sich um, wollte nicht zusehen, wie eine fremde Person intime Dinge ihrer Tochter durchwühlte. Sie rannte die Treppe hinauf, die Polizistin kam hinterher. Fasste sie am Arm und sagte erneut etwas zu ihr.

Nein, sie konnte ihr nicht weiterhelfen und sie konnte sich auch niemanden vorstellen, der Melanie umgebracht haben könnte. Wieder formte der Mund der Frau irgendwelche Laute. Sie versuchte, sich zu beherrschen und genau hinzuhören. Die Laute wurden zu Wörtern, die Wörter zu einer Frage. Regina fühlte, wie sie nickte. Ja, das war natürlich eine Möglichkeit. Ein Fremder hatte Melanie Gewalt angetan, und Darius hat ihn überrascht, aber er kam zu spät. Bei dem Versuch, Melanie zu retten, ist er selbst ertrunken. Ja, so kann es gewesen sein.

VERSCHWINDE ENDLICH, GEH! Warum schaute die Frau sie so seltsam an? Sie mochte das nicht. Der geräumige Hausflur begann, sich zu drehen. Sie hielt sich am Knauf der Haustür fest, konzentrierte sich auf das Gesicht der Polizistin und bemühte sich zu lächeln. Sie streckte ihr die Hand entgegen. Es war ein warmer, energievoller Händedruck, und Regina fühlte sich einen Moment besser. Sie bedankte sich für den Besuch und schloss die Haustür hinter der Frau mit den roten kurzen Haaren.

Als sie allein war, lehnte sie sich einen Moment schwer atmend gegen die Haustür. Es war verrückt, die Stille des Hauses erdrückte sie, andererseits konnte sie auch nicht lange Menschen um sich herum ertragen. Am Vormittag waren Freunde, Nachbarn und Kollegen von ihr und Robert gekommen. Sie hatte sich bemüht, höflich zu sein, hatte sich für die Aufmerksamkeit und die Anteilnahme bedankt. Aber auch da war sie froh gewesen, als Robert hinter ihnen die Tür geschlossen hatte. Dann hatten sie sich angesehen, hatten miteinander gesprochen. Wenn sie zusammen waren, fühlte sie die Mauer voller Bitternis und Fremde zwischen sich und ihrem Ehemann. All die Jahre hatte sie sich bemüht zu tun, als seien sie eine ganz normale Familie, es war umsonst gewesen. Ein Schweißtropfen bahnte sich einen Weg von ihrer Stirn über die Schläfe zu ihrer Wange. Mit dem Handrücken wischte sie ihn weg. Sie ging wieder hinunter in den Keller, nahm das benutzte Handtuch, legte es an die Wange, ging damit in die Waschküche. *„Warum hast du das gemacht? Wie konntest du ihr mein Tagebuch geben? Hast du denn nie Geheimnisse gehabt?"*

Sie wollte das Handtuch gerade in die Wäschetruhe werfen, entschied sich aber anders. Sie brachte es zurück und legte es wieder auf das Dach des Regals. Ja, genau so hatte es da gelegen, die eine Hälfte hing an der Regalwand herunter. Nichts durfte verändert werden. Alles sollte so bleiben wie immer.

„Na, hattest du Geheimnisse?"

Ja, sie hatte ein Geheimnis, ein großes sogar.

Das blaue Schulheft mit dem Einhorn unter dem Regenbogen hatte die Polizistin mitgenommen. Sie schaute aus dem Fenster. Die Straßenlaterne, die Melanies Zimmer erhellte, warf ein klein wenig Licht auch nach hier unten, ein gebündelter Strahl, der direkt ihr Gesicht traf. Ein Schatten unterbrach ganz kurz das Leuchten auf ihrem Gesicht. Sie hörte das Klappern eines Schlüsselbundes, jemand klopfte den Schmutz von seinen Füßen ab. War es Robert, kam er etwa nach Hause? Nein, es war nur irgendein Nachbar. Sie hoffte, dass Robert bald kam. Er war zwar kalt zu ihr, unwirsch, aber wenigstens war sie nicht alleine. Ab morgen würde sie wieder arbeiten gehen. Nur nicht alleine sein. Melanie war fort und die Frau hatte nun auch ihre intimsten Gedanken aus dem Haus getragen. Sie lächelte. Auf dem Heft hatte vorne *FINGER WEG!!!* gestanden statt *Mein Tagebuch*. Typisch Melanie, alles war bei ihr immer ein wenig anders. Von ihrem Anfang bis zu ... ihrem Ende!

16

Er stand im Dunkeln in seinem geliebten Kellerraum, hatte die Arme hinter dem Rücken verschränkt und schaute aus dem Fenster. Nur wenige Menschen waren noch unterwegs, gelegentlich hörte er Schritte auf dem Asphalt. Er schaltete das Licht ein, fuhr mit den Fingern über die Kassettenrücken. Welche sollte er anhören? Er hielt inne bei *M/D-KAN-29.01/i.H.* Melanie und Darius am 29.01. – Gespräch über Kanada, in ihrem Treffpunkt, dem Haus. Melanie hatte es darin nicht so gut gefallen. Er hatte das gut verstehen können, es war halb verfallen und klein, wenn auch groß genug für die beiden und ... für ihn. Darius hatte als Alternative das große Haupthaus mit den vernagelten Fensterläden und Türen vorgeschlagen, aber das war Melanie noch viel unheimlicher gewesen. Dort war das Dach vom Zahn der Zeit und vom Sturm so gut wie völlig abgetragen, und ganz sicher bestand höchste Einsturzgefahr. Nein, dann schon lieber dieses einstöckige, einfache Haus. Er öffnete das Kassettenfach und drückte den Abspielknopf.

„Wenn alles gut geht, sind wir im Frühjahr in Kanada." Im ersten Moment hatte er gar nicht richtig verstanden, was Darius damit hatte sagen wollen. Aber der Ton in seiner Stimme hatte ihn aufhorchen lassen.

„Und wie sollen wir dahinkommen? Zu Fuß? Das Geld reicht niemals für ein Flugticket." Dann hatte er begriffen. Sie wollten wirklich weg. Weg von ihm, von ihren Eltern, von dem gewohnten Leben. Diesmal war es mehr als nur ihre ewigen Träumereien.

„Wir nehmen einen Last Minute-Flug. Mit dem Geld, was die Alten uns zu Weihnachten geschenkt haben, unserem Ersparten sowie zwei, drei Monaten Taschengeld kommen wir auf jeden Fall nach Toronto. Zunächst wohnen wir in der Waldhütte und suchen uns einen Job. Später finden wir dann auf jeden Fall eine billige Unterkunft." Darius schien sich seiner Sache jedenfalls sehr sicher zu sein.

„Und wenn es nicht klappt, was dann? Was, wenn wir nicht genug Kohle zusammenbekommen? Ich komme nicht so einfach an meine Ersparnisse dran. Meine Eltern haben das Geld festgelegt, und von dem Weihnachtsgeld habe ich mir schon Klamotten gekauft." Melanies Stimme hatte einen quengelnden Unterton.

„Dann müssen wir eben zusehen, wie wir anders an Geld kommen!"

„Sollen wir vielleicht eine Bank überfallen?"

„Lass mich einfach ein bisschen nachdenken, mir wird schon noch was einfallen."

Wie hatte der Junge sich nur so in seine Idee hineinsteigern können.

„Das ist alles nur die Schuld meiner doofen Mutter. Sie lässt mich überhaupt nicht mehr in Ruhe. Ständig will sie wissen, was ich tue, wo ich hingehe, mit wem ich zusammen bin. Sie begreift nicht, dass ich immerhin vierzehn bin. Wäre ich doch bloß schon achtzehn, dann hätte ich mein Abi in der Tasche und würde ausziehen."

„Scheiß aufs Abi. In Kanada fangen wir ganz von vorne an. Da fragt keiner nach deinem Abi."

„Und wenn es nicht klappt, was dann?"

„Das wird klappen, du wirst sehen."

„Meine Mutter ist so bescheuert, ich streite mich immer öfter mit ihr. Ich weiß wirklich nicht, was sie gegen dich hat. Sie kennt dich doch überhaupt nicht. Sie hat echt einen Knall, das sagt mein Vater auch, wenn er mal mit mir spricht."

„Nicht mehr lange, und es ist vorbei." Ja, es war vorbei, aber anders, als die beiden es sich vorgestellt hatten.

Er schaltete den Rekorder aus und setzte sich auf den Holzstuhl, der ein knirschendes Geräusch von sich gab. Seinen Kopf stützte er in seinen Händen ab. Seine Füße tippten auf den Boden. Er dachte nach. Dass sie nicht genügend Geld hatten, war für ihn eine Erleichterung gewesen. Aber es sollte ja alles ganz anders kommen. Melanie hatte nicht ganz Unrecht zu sagen, ihre Mutter sei Schuld. Ihn stieß sie ja auch dauernd vor den Kopf. Er konnte sich noch so sehr um sie bemühen, sie registrierte nichts. Was war sie nur für eine Frau? Er atmete tief ein und aus. Sein Blick glitt nach oben zu der Kellerdecke. Vor seinem geistigen Auge sah er sie vor sich. Ihre feminine Gestalt, die Beine übereinander geschlagen, auf einem

Stuhl sitzend, den schmalen Oberkörper leicht nach vorne gebeugt. Bald würde er sich von ihr nichts mehr gefallen lassen.

„Und dann ... zahlst du, Süße!“

17

„Hier hast du meinen Abschlussbericht.“ Dr.Majonika legte die Akte auf Widahns Schreibtisch. „Eine Vergewaltigung lag nicht vor, auch keine Schwangerschaft, aber das Hymen war defloriert.“

„Von wem? Von Melanie Hofer?“ Widahn versuchte sich seit zehn Minuten auf eine Akte über den Raubmord an einer alten Frau aus Stralsund zu konzentrieren, die ein Kollege bearbeitete, der einen Rat von ihm einholen wollte. Er war nervös. Die halbe Abteilung lag mit dem grassierenden grippalen Infekt im Bett oder war noch beim Arzt, die Frühjahrserkältung schien die ganze Insel und das nahe Festland lahm legen zu wollen. Dabei schien die Sonne von Tag zu Tag wärmer. Einige hatten sogar eine richtige Grippe. Die würden länger ausfallen. Er nahm sich fest vor, wenn er erst einmal Dienststellenleiter war, dann würde er alle jährlich zum Impfen verdonnern. Ihm gegenüber saß Katja, inzwischen von der Erkältung erholt, und sie hatte diesen gewissen Blick drauf, von dem er sich wünschte, er würde ihn nicht so anziehend finden.

„Von wem wohl sonst? Sie ist wohl die einzige junge Tote, die du im Augenblick zu bearbeiten hast. Und wenn ihr mich jetzt entschuldigen wollt, ich halte um zehn Uhr dreißig eine Vorlesung. Alles andere entnehmt bitte meinem Bericht.“ Er verabschiedete sich hastig, nieste und murmelte im Hinausgehen etwas wie: „Misterkältung, und das bei dem Wetter!“

Widahn sah zu Katja und räusperte sich. In ihren Händen hielt sie ein Schulheft mit einem Einhorn. Sie war in das Heft vertieft. Ihm war mulmig zumute. Normalerweise ging es in dem Büro zu wie in einem Taubenschlag, nur jetzt kam kein Mensch. Und gerade jetzt waren seine Gedanken über Katja alles andere als christlich. Nora und Ingrid hatten voneinander erfahren und beide hatten ihm den Laufpass gegeben. Aber letztendlich machte es ihm nichts aus. Seit Katja Sommer im letzten Jahr auf die Insel gekommen war, ging sie ihm nicht mehr aus dem Kopf. Es wollte ihm einfach nicht gelingen, diese Wahnsinnsnacht mit ihr zu vergessen.

Er war nicht das, was man eine treue Seele nannte, und bisher hatte er das immer mit seinem männlichen, polygamen Instinkt entschuldigt. Außerdem waren es schließlich fast immer die Frauen gewesen, die ihn im Stich gelassen hatten, zum Beispiel Anke Liv. Und dann ja auch Katja. Aber sie hatte etwas, das nahm ihn gefangen, hielt ihn fest und wollte ihn nicht mehr freigeben. War es die Art, wie sie sich bewegte? Ihr schöner biegsamer Körper, den sie unbewusst anmutig, wenn auch meist viel zu verhüllt, der Männerwelt präsentierte? War es ihr Esprit oder ihre Intelligenz, Dinge zu sehen und zu begreifen, intuitiv fast immer richtig zu liegen? Oder war es ihr Haar, durch das sie so gerne mit ihren Fingerspitzen strich? Eigentlich mochte er Frauen mit kurzem Haarschnitt nicht, und schon gar nicht in so einem knallig roten Ton. Waren es ihre sinnlichen Lippen, die sie immer, wenn sie nachdachte, mit der Zungenspitze befeuchtete? Oder war es ihr herzförmiges Gesicht mit dem kecken Kinn, das sie meist nach vorne gestreckt hielt, was ihr einen unnahbaren Ausdruck verlieh? Er konnte es nicht sagen, aber er wusste eines: Dass er nicht aufgeben würde, bis er sie noch einmal für sich gewonnen hatte.

Für einen kurzen Augenblick meldete sich ein Stimmchen in seinem Hinterkopf und fragte ihn, wie er denn reagieren würde, wenn man ihn überginge und sie den Posten als Dienststellenleiter bekäme. Auch darauf wusste er keine Antwort, und irgendwie war es auch gar nicht denkbar, dass sie als hinzugekommener Neuling diese Stelle besetzen würde.

Immer noch herrschte Stille zwischen ihnen. Katja las weiter in dem Heft. Nicht dass er nicht gerne mit ihr allein gewesen wäre, aber er wurde nicht ganz schlau aus ihr. Sie hatte in jener Nacht im letzten Sommer einen derartigen Reiz auf ihn ausgeübt, dass ihm geschwindelt hatte. Alles war in den Hintergrund getreten, sein Freund Kai, seine eigene unglückliche Ehe mit Anke Liv, seine Arbeit, einfach alles. Trotzdem hatte er zunächst auch eingesehen, dass in Katjas Leben kein Platz für einen Mann wie ihn war. Sie hatten sich ausgesprochen, und an ihrem Blick hatte er erkannt, dass es ihr ernst war, als sie sagte, dass es nur ein einmaliger Ausrutscher gewesen sei, und dass sie eigentlich an ihm als Mann kein Interesse habe. Er musste zugeben, gerade diese Worte hatten ihn verletzt.

Mit Kai war er noch einmal am Südstrand von Göhren zusammengetroffen. Immer noch sah er die schlaksige Gestalt seines ehemaligen Freundes torkelnd auf sich zukommen. Er hatte getrunken, und nur mit Mühe hatte er ihn davon abhalten können, eine Schlägerei zu provozieren. Das war das letzte Mal gewesen, dass er etwas von ihm gehört oder gesehen hatte. Er hoffte keineswegs auf eine neue Begegnung.

Und nun war Katja hier, und in dem Jagdrevier war momentan weit und breit kein anderer Platzhirsch zu entdecken. Als er von Sebastian gehört hatte, dass Katja zurück nach Stralsund käme, um fest im Team mitzuarbeiten, war er doch mehr als verwundert gewesen. Und er wusste nicht, ob er sich darüber freuen oder ärgern sollte. Die Frau war sein Schicksal, ganz sicher. Und so wie er Grothe kannte und einschätzte, war er in sein Innerstes eingekehrt, leckte sich die Wunden und ertränkte seinen Kummer, um Katja allmählich zu vergessen. Das Feld war frei, frei für ihn, aber er würde sich Zeit nehmen, nichts überstürzen.

„Hoffentlich hilft uns das Tagebuch weiter." Widahn schaute zu ihr hinüber. Im Morgenlicht sah sie verdammt hübsch aus. Die frühlingshaften Sonnenstrahlen reflektierten ihr kurz geschnittenes Haar in verschiedenen Rottönen. Anscheinend hatte sie auch gut geschlafen. Jedenfalls waren die Schatten unter ihren Augen verschwunden. Dafür lag eine zarte Rosétönung auf ihren hohen Wangenknochen. Dieselbe Farbe wie auf ihren Lippen, diesen wunderschönen, zarten Lippen, die er geküsst hatte. Vielleicht, wenn er den Posten als Dienststellenleiter bekäme ... Er räusperte sich erneut.

Katja ließ das Heft nicht aus den Augen. „Hör dir das mal an: *Habe gestern wieder Darius in unserem Haus getroffen*."

„Von welchem Haus spricht sie?" Er nahm einen Kamm aus der Schublade und öffnete sein Haar, dabei zog er die Augenbrauen hoch.

„Keine Ahnung, vielleicht haben sie sich zu Hause bei ihr getroffen. Die Eltern waren ja beide meist nicht da. Pass auf, es geht weiter. *Ich liebe ihn so sehr. Meine Mutter hasse ich, sie will mein Leben zerstören. Ich will ohne ihn nicht mehr leben. Ich kriege keine Luft ohne ihn. Ständig muss ich an ihn denken. Er ist immer bei mir. Wenn meine Mutter unsere Liebe zerstört, dann bringe ich mich um, dann wird sie schon sehen, was sie davon hat.*"

Widahn pfiff durch die Zähne. „Ganz schön verzogene Göre." Er betrachtete aufmerksam seine Haarspitzen.

Katja blätterte ein paar Seiten weiter. „Ja, aber sie schien es auch nicht sehr einfach zu haben. *Papa ist seit ein paar Tagen richtig gemein geworden. Ich würde gerne mit ihm reden, aber er hört mir nicht mehr zu. Was habe ich ihm denn nur getan? Wieso behandelt er mich wie Luft?*"

„Robert Hofer wird uns gleich wohl so einiges erklären müssen. Aber sie schreibt: ... *dann bringe ich mich um.* Vielleicht doch Suizid?"

Katja schüttelte den Kopf. „Hier, am 24. Februar bestätigt sich die Aussage ihrer Freundin Michaela. *Ich weiß, dass jemand da war. Wir waren nicht alleine. Ich habe ihn atmen gehört, und Darius hat nachgesehen. Er hat gesagt, da sei niemand gewesen. Aber ich fühle mich schlecht. Ich spüre, dass wir beobachtet werden, und das macht mir Angst. Darius sagt, ich brauche mich nicht zu fürchten, er sei doch bei mir, niemand könne mir etwas tun. Wenn ich ihm nur glauben könnte.*" Katja sah zu Widahn.

„Sag mir erst, was du darüber denkst", forderte er sie auf.

„Mir fällt jede Menge dazu ein. Zum einen haben sie sich ganz sicher nicht im Haus ihrer Eltern getroffen, denn dann wäre Darius nicht so einfach losgelaufen und hätte überall nachgeschaut. Aber ihr Treffpunkt ist auch nicht der Schwarze See, da hatten Michaela und Ingo Recht. Am schwarzen See steht weit und breit kein Haus."

„Aber es war auch nicht bei Darius zu Hause. Auch wenn die Eltern berufstätig sind, seiner Schwester Carmen wäre das aufgefallen."

„Ja, das denke ich auch. Sie haben irgendwo hier auf der Insel ein Versteck gehabt. Verlassene Häuser gibt es mehr als genug.

Und jemand hat dieses Versteck entdeckt. Die Frage ist nur, ist es einfach irgendein Voyeur, der Spaß daran hat, ein Pärchen zu beobachten, und dann wieder verschwindet. Oder ist es jemand, dem wir bei unseren Ermittlungen schon begegnet sind? Jemand mit einem persönlichen Motiv?“ Sie stand auf und trat an das Fenster. Ein leichter Wind strich durch das junge Blattgrün der vereinzelten Bäume auf der gegenüberliegenden Straße. Man konnte der Natur zuschauen bei ihrer Wandlung. Ostern stand vor der Tür, und somit kamen die ersten Touristen auf die Insel.

„Oder beides, wäre doch auch möglich. Lies ruhig erst weiter. Vielleicht findest du noch was.“ Er stand auf, ging zum Aktenschrank und goss für sich und Katja Kaffee in zwei Becher. Er sah ihr zu, wie sie durch die Seiten blätterte. Sie trug ein jadegrünes Oberteil mit V-Ausschnitt und vielen kleinen Knöpfen, dazu eine hautenge Jeans. Er lugte durch die Öffnung des Oberteils auf die bronzefarbene Haut und entdeckte die Spitze ihres Büstenhalters. Was, wenn die Gefühle für sie doch eines Tages über den Reißverschluss seiner Hose hinausgingen, wenn er dieses kapriziöse, süße rothaarige Geschöpf liebte, was dann? Die Vorstellung gefiel ihm nicht, nein, ganz und gar nicht.

Er stellte ihr den Kaffee hin, sie bedankte sich nickend. „Das hat sie drei Wochen vor ihrem Tod geschrieben: *Eichhörnchen war heute hier. – Sie mag es nicht, wenn ich so nenne. Sie ist uns gefolgt und nun kennt sie unser Versteck. Darius war erst stinksauer. Er liebt mich und ist lieber mit mir alleine. Ich fand das lustig. Wir haben zusammen was getrunken. Und plötzlich hörte Eichhörnchen draußen ein Geräusch. Darius ist wie ein Irrer rausgestürzt, hat aber niemanden gesehen, nicht mal einen Schatten. Dennoch muss da jemand gewesen sein. Eichhörnchen und ich sind dann hinter ihm her und haben schrecklich gelacht, weil Darius einfach nur rumgebrüllt hat und irgendjemandem Prügel angedroht hat, wenn er noch einmal auftauchen sollte.* Wer sich wohl hinter diesem Eichhörnchen verbirgt?“

„Ja. das frage ich mich auch.“

„Vielleicht hat uns Michaela ja doch nicht ganz die Wahrheit gesagt.“ Widahn sah, wie sich der mittlere Knopf ihres Oberteils löste und dem Auge des Betrachters die Möglichkeit gab, ihren

Büstenhalter etwas genauer zu inspizieren. Katja merkte es nicht. Widahn hüstelte und zeigte auf ihren Knopf, schließlich konnte ja jeden Moment einer der männlichen Mitarbeiter das Büro betreten, und mehr sehen, als ihm lieb war.

Ohne sich ablenken zu lassen, schloss Katja das Oberteil und zog es ein wenig hinunter. „Hier, drei Tage nach dem Vorfall schreibt sie: *Eichhörnchen lässt uns in Ruhe. Das hat sie versprochen, obwohl mich ihre Gesellschaft ja nicht stört. Gestern haben Darius und ich zusammen geschlafen, aber es war nicht so schön wie sonst. Dauernd wartete ich wieder auf dieses Atmen. Aber diesmal hörte ich nur so ein metallisches Klicken, ich habe Darius angestarrt und er mich. Er sagte dann nicht mehr viel. Wir sind früher als sonst nach Hause gegangen. Haben unterwegs wieder unseren Plan durchgesprochen, im Haus trauen wir uns nicht mehr.*"

„Was mag das für ein Plan gewesen sein? Ging es dabei um den, der sie offensichtlich belauschte, oder hatte es damit nichts zu tun?"

„Keine Ahnung. Jedenfalls kommt dann der letzte Eintrag von dem Samstag vor ihrem Tod. *Es ist soweit. Bin mal gespannt, ob Darius etwas bei ihm erreicht. Er ist wirklich mutig. Aber es geht schließlich um unsere Zukunft und um ganz viel Geld. Wenn alles gut geht, ist morgen Abend alles vorbei. Dann wird sich manch einer wundern, aber das kann uns egal sein.*"

Widahn öffnete das Fenster, er hasste stickige Luft und bekam von ihr schnell Kopfschmerzen. „Weißt du, was mir spontan in den Sinn kommt?"

„Ja, dasselbe wie mir. Erpressung! Die beiden haben jemanden erpresst. Das würde zu ihrem seltsamen Verhalten und auch zu den Äußerungen, die sie vor ihren Freunden gemacht haben, passen."

„Und dabei haben sie sich mit dem Falschen angelegt!"

18

„Wie gut kannten Sie eigentlich Darius Conelly?" Widahn betrachtete Robert Hofer, der auf einem Stuhl an der Seite seines Schreibtisches saß, und fragte sich, warum eine so schöne Frau wie Regina Hofer sich ausgerechnet in ihn verlieben konnte. Er war mindestens einen Kopf kleiner als seine Frau. Sein Haar war schüttern und mausbraun, seine Hautfarbe sehr hell, sein Gesicht aufgedunsen, und die gelblichen Augäpfel mochten darauf hindeuten, dass er dem Alkohol auch nicht ganz abgeneigt war. Die Nase war lang und gebogen und passte so gar nicht zu der ansonsten kleinen, dennoch kräftigen Gestalt. Aber vielleicht war er vor zwanzig Jahren sportlich und drahtig.

Hofer sah ihn fragend an und spielte mit seinen Fingerknöcheln. Es gab ein knackendes Geräusch. „Ich kannte ihn so gut wie gar nicht. Wir sind uns nur zweimal begegnet. Einmal auf dem Betriebsfest und dann brachte Melanie ihn mit nach Hause."

„Und wie steht es mit Ian?"

„Ian?"

„Ja", Widahn lehnte sich zurück, verschränkte die Arme hinter dem Kopf. „Ian Conelly, der Vater von Darius!"

Hofer rutschte nervös auf dem Stuhl hin und her und schaute hastig zu dem Schreibtisch schräg hinter sich, an dem Katja saß und irgendwelche Unterlagen durchforstete. Das knackende Geräusch seiner Finger war nun in immer kürzeren Abständen zu hören. „Was meinen Sie genau?"

Widahn mochte keine Leute, die ihn für dumm verkaufen wollten. Und die Hofers schienen genau das ständig zu versuchen. Sein Ton wurde schärfer. „Wie gut kannten Sie Ian Conelly?"

Hofer räusperte sich, sein blasses Gesicht wurde noch eine Spur blasser.

„Na ja, wir kannten uns von früher."

„Und?" Musste er dem Mann jetzt alles aus der Nase ziehen?

„Wir waren einst befreundet."

Widahn nickte. „Wann war das?"

„Gott, wann war das? Vor einer halben Ewigkeit, ich denke mal so ... vor sechzehn oder siebzehn Jahren."

„Machen wir fünfzehn daraus, dann stimmt es." Widahn brachte das Fenster in Kippstellung, auf der anderen Straßenseite führte eine alte Frau ihren Hund auf dem kleinen Stück Wiese Gassi. Er band seinen Haarzopf neu. „Hatten Sie eigentlich irgendwelche Schwierigkeiten mit Ihrer Tochter in letzter Zeit?"

Hofer zögerte nur kurz. „Nicht mehr als sonst auch."

Widahn schwieg einen Augenblick. „Kam Ihnen Melanie in letzter Zeit etwas verändert vor?"

Robert Hofer dachte nach. „Ich habe sie ja kaum noch gesehen. Sie war die meiste Zeit mit irgendwelchen Freunden unterwegs. Und war sie mal zu Hause, dann war ich nicht da. Meine Arbeit, verstehen Sie?"

Widahn sah kurz zu Katja hinüber. Sollte er aufs Ganze gehen?

Er stand auf und ging im Raum hin und her. „Nun, Herr Hofer, jetzt sage ich Ihnen, was wir herausgefunden haben. Wir haben herausgefunden, dass das Verhältnis zwischen Ihnen und Ihrer Tochter nicht zum Besten stand."

Empört drehte sich Hofer zu ihm um. „Wer sagt das? Sicher Regina, was?"

Widahn überhörte seinen Einwurf und marschierte weiter. „Wir haben herausgefunden, dass Darius und Melanie sich in einem verlassenen Haus versteckt haben. Wir haben ebenfalls herausgefunden, dass sie in diesem Versteck beobachtet wurden. Dass sie quasi nie alleine waren. Und ...", er stützte sich mit den Fingerknöcheln auf der Schreibtischplatte ab und beugte sich zu Hofer hinüber, er war gespannt auf seine Reaktion, „... wir haben herausgefunden, dass Darius und Melanie jemanden erpresst haben und deswegen am Schwarzen See sterben mussten. Wir brauchen nur noch zwei Steinchen, um das Puzzle zu vervollständigen. Was wir noch nicht wissen, ist, wo sie sich getroffen haben und wer sie dort beobachtet hat."

Hofer nahm aus seiner Hosentasche ein Taschentuch und fuhr sich damit über die Stirn. „Ja, und das herauszufinden, ist ja wohl das Wichtigste, oder?"

Widahn lächelte. „Stimmt! Aber wenn wir das Versteck der beiden haben, werden wir ganz sicher auch eine DNA-Spur finden und dann ... vollenden wir das Bild."

„Ja, und wieso sagen Sie mir das so ... so als hätte ich etwas damit zu tun?"

„Weil wir Sie in den Kreis der Verdächtigen aufgenommen haben, Herr Hofer", mischte sich Katja ein. Sie stand am Fenster, der Vormittag war sonnig, nur vereinzelt flogen kleine Cumuluswolken träge am Horizont vorbei. Sie hoffte, in einer kleinen Nachmittagspause noch etwas von dem Wetter genießen zu dürfen.

„Also das ist jetzt unerhört! Was fällt Ihnen ein, mich zu beschuldigen?" Hofer griff nach dem Glas Wasser, das ihm Widahn zu Beginn der Vernehmung hingestellt hatte.

Widahn sah Hofer direkt ins Gesicht, sein nervöser Blick gefiel ihm nicht. „Sie haben uns angelogen, Herr Hofer. Und Lügen machen einen nun mal verdächtig. Sie haben gesagt, Sie hätten keine besonderen Schwierigkeiten mit Ihrer Tochter gehabt." Er holte das Schulheft hervor. „Melanies Tagebuch sagt uns aber etwas ganz anderes. Sie hat geschrieben, Sie seien ihr in letzter Zeit aus dem Weg gegangen, und wir fragen uns natürlich nach dem Grund, Herr Hofer. Wir hoffen, Sie können ein wenig Licht in das Dunkel bringen."

„Das ist Privatkram, das geht niemanden etwas an." Hofer fuhr mit dem Zeigefinger über eine Unebenheit in Widahns Schreibtischplatte.

„Und ob uns das was angeht. Wir suchen den Mörder der beiden und wir werden ihn finden. Also, was war los zwischen Ihnen und Melanie, und weshalb war Ihre Frau gegen die Freundschaft von Darius und Melanie?"

Hofer biss sich auf die Unterlippe, stierte konzentriert auf den Kalender mit Bildern vom Rügenschen Bodden, der neben der Feigenbirke an der Tür hing und zuckte mit den Schultern. „Ich weiß es nicht. Ich kam irgendwie mit Melanie nicht mehr zurecht. Sie war so komisch geworden, so abweisend ..."

„Also war Ihnen doch eine Veränderung an ihr aufgefallen."

„Ja, alles fing mit dem Betriebsfest an. Regina war gegen ihre Beziehung zu Darius, und seitdem reagierte Melli so seltsam. Regina aber blieb dabei. Melanie sei noch viel zu jung für einen Freund. Außerdem gefiel ihr der Junge nicht. Er wäre kein guter Umgang für ihre Melanie."

Katja runzelte die Stirn. „Für *ihre* Melanie? Wieso betonen Sie das so?"

„Naja, an Melli durfte doch niemand heran." Trotzig sah er die beiden Beamten an. „Sie war immer nur Reginas Tochter, ich durfte meine Liebe über meine Kreditkarte zeigen. Ich zahlte früher ihren Ballettunterricht, später die Reitstunden, ein eigenes kleines Fitnessstudio und zu Weihnachten bekam sie das neueste Nokia Foto-Handy. Einmal, Melli war damals gerade fünf Jahre, wollte ich mit ihr ein paar Tage nach Finnland, Regina musste wegen starker Rückenprobleme zur Kur fahren. Ich dachte, prima, schlägst du zwei Fliegen mit einer Klappe. Regina kann sich in Ruhe auskurieren, und Melli und ich finden ein wenig zueinander."

„Und?" Es war gut, endlich mehr über die familiären Hintergründe zu erfahren. Noch war nicht auszuschließen, dass der Mörder aus der unmittelbaren Umgebung der Opfer kam. Vielleicht jemand mit einem Geheimnis, das die beiden herausgefunden hatten?

„Da habe ich aber die Rechnung ohne meine Frau gemacht. Natürlich nahm sie ihre Tochter mit zur Kur. Ich blieb allein zu Hause und durfte die Pflanzen gießen."

„Erzählen Sie mir etwas über Ihre Freundschaft zu Ian Conelly."

Wieder wippte Hofer nervös auf dem Stuhl hin und her. „Na ja, wir lernten uns kennen, ich besorgte ihm einen Job bei der Bahn und wir verliebten uns beide in Regina. Sie entschied sich für mich, Ian kündigte seinen Job, lernte Corinna kennen, und wir verloren uns aus den Augen. Mehr gibt es da nicht zu sagen."

Katja zündete sich unter Widahns missbilligendem Blick eine Zigarette an. Sollte er nur ärgerlich sein. Wenn sie sah, wie er heute wieder auftrat, in seiner zerlöcherten Jeans und einem ausgeleierten T-Shirt, das ihm an der rechten Seite zu kurz und an der linken Seite zu lang war, dann erzeugte das bei ihr auch nicht gerade Begeisterungsstürme. „Warum verloren Sie sich aus den Augen?“

„Unsere Wege trennten sich eben. Jeder hatte andere, neue Freunde.“

„Haben Sie damals auch Corinna Steinbrück kennen gelernt?“

Hofer schüttelte stumm den Kopf.

„Ich habe Ihre Frau gestern Abend am Schwarzen See getroffen und ihr gesagt, dass Melanie und Darius ermordet wurden. Sie hat daraufhin behauptet, sie wüsste es schon und zwar von ...“

Spöttisch lächelnd winkte Hofer ab. „Ich weiß, die tote Melanie hat es ihr erzählt. Das kenne ich alles schon.“

Katja dachte nach, dabei drückte sie umständlich ihre Zigarette im Aschenbecher aus. Der Mann vor ihnen war kalt. Oder verbittert. In seinen Gesichtszügen lag etwas Wildes, und sie war sicher, auch er verschwieg etwas.

„Heißt das, Ihre Frau hat häufiger solche Visionen?“, mischte sich Widahn wieder ein.

Hofer sah ihn an, als zweifele er an seinem Verstand. „Visionen? Spinnereien wohl eher. Aber sie ist sowieso nicht ganz dicht. Gestern zum Beispiel“, er stützte sich mit den Ellenbogen auf Widahns Schreibtisch ab, „gestern erst, da wollte sie mit mir schlafen, Melanie wurde erst vor zwei Tagen tot aus dem See geborgen, und sie will mit mir ins Bett. Keinen Funken Pietät hat sie im Leib.“ Selbstgefällig sah er die beiden Beamten abwechselnd an, als diese nicht reagierten, sprach er weiter. „Dann hat sie seit ihrem dreizehnten Lebensjahr immer wieder den gleichen Traum. Angeblich fliegt sie über einen schwarzen Teich oder See. Ich habe wirklich ernsthaft darüber nachgedacht, sie einweisen zu lassen.“

Katja ließ sich nicht beeindrucken. „Ihre Frau sagte auch, dass Melanie nicht schwimmen konnte, sie habe ihr sogar regelrecht Angst vor dem Wasser eingeimpft, da sie glaubte, der Traum habe etwas mit Melanie zu tun. Was sagen Sie dazu?“

„Ich sage, dass meine Frau einen Vogel hat und ich sie wirklich besser hätte einweisen lassen sollen. Vielleicht würde Melanie dann noch leben. An ihrem zwölften Geburtstag wollte ich mit ihr das Nemo besuchen, da erst erfuhr ich, dass sie nicht schwimmen konnte. Bis dahin hatte ich nicht darüber nachgedacht. Aber wer kann sich so etwas denn auch nur vorstellen? Wir wohnen schließlich auf einer Insel. Dieses verrückte Weibsstück." Hofer wedelte mit der Hand vor seiner Stirn herum, sein Blick wurde noch spöttischer. „Die ist doch total plemplem, oder wie sehen Sie das?"

Katja war nicht gewillt, ihm darauf zu antworten. Widahn öffnete das Fenster weit und atmete die warme, klare Luft ein, er wollte nicht mehr länger in das unsympathische Gesicht sehen. Lieber hörte er hinter dem Gebäude die Züge, wie sie ihre Fahrt verlangsamten, um in den nahe gelegenen Stralsunder Bahnhof einzufahren. In einem der gegenüberliegenden Häuser der Seitenstraße hatte ein älterer Mann in Unterhemd ein rotes Kissen auf das Fensterbrett gelegt. Zufrieden betrachtete er die ruhige Straße, dabei schien er die Sonnenstrahlen zu genießen.

Katja malte mit einem Bleistift anscheinend gelangweilt dunkle Kringel auf ein leeres Blatt Papier. „Können Sie sich jemanden vorstellen, der die beiden ständig beobachtet hat?"

Hofer schüttelte energisch den Kopf. „Nein. Ich kann mir aber auch Melli nicht als Erpresserin vorstellen. Warum auch? Erpresser brauchen bekanntlich Geld. Melli hatte genügend Geld. Wenn Sie was haben wollte, brauchte sie es doch nur zu sagen."

Katja musste an das tote Mädchen in der Gerichtsmedizin denken. Robert Hofer sah sie regungslos an. Was war er nur für ein Mensch? Und wieso wurde sie das Gefühl nicht los, dass er sie immer noch anlog?

19

„Möchtest du ein Aspirin und ein Glas Wasser, Regina? Du siehst aus, als habest du Kopfschmerzen. Oder vielleicht möchtest du lieber etwas essen? Ich könnte eben in die Küche gehen. Die machen dir bestimmt was Leckeres."

Regina Hofer saß an ihrem aufgeräumten und sauberen Schreibtisch und stierte vor sich hin. Nun blickte sie hoch. Theo Winkler, der Hausmeister des Hotels, sah sie betrübt an. Was sagte er da? Natürlich, in seiner bekannt plumpen und aufdringlichen Art wollte er helfen, wie immer. Aber sie wollte seine Hilfe nicht.

„Weiß man eigentlich schon Genaueres? Ich meine, wurde sie vielleicht vergewaltigt? Mein Gott, was für eine schreckliche Vorstellung. Melanie in den Händen von ... von solch einem Monster. Sie hat bestimmt an dich gedacht, als sie starb. Sie wusste ja, wie sehr du sie geliebt hast, Regina. Das solltest du dir immer vor Augen halten."

Sie war versucht ihm zu sagen, er solle sie in Ruhe lassen. Sicher meinte er es gut, aber er war so schrecklich unbeholfen in seinen Bemühungen. Seit ihrer Kindheit kannten sie sich. Sie waren einst Nachbarskinder gewesen. Später hatte sie ihm den Job im Hotel besorgt, und sie hatte ihm auch geholfen, als er sich für das alte Haus der verstorbenen Frau Czenko neben ihrem Grundstück interessierte. Vielleicht war das ein Fehler gewesen, jedenfalls war er ständig um sie bemüht.

Seine Hände zitterten, als sie aus der grauen Kitteltasche ein kleines Foto hervorholten. Er hielt es ihr entgegen. Tränen standen in seinen Augen. „Schau mal, was ich gefunden habe! Das war an ihrem fünften Geburtstag. Robert und Herr Direktor Baumann haben diesen tollen Sandkasten gebaut, erinnerst du dich? Du und Frau Baumann, ihr habt eine Geburtstagstorte mit Marzipan gebacken. Ihr hattet Euch soviel Mühe gegeben, hinterher stellte sich heraus, dass Melanie keine Marzipantorte mochte, und Herr Direktor Baumann ist dann noch einmal los und hat ihr einen Kuchen mit Früchten besorgt." Er fuhr sich mit dem Handrücken über die Augen. „An dem Tag trug sie das gelbe Kleid, das ich ihr gekauft hatte. Weißt du noch, wie sie geweint hat wegen des hässlichen Lochs? Wie es wohl darein gekommen ist, und dann noch an ihrem Po? Sie hat mir so Leid getan, als du ihr gesagt hast, dass sie es nun unmöglich weiter tragen konnte. Sie mochte es doch so gerne. Und es stand ihr ja auch gut. Solch ein niedliches Mädchen. Damals hatte sie noch die Löckchen." Er nahm das verknitterte Bild wieder an sich, drückte es an seine Brust. „Wenn ich es mir recht überlege, die Löckchen hatte sie ja doch lange. Ich weiß noch, als sie zwölf war, da wollte sie, dass du ihr die Haare ganz kurz abschneidest, nur damit die ollen Locken weg waren. Sie wollte immer so glattes Haar haben wie du."

Regina massierte ihre Schläfen. „Theo, sei bitte still. Halt einfach mal den Mund, okay? Ich kann es nicht mehr hören!"

Er murmelte etwas und überließ Regina ihren eigenen Gedanken.

Gestern hatte sie versucht, mit Robert zu sprechen, aber er hatte sie nur verächtlich angesehen und war in seinem Kellerraum verschwunden. Dafür hatte er sie nach seinem Besuch auf dem Kriminalkommissariat gleich angerufen. Sie starrte auf das Telefon vor sich. Sie war wie versteinert. Viele Gedanken stürmten auf sie ein und wirbelten gleichzeitig durch ihren Kopf. „Melli soll eine gemeine Erpresserin gewesen sein? Das hast du dir doch ausgedacht, Robert Hofer!", murmelte sie, während sie ihren Kopf in die Hände stützte und sich schüttelte. „Was weißt du schon über Melli. Überhaupt nichts weißt du!"

Theo Winkler sah sie an. Offenbar machte er sich wirklich große Sorgen um sie. „Willst du mir erzählen, was los ist? Manchmal hilft es, wenn man ... darüber redet."

Sie schaute hoch in sein fragendes Gesicht und seufzte. „Nein, nein, Theo. Ich sage es jetzt zum letzten Mal, und hör mir genau zu: Putz du deine Fenster und Türen zu Ende und lass mich einfach. Ich weiß, du meinst es gut, aber ich brauche jetzt ein wenig Ruhe." Ihr Blick wanderte hinaus in die Frühlingslandschaft des Gartens, in dem ein Pärchen mit einem kleinen Jungen stand, der Vater erklärte seinem Sohn die Sonnenuhr, die dort vor zwei Jahren installiert worden war. Hinter einer der Tannen kam ein kleiner weißer West Highland Terrier hervor und rannte zu ihnen, um gleich anschließend auf eine Frau in Windjacke, altmodischen Knickerbockern, grauen Wollsocken und derben Wanderschuhen zuzustürmen. Die zuckte zurück und versuchte, den Hund mit ihrem Stock zu verscheuchen.

Alles Alltag, ganz normaler Alltag. Szenen wie diese hatte sie von ihrem Fenster aus schon tausend Mal beobachtet, und doch war es nicht mehr so wie früher. Robert hatte ihr gerade am Telefon gesagt, dass er die Polizei auch über ihr komisches Verhalten unterrichtet habe. Was meinte er damit? Und warum sprach er darüber mit den Kripobeamten? Ihr wurde übel. Aber sie musste leben, weitermachen, irgendwie. „Gott, Robert, du bist so ein ..."

„Hast du etwas gesagt?" Theo Winkler versorgte die Pflanzen auf der Fensterbank, in seiner Hand hielt er eine gelbe Plastikgießkanne.

Regina sah ihn an. Wirklich, hatte sie etwas gesagt? Sie schüttelte den Kopf.

Robert hatte ihr die Neuigkeit sofort per Telefon mitteilen müssen. „Könnte doch sein, dass die süße Melanie viel mehr Dreck am Stecken hatte, als du ahnst", hatte er zu ihr gesagt. Und welcher Hohn dabei in seiner Stimme lag!

Immer noch sah sie Theo Winkler an. Anscheinend unschlüssig, ob er nun gehen oder bleiben sollte, schob er einen alten ausrangierten Teewagen hin und her, den er kurzerhand zu seinem persönlichen Transportgerät innerhalb des Hotelbetriebs umfunktioniert hatte. Regina hoffte, dass er ihr Büro verließ. Er reparierte kleinere Defekte, machte Besorgungen, brachte Akten, Formulare, Kaffee oder Tee und hörte immer und überall zu. Die meisten Kollegen mochten ihn nicht, aber wenn ein Klatsch im Gange war, und man Genaueres wissen wollte, kein Problem, Theo wusste immer Bescheid. Sie benutzte ihn nur zu gerne als Informanten über Hotelinterna, die sich hinter ihrem Rücken ereigneten. Aber das war durchaus zweischneidig. Sie hatte einmal mitbekommen, wie zwei Kollegen sich über ihn unterhielten. Sie waren der Meinung, dass eine gewisse Unruhe eingetreten war, seit Theo im Hotel arbeitete.

Und wer war Schuld? Sie! Sie hatte sich schließlich für ihn eingesetzt. Winkler zog den Wagen zu sich an die Fensterbank heran. Er nahm eine kleine Schere und bearbeitete eine Zimmerrose.

„Dass Corinna so auf dich losgegangen ist, kann ich überhaupt nicht begreifen", sagte er kopfschüttelnd, in seinem Gesicht zeigte sich eine gewisse Erschütterung. „Ich meine, eure beiden Kinder haben sich doch geliebt, das sollte sie mal nicht vergessen." Sinnierend unterbrach er seine Arbeit und blickte auf den belebten Garten und den freien Strandabschnitt vor ihm. „Eigentlich müsste der Tod der beiden euch doch eher verbinden?"

„Ach Mama, es gibt Idioten, die quatschen dauernd dummes Zeug ..."

Worüber redete er da? Ja, Corinna machte sie für den Tod von Darius verantwortlich. Und irgendwie ... war sie ja auch schuld, das war eine Tatsache. Aber darüber wollte sie mit Theo bestimmt nicht sprechen. Glücklicherweise wurden sie von Christine Thorwald unterbrochen.

„Mensch Regina, was machst du denn für Sachen?" Christine sah sie besorgt an. Sie trug den rosafarbenen Kittel des Wellnessbereiches mit dem aufgestickten blauen Hotelemblem, einem Pelikan mit einer Krone. „Marielle hat mir gesagt, dass du hier bist. Ich wollte es nicht glauben. Was suchst du hier?"

Reginas Blick wanderte von der Freundin aus Kindertagen zu Theo. Drei Menschen, die sich ein Leben lang kannten. Ihre Freundin, mit der sie durch dick und dünn gegangen war, sie hatten zusammen die Jugendweihe erhalten, und Theo, der früher immer hinter ihnen hergelaufen war und deshalb von Christine mit Apfelkernen bespuckt worden war. Welten lagen zwischen damals und heute. Sie nahm ein paar Blätter auf und begann, sie zu sortieren. „Es bleibt am Ende zuviel liegen, weißt du?"

Christine griff sich in ihr strohblondes, halblanges Haar. „Was, was, was? Sag mal, spinnst du?" So war Christine. Früher hatte sie immer über ihre burschikose Ausdrucksweise gelacht. Christine war ihre Verbindung zur Vergangenheit, die sie zu gerne aus ihrem Bewusstsein verdrängt hätte. Sie waren Nachbarskinder gewesen. Und beste Freundinnen. Bis vor kurzem. Aber war jetzt die Zeit, darüber zu sprechen?

„Was hast du dir nur dabei gedacht? Melanie ist noch nicht einmal beerdigt. Also, du kannst einem richtig Sorgen machen, weißt du?"

Regina sah sie an und setzte sich auf den Schreibtischstuhl zurück. Gott, was bist du doch für eine Heuchlerin!

In der Zimmerecke am Fenster beschäftigte sich Theo Winkler immer noch mit der Zimmerrose und tat so, als gäbe es nichts Wichtigeres für ihn auf der Welt.

Christine schien ihn jetzt erst bemerkt zu haben. Sie schlug sich mit der flachen Hand auf den Oberschenkel.

„Mensch, Theo, haben sie dich eigentlich geklont, oder wieso bist du immer dann zur Stelle, wenn man dich am wenigsten erwartet? Aber da du schon mal hier bist, sag du doch auch mal was dazu!"

Winkler drehte sich zu ihr um und lächelte freundlich. „Vielleicht geht es ihr hier einfach besser. Robert scheint ihr ja auch kein echter Trost zu sein. Ich habe ihn heute morgen gesehen und gegrüßt, aber er wirkte so ... abwesend. Aber das weißt du ja sicher. Du hast ja bei ihm im Auto gesessen. Wo ist denn dein Mann eigentlich jetzt, Regina? Vielleicht solltet ihr mehr beisammen sein, euch gegenseitig trösten. Immerhin habt ihr doch beide einen enormen Verlust erlitten."

Christines Wangen hatten sich gerötet. Ehe Regina etwas sagen konnte, fragte sie schnell: „Ja, was sagt Robert denn dazu?" Als ob sie damit das Gesagte ungeschehen machen könne.

Das Maß war voll, aber Regina blieb ruhig. „Aber das weißt du doch viel besser als ich."

Christines Augen weiteten sich. Sie fuhr nervös mit ihren Fingern über die Knöpfe ihres Kittels. „Wie? Nur weil ich mich heute Morgen mal mit Robert im Auto unterhalten habe?"

„Christine, hör doch auf. Du hast doch bestimmt nur in seinem Auto gesessen, weil ihr euch gestern Abend gar nicht mehr gesehen habt. Ausnahmsweise war Robert nämlich mal zu Hause. Hast du ihn sehr vermisst?"

Theo reichte ihr ein Glas Wasser, als ob er sie für eine Redeschlacht stärken wollte.

„Wieso ... woher weißt du ...?“ Christines Augen zogen sich zu schmalen Schlitzen zusammen und sie funkelte Theo wütend an. „Das warst doch sicher du. Du hast irgendetwas ausgeplaudert, stimmt's?“

Theo hob abwehrend die Hände und machte einen Schritt rückwärts. „Nein, überhaupt nicht. Gar nichts habe ich gesagt, ich schwöre.“

Regina ignorierte Theos lauernden Blick. Sollten sie doch ab morgen alle was zu tratschen haben. Vielleicht war der Zeitpunkt gar nicht so schlecht, diese Illusion einer lebenslangen Freundschaft zu zerstören, die sie sich im naiven Alter von sieben Jahren geschworen hatten. „Ich weiß es schon seit dem Betriebsfest. Theo hatte mich um einen Spaziergang im Garten gebeten. Ihr wart nicht gerade vorsichtig, sogar Baumann hat euch gesehen, zumindest habe ich ihn in eurer Nähe bemerkt und sein Gesichtsausdruck sprach Bände.“

Christine rang um Fassung.

„Du warst einmal meine beste Freundin ...“

„Nein, Regina, jetzt komm mir nicht damit. Das ist ewig her. Und du hast dich verändert. Schon seit deiner Heirat und deiner Schwangerschaft. Aber netter bist du bestimmt nicht geworden.“ Christine redete sich in Rage. „Hinter deinem Engelsgesicht verbirgst du eine Kälte, dass man sich noch im Hochsommer einen Mantel überziehen möchte, wenn man in deiner Nähe ist. Wer soll das denn aushalten? Dein Mann? Kennst du Robert überhaupt richtig? Ihn und seine Vorlieben? Was weißt du schon von ihm? Zum Beispiel wie liebebedürftig er ist? Ehrlich gesagt, es ist mir jetzt egal, wie du zu mir stehst. Meine liebe, aufmerksame, einfühlsame Freundin bist du mir schon lange nicht mehr gewesen. Und einen so feinen Menschen wie Robert hast du doch überhaupt nicht verdient.“

„Mami!!! Michaela hat mich gehauen!“

Reginas Blick wanderte von Christines hasserfülltem Gesicht durch das Fenster nach draußen. Das Ehepaar mit dem Kind und dem Hund war fort, und die Frau mit dem Spazierstock, offenbar selig, den aufblühenden Hotelgarten für sich alleine zu haben, streckte ihr Gesicht der Frühlingssonne entgegen. Ja, da draußen waren Frieden, Erholung, Freude und Ruhe. Dafür zahlten die Gäste, und das nicht gerade wenig. Niemand von ihnen wusste oder ahnte, was hinter den Türen passierte, die sie selbst nie passieren würden. Und das war auch gut so. Jeder hatte sein Lebensköfferchen zu tragen. Und die Insel Rügen mit ihrer zerklüfteten Schönheit und mit ihrer wilden Natur, die Gastfreundschaft in den Hotels, Pensionen und Gasthäusern streichelten die Seelen der Urlaubsgäste. Regina verspürte mit einem Mal den dringenden Wunsch, an den Strand hinunterzugehen, sich die Schuhe auszuziehen und den weichen, warmen Sand unter ihren Fußsohlen zu spüren. Aber sie blieb weiter am Fenster stehen, hörte hinter sich ihre einstige Freundin schwer atmen. Langsam drehte sie sich um.

Theo Winkler stand unschlüssig an ihren Schreibtisch gelehnt. Er schaute zwischen den beiden Frauen hin und her. Er war anscheinend betrübt, musste sich räuspern. „Vielleicht solltest du wirklich nach Hause gehen, Regina. Auch wenn dich da alles an Melli erinnert. Weißt du was? Wenn Robert bei Christine ist, dann sagst du eben mir Bescheid. Ich komme dann rüber und leiste dir Gesellschaft. Nur darf es bitte nicht allzu spät werden. Ich muss doch morgens früh raus. Und ich weiß ja nicht, wie lange Robert bei Christine bleibt ..." Was stand in seinem Gesicht? War es Mitleid? Oder Neugier?

„Also echt, Mama! Theo sieht aus wie ein Knetgummimännchen."

„Ich glaube wirklich nicht, dass das hier im Augenblick der richtige Ort für dich ist. "

„Aber wo bitte ist der richtige Ort für mich?" Reginas Frage blieb unbeantwortet.

„Regina, was machst du denn hier?" Hoteldirektor Baumann stand im Türrahmen und sah sie entsetzt, aber auch mitleidig an. Was sollte sie ihm sagen? Dass sie am Ende ihrer Kräfte war? Dass sie am liebsten, genau wie Corinna, nur heulend in der Ecke läge, es aber nicht könne, weil sie sich schuldig fühlte? Sollte sie allen sagen, dass sie auch nicht wisse, wie es weitergeht? Oder sollte sie ihnen erzählen, was sie gestern Abend zu später Stunde noch mit

Robert erlebt hatte? Dass sie versucht hatte, bei ihm etwas Wärme und Zärtlichkeit zu finden, und wie er sie entsetzt angesehen hatte, mit einem fast schon abstoßenden Blick, der ihr klarmachte, dass er absolut kein Verständnis dafür hatte, wie sie an so etwas überhaupt denken konnte. Dabei wollte sie doch nur nicht noch tiefer in dieses schwarze Loch fallen. Sie hatte eine Zuflucht in ihrer zerbröckelnden Welt gesucht.

„Theo", Herr Baumann kam mit ernstem Gesicht zu ihr, nahm ihr das Glas Wasser aus der Hand und rückte seine randlose Brille gerade. „Fahren Sie bitte Frau Hofer nach Hause. Wenn sie nicht mit ihrem eigenen Auto hier sein sollte, dann nehmen Sie meinetwegen den Dienstwagen."

Theo Winkler nickte hastig und griff nach ihrem Ellenbogen.

„Nur noch vier Jahre, und ich habe den Führerschein! Den bekomme ich doch zum Geburtstag, oder? Aber ich will dann nicht deinen Hobel. Der gefällt mir nicht. Ich gehe in den Ferien wieder beim alten Schröder arbeiten, der hat immer was zu tun für mich, und im Sommer kaufe ich mir dann ein eigenes Auto. Und wenn es nicht reicht, gibt Paps noch was dazu, nicht wahr? Wie lange braucht man für den Führerschein?"

Regina griff in ihre Handtasche und reichte Theo den Autoschlüssel. Ihr Herz raste. Bitte nicht! Ihre Knie zitterten. Ich will nicht nach Hause!

20

„Also, was haben wir?“ Widahn stützte sich auf den Arbeitstisch im Besprechungsraum und blickte zu seinen Kollegen. Majonika hatte die Beine übereinander geschlagen, sein Arm lehnte über der leeren Stuhllehne neben ihm. Vohwinkel saß direkt dahinter auf dem Tisch, seine Füße standen nebeneinander auf einem mit einer Plastikfolie bedeckten Stuhlsitz vor ihm.

„Wir haben vermutlich eine Erpressung und ganz sicher einen Mord, vermutlich zwei. Leider haben wir keine Ahnung und auch keinen Hinweis darauf, wen die beiden in ihrem Visier hatten.“ Katja verzog gequält das Gesicht, sie hatte Rückenschmerzen und bemühte sich um eine bequeme Position auf den harten Plastikstühlen.

Widahn nickte. „Genauso sehe ich das auch.“

„Habt ihr schon einen Hinweis zu dem Versteck der beiden?“, fragte Heinrichsen, unterbrochen von leichtem Husten. Er lehnte sich gegen die Fensterbank, die wärmenden Sonnenstrahlen fielen direkt auf seinen Rücken. Seine Erkältung war zwar besser geworden, quälte ihn aber immer noch.

„Nein, leider noch nicht.“

„Das kann auch dauern, bis wir dieses Haus gefunden haben. Es ist, als würden wir eine Nadel im Heuhaufen suchen. Und wenn wir ihren Unterschlupf ausfindig gemacht haben, dann können wir nur hoffen, dass der Täter nicht alle Spuren beseitigt hat.“ Merz war der einzige, der vernünftig an einem der kleinen Tische saß. Er trug nur dunkle Anzüge, und die Kollegen lächelten hinter seinem Rücken, denn er sah ständig aus, als käme er gerade von einer Beerdigung. Vor ihm lagen, akkurat wie immer, ein Blatt Papier und ein Bleistift.

Widahn nickte. „Ja, das ist schon möglich. Ich rekonstruiere mal die Tat, wie ich sie sehe. Melanie und Darius treffen sich in irgendeinem Haus oder einer Hütte. Melanie hört ein paar Mal ein Geräusch, fühlt sich beobachtet und hat Angst. Darius schaut nach. Nie ist jemand zu sehen. Der Täter fühlt sich vielleicht von Mal zu

Mal sicherer, dadurch wird er unvorsichtiger. Dann passiert's. Darius erwischt ihn. Nun geht die Jagd andersherum los. Darius droht ihm, ihn anzuzeigen, macht ihm Angst, erpresst ihn sogar. Das alles mit Melanies Unterstützung."

Heinrichsen hob die Hand und unterbrach Widahn. „Aber warum sollten die beiden jemanden erpressen? Geldnöte hatten sie doch wohl keine, oder? Robert Hofer hat doch ausgesagt, dass Melanie nur zu ihm gehen musste, wenn sie etwas brauchte. Und ich denke auch Heidelinde Baumann, die Frau des Hoteldirektors, hätte ihr ganz sicher ausgeholfen. Sie mochte das Mädchen doch sehr gerne."

Widahn zuckte mit den Schultern. „Hätten sie ihr wirklich egal wofür Geld gegeben? Oder vielleicht gab es ihnen ja auch einfach nur einen gewissen Kick. Sie wären nicht die ersten gewesen, die aus reinem Machtgefühl heraus eine tödliche Dummheit begehen. Jedenfalls ist abgemacht, sich Sonntagabend am Schwarzen See zu treffen. Melanie ist vor Darius da. Es kommt zum Kampf zwischen Melanie und dem Täter. Sie will sich wehren, will weglaufen, er zieht ihr eins über den Schädel, trägt sie zum Wasser und lässt das bewusstlose Mädchen ins Eis absinken, sie wacht auf und ... Ende. Darius hat das mit angesehen, reißt seine Klamotten vom Leib, springt hinterher, um Melanie zu retten. Aber auch er findet nicht mehr zurück zum Eisloch."

Katja nickte. „Klingt schlüssig, so könnte es gewesen sein."

„Nein, kann es nicht!" Konrad Vohwinkel hatte bereits während Widahns Ausführungen den Kopf geschüttelt. Sein Gesicht mit dem weißen Spitzbart hatte vor lauter Aufregung einen roten Schimmer bekommen. Er nahm einen Zeigestock und zeigte auf das Bild mit dem noch zugefrorenen Schwarzen See, das er an vier verschiedenen Stellen mit roten Kreuzen markiert hatte. Er deutete auf das erste Kreuz, es befand sich auf dem Eisloch.

„Der Zeuge Peter Beck hat Melanie mit einem etwa einen Meter fünfzig langen Walkingstock aus dem Eisloch geborgen. Ganz klar, Melanie befand sich zum Zeitpunkt ihres Todes sehr nah am Eisloch, etwa hier." Er wies auf das zweite Kreuz, das etwas rechts nach oben versetzt direkt an das erste angrenzte. Dann tippte er auf das dritte rote Kreuz, das weiter entfernt rechts von dem Eisloch war. „Und hier, etwa zehneinhalb Meter vom Eisloch haben die Taucher Darius gefunden." Vohwinkel sah ernst in die Runde. „Wie Dr. Majonika bereits anmerkte, ist der Schwarze See ein stilles Gewässer. Wenn also, wie du sagst, Sven, erst Melanie und dann Darius ins Wasser gelangt ist, dann hätte Darius ja an Melanie vorbeitauchen müssen, denn er war ja weiter von dem Eisloch entfernt als sie. Warum hätte er das aber tun sollen, wenn er sie retten wollte? Überlegt doch mal. Bei den eisigen Außentemperaturen und dem kalten Wasser haben sie höchstens zwanzig bis dreißig maximal vierzig Sekunden unter Wasser ausgehalten, bevor es zum Exitus kam, ist das korrekt so, Ulrich?"

Der Rechtsmediziner nickte, wollte zum Sprechen ansetzen, aber Vohwinkel ließ ihn nicht zu Wort kommen. „Ich habe mich mit einem der Polizeitaucher unterhalten. Er ist die Strecke vom Eisloch bis zum Fundort von Darius nachgeschwommen und hat die Zeit gestoppt, es waren cirka zwanzig Sekunden. Regina Hofer hat gesagt, ihre Tochter sei Nichtschwimmerin gewesen, somit ist klar, wieso sie nicht so weit gekommen ist, sie wird unter Wasser gestrampelt haben und ist deswegen in kurzer Entfernung vom Eisloch gestorben. Wir haben hier an der Stelle", er zeigte auf das letzte Kreuz, das ebenfalls ganz in der Nähe des zweiten Kreuzes markiert war, „ein Stück Faserstoff von ihrem weißen Wollpullover gefunden, bis hier hatte sie es also geschafft und war dann, oh Wunder, sogar wieder auf dem Weg zurück zu dem Eisloch. Kurz bevor sie die Öffnung erreichte, verstarb sie. So, und wenn wir die vier Kreuze miteinander verbinden", er nahm sich einen roten Textmarker und zog eine Verbindungslinie zwischen den einzelnen Markierungen, „dann seht ihr eine fast gerade Linie. Beide sind also zunächst in ein- und derselben Richtung unterwegs gewesen, nämlich schräg rechts in Richtung Mitte des Sees. Wenn man einen Strich vom Eisloch bis zu Darius' Fundstelle zieht und den Weg Melanies unter dem Eis einzeichnet, dann sieht man, dass die beiden Linien sich kreuzen. Darius hätte unter Wasser also auf jeden Fall auf Melanie treffen müssen, wenn er nach ihr ins Wasser gelangt wäre. Er hätte nach ihr gegriffen, und wir hätten beide

Leichen zusammen oder zumindest nah beieinander gefunden. Somit gibt es nur eine Schlussfolgerung, Darius ist zuerst gesprungen oder gestoßen worden oder was auch immer, dann ist er in diese Richtung geschwommen, an der markierten Stelle verließen ihn die Kräfte."

Katja tippte mit dem Zeigefinger gegen ihre Lippen. „Aber wieso ist dann Melanie hinterher, wenn sie nicht schwimmen konnte, und wieso hat sie sogar denselben Kurs genommen? Angenommen, sie hat ihn retten wollen, woher wusste sie, welche Richtung er genommen hat?"

Eine angespannte Stille breitete sich aus, die irgendwann von Merz unterbrochen wurde, der mit dem Fingerknöchel auf die Tischkante zu klopfen begann. „Und wenn nun vorher, ich meine, bevor sie gesprungen oder gestoßen worden sind, irgendetwas sie in diese Richtung gelockt hat?" Alle dachten über diese Erklärung nach und starrten auf die markierte Stelle auf dem Eis, wo man Darius gefunden hatte. Aber es war nichts Besonderes zu erkennen.

„Das werden wir wohl nicht herausbekommen, jetzt wo das Eis geschmolzen ist." Widahn löste das Haargummi, um seinen Zopf neu zu binden. „Mein Gott, wie sollen wir nur weiterkommen?"

„Wir haben noch etwas oder besser gesagt, noch jemanden in dem Ganzen übersehen." Katja sah die anderen herausfordernd an.

„Und wer wäre dieser Jemand?", fragte Widahn

„Eichhörnchen? Wer ist Eichhörnchen? Wenn wir Eichhörnchen gefunden haben, dann haben wir einen wichtigen Zeugen."

21

Er ging in seinem Kellerraum unruhig auf und ab, dabei schaute er zur Tür. Wie lange würde es noch dauern, bis die Polizei hier anklopfen würde? Sein Blick glitt weiter unter den Tisch. Vielleicht wäre es besser, den Karton verschwinden zu lassen. Aber wohin? Nein, nein, nein! Er wollte sich nicht von den Erinnerungsstücken trennen. Natürlich konnte er sich die Videoaufnahmen ansehen oder die Audiokassetten abspielen lassen. Aber ihre Jacken, die Schuhe, Darius' Jeans ... die konnte er anfassen, streicheln und an ihnen konnte er schnuppern. Andererseits wurde die Situation zunehmend schwieriger. Die Zeitungen waren nun voll vom Tod seiner Königskinder. *ES WAR MORD!!!* So hatte es erst heute morgen in dicken schwarzen Lettern in der Ostseezeitung und im Rüganer gestanden. Die Redaktion bat die Bürger um ihre Mithilfe. Und wenn ihn nun doch jemand am Schwarzen See gesehen hatte? Er biss sich auf die Unterlippe und fing an zu schwitzen, und es war ihm unangenehm. Nervös strich er sich erst über die hohe Stirn, dann wischte er die feucht gewordene Hand an dem rauen Stoff seiner Jeanshose ab.

Irgendwann hatte das Spiel, und mehr hatte es ja zunächst nicht sein sollen, an Eigendynamik gewonnen. Er ging weiter auf und ab. Dabei hätte er alles, wirklich alles für sie getan. Sie waren nicht bloße Objekte seiner Lust. Bei ihnen war es anders gewesen. Ihre naive, unschuldige Liebe zu beobachten, ihre kindliche Neugierde, mit der sie sich entdeckten, versetzte ihn zurück in die eigene Kindheit. In die Aufgeregtheit vor neuen, unbekannten, aber lange schon herbeigesehnten Erlebnissen.

Für ihn hatte dazugehört, zum ersten Mal beim Schlachten der Schweine dabei zu sein. Er war elf Jahre alt, als sein Vater ihn zum ersten Mal dazugerufen hatte. Alle drei Monate kam der Schlachter und verrichtete auf dem Hof des Vaters sein blutiges Werk. Noch heute stieg ihm manchmal der erregende Geruch des Blutes in die Nase, und ab und an wachte er nachts auf, weil er glaubte, die Schweine angstvoll quieken zu hören.

Aus der Schublade des Küchentischs kramte er eine Fotografie hervor. Die Rückseite lag nach oben, die Ecken hatten Eselsohren, und das Fotopapier zeigte deutliche Abriebspuren. Er drehte es um und streichelte mit dem Daumen über das Foto. Das Totenbild seiner Mutter. Sie war lange krank gewesen. Aber er hatte nicht gewusst, dass sie sterben würde. Bis zu dem Schlachttag.

Er war so stolz gewesen, als der Vater ihm den schweren Schweinekopf in die Hände gedrückt und er ihn nicht fallen gelassen hatte, sondern ihn bis zu der Wanne hatte hinübertragen können. Wie lange er regungslos davor stehen geblieben war und darauf gewartet hatte, dass vielleicht noch irgendein Zucken den riesigen Kopf durchfuhr, wusste er nicht. Aber als er zurückgekehrt war, bemerkte er, dass der Schlachter weg war und der Vater sinnierend aus dem verschmutzten Stallfenster in den Hof sah. Ohne sich zu ihm umzudrehen, hatte er ihm mitgeteilt, dass die Mutter Darmkrebs habe und bald sterben müsse.

Ein Meer von Gefühlen hatte ihn überflutet, dass es ihm den Atem geraubt hatte. Am liebsten wäre er zu seiner Mutter in das Haus gelaufen, aber da hatte ihm sein Vater bereits ein Schweineherz in die Hand gedrückt und ihm gezeigt, wo er es hinbringen sollte. Er seufzte, es war schon so lange her.

In den folgenden vier Monaten änderte sich viel auf dem Hof des Vaters. Die Mutter konnte die Arbeit nicht mehr verrichten und Else, eine unverheiratete Magd, kam um auszuhelfen. Anfangs nur während des Tages, später dann blieb sie über Nacht, zumindest bekam er wieder morgens von ihr Schulbrote gemacht, und abends löschte sie in seinem Zimmer das Licht. Mutter sah er zwar täglich, aber sie schlief die meiste Zeit.

Dann, eines Morgens saßen Else, sein Vater und der Doktor am Tisch, als er zur Tür hereinkam. „Wann denkst du, wird es soweit sein?“ Der Vater schaute den Arzt ernst an, seinen Sohn würdigte er mit keinem Blick. „Eine Stunde, vielleicht noch zwei, aber mehr ... Lass den Jungen zu ihr hoch. Ich denke, das wird ihr gut tun.“

Der Arzt strich ihm zum Abschied über den Kopf. „Du musst jetzt tapfer sein, kleiner Mann!“ Er hatte genickt und die Schulbrote eingepackt. „Du hast gehört, was der Doktor sagt, also lass die Brote, du gehst heute nicht zur Schule."

Immer noch streichelten seine Daumen das Bild. Sie war eine so sanfte, zarte Frau gewesen. Nie hatte sie sich gegen den Vater gewehrt. Und eine unendlich große Geduld hatte sie auch mit ihm, wenn er sich ungeschickt anstellte und etwas partout nicht lernen wollte.

„Ich wollte, dass du mir einen Sohn schenkst und nicht solch einen zurückgebliebenen, fetten Zwerg! Aber dazu bist du ja wohl nicht fähig!" Ja, sein Vater war ein großer, stolzer Mann gewesen, der immer genau wusste, was er wollte. Und eigentlich war es auch nicht schwer gewesen, mit ihm auszukommen. Man musste ihm ja nur gehorchen und manchmal musste man eben schon vorher ahnen, was er wollte, dann schlug er auch nicht zu. Und ganz sicher hatte er Mutter geliebt, denn er erinnerte sich an eines der Dorffeste, als ein Nachbar mit Mutter getanzt hatte. Später hatte man ihn mit einem Nasenbeinbruch in die Klinik eingeliefert.

Er legte das Foto auf den Tisch, ging zu seinem Regal, griff in die oberste Reihe. *M/ST/04.04.83 – Mutters Sterben 1983*. Er legte die Kassette in das Fach des Rekorders, setzte sich hin, faltete seine Hände und ließ den Kopf auf die Brust sinken. Erst war es still. Dann ihr hechelndes Atmen, Mutters letzte Atemzüge. Er hatte ihr das Mikrophon, das er zu Weihnachten mit dem Rekorder geschenkt bekommen hatte, direkt vor den Mund gehalten. Sie atmete immer flacher und leiser. Dann war Vater in die elterliche Schlafkammer gekommen. Gott sei Dank hatte er so laute Schritte, dass er ihn rechtzeitig gehört hatte. Den Rekorder und das Mikro hatte er schnell unter dem Bett versteckt. Strammstehend wie ein Soldat hatte er seinen Vater empfangen.

„Und? Ist sie tot?" Die Stimme war dunkel und leise wie das kleine Zimmer, in dem seine Mutter lag.

„Ich glaube nicht, Papa!"

„Geh mal weg da!" Die schweren Schritte näherten sich. Wieder war für einen Moment Stille. Der Vater hatte wohl einen Zeigefinger unter Mutters Nase gehalten. „Du bleibst bei ihr, klar?" Er hatte nicht gewagt zu antworten, sondern nur stumm mit dem

Kopf genickt. Er hatte auf die Tür gestarrt, bis die Schritte des Vaters auf dem Kies im Hof zu hören waren. Dann hatte er das Mikrophon wieder hervorgeholt und der Mutter erneut an den Mund gehalten ... Nichts! Irgendwann zwischen dem Moment, als er sich zu seinem Vater herumgedreht hatte, und hinter ihm die Tür ins Schloss gefallen war, musste die Mutter ihren letzten Atemzug gemacht haben. Leise, unauffällig, genau wie sie gelebt hatte.

Er betätigte die Stopptaste, holte die Kassette hervor und legte sie neben das Totenbild der Mutter. Sein Vater hatte es gemacht und ihm später geschenkt. Dafür hatte er in der Nacht auch die Totenwache gehalten.

Er lächelte im Schmerz. Je älter er wurde, desto seltener erinnerte er sich an die letzten Momente mit seiner Mutter.

Nachmittags waren Freunde, Bekannte und Nachbarn gekommen, um von ihr Abschied zu nehmen. Als es endlich dunkel und ruhig gewesen war, der Vater im Alkoholrausch im Bett lag und schlief, hatte er etwas gemacht, was ihm schon den ganzen Tag durch den Kopf gegangen war. Er war an den Sarg getreten, hatte der Mutter das weiße Hemd bis zu den gefalteten Händen aufgeknöpft und auf ihre Brüste gestarrt. Als er sie das letzte Mal gesehen hatte, musste er wohl sechs oder sieben Jahre alt gewesen sein. Bis dahin hatte Mama sich jeden Tag mit ihm eine Stunde auf das Sofa gesetzt, ihre Brüste entblößt und er hatte an den Brustwarzen saugen dürfen. Meistens summte die Mutter ein Lied, und nicht selten war er eingeschlafen. Ja, es war schön und friedlich gewesen, er hatte sie eingeatmet, gerochen und ihre zärtliche Hand auf seinen Haaren gespürt. Eines Tages hatte Vater sie beide überrascht. Fünf Tage lang waren sie im Haus geblieben, damit keiner sie fragen konnte, was ihnen denn passiert sei. Der Vater erklärte allen, dass seine Frau und der Junge erkältet im Bett lägen. Nie wieder hatte die Mutter ihn danach zu sich gerufen.

Aber in der Nacht der Totenwache war er noch einmal mit ihr allein. Er hatte die Brüste seiner Mutter anders in Erinnerung gehabt, praller, weicher und wärmer. Nun waren sie flach und leblos wie der Rest ihres ausgemergelten Körpers. Er hatte sich zu ihr hinabgebeugt, seine Lippen geöffnet und die linke Brustwarze in den Mund genommen, aber er hatte sich nicht getraut, an ihr zu saugen. Richtig geborgen hatte er sich auch nicht mehr gefühlt. Er küsste mit seinen spröden trockenen Lippen das Bild. Viel, sehr viel war passiert seit damals. Aber die sanfte, zarte Liebe seiner Mutter hatte er nicht vergessen.

Er steckte das Bild zurück in die Schublade und drehte sich zu seinem Regal. Seine Hände glitten über die Kassettenhüllen. Seine Königskinder! Er hatte alles von ihnen gewusst. Sie waren ihm so vertraut. Ah ja, da war sie. *M. und D. Dez/ M.´s Verdacht auf Schwangerschaft*. Bei der Erinnerung an diesen Tag Ende Dezember musste er schmunzeln.

Der Winter war plötzlich und mit voller Wucht über Nacht eingebrochen, die Winde waren rauer geworden, und Darius hatte eine kleine Campingheizung besorgt, die man eigentlich nicht in geschlossenen Räumen nutzen durfte. Er hatte sie angestellt und kurzerhand eines der Fenster ein wenig geöffnet. Hauptsache, seine Melanie musste nicht frieren. Er schob die Kassette in den Rekorder.

„Darius, ich muss dir etwas sagen." Ihre Stimme klang ängstlich und verwirrt. „Ich glaube ... ich bin schwanger!"

„Oh!"

Mehr hatte Darius offensichtlich erst mal nicht dazu sagen können. Aber auch er hatte sich hinsetzen müssen, hatte nachgedacht, wie und wann das passiert sein sollte.

Dann Darius' Nachfrage: „Bist du sicher?"

„Na ja, ich glaub schon. Meine Mutter wird durchdrehen, wenn sie das erfährt."

Er schmunzelte, da kennst du aber deine Mama schlecht, dachte er.

„Keine Angst, wir stehen alles gemeinsam durch, das weißt du doch." Er schaltete das Gerät ab. Irgendwann würden sie sich lieben, das wiederholte sich bei fast jedem Treffen und er hatte schon länger das Interesse daran verloren. Melanie hatte sich einen Test gekauft, und es stellte sich heraus, dass sie nicht schwanger war. Er war genauso erleichtert gewesen wie Melanie und Darius. Hätte Melanie ein Kind erwartet, hätte Regina den beiden wohl ihr Geheimnis offenbart, und damit wäre seine schöne Zeit mit ihnen vorbei gewesen.

Er holte die Kiste unter dem Tisch hervor und nahm die beiden Winterjacken heraus. Am Kragen von Melanie hing immer noch der Duft ihres Lieblingsparfums J'adore, und er atmete ihn tief ein. Er setzte sich auf den einzigen Stuhl in dem düsteren Raum und legte die Jacke vor sich auf den Tisch. Sanft streichelte er über den dicken, weichen Stoff.

Ihre Mutter reagierte mit einer unerklärlichen Kälte auf den Verlust. Sie war ein Eisberg. Und sie hatte ihn verletzt. Mehr als einmal. Es wurde Zeit, dass er sich wehrte. Er ballte seine Hände zu Fäusten, seine Fingernägel gruben sich schmerzhaft in die Handballen. „Aber für dich werde ich mir etwas ganz Besonderes einfallen lassen." Und dass er genügend Phantasie besaß, das hatte er ja schon einmal bewiesen.

22

Katja saß in dem zur Zeit noch einzigen bewohnbaren Zimmer ihrer Scheune auf dem Bett gegen die Wand gelehnt und hielt das Mobiltelefon fest zwischen Kopf und Schulter gepresst. Den rechten Fuß hatte sie auf das linke Knie gestellt und sie bemühte sich, den roten Lack sauber auf die Zehennägel zu streichen. Katja hatte in der provisorisch angelegten Dusche in dem noch kachellosen Badezimmer geduscht, und dann den Wunsch verspürt, neben der Verschönerung ihres neuen Zuhauses auch einmal an sich selbst zu denken.

Roswitha hätte allerdings kaum einen unglücklicheren Zeitpunkt für ihren Anruf wählen können. Auf dem Estrichboden lagen noch verpackte Raufasertapetenrollen, auf dem Malertisch Kleisterpackungen, Farbrollen, breite und schmale Pinsel. An einer Wandöffnung, die bald der Türrahmen werden und das momentane Wohn-Schlafzimmer von der Küche trennen sollte, standen hochkant schmale Fuß- und Trennleisten aus Birkenholz.

„Martin hat mir gesagt, dass Kai dich angerufen hat. Gestern Abend war er bei uns. Er sieht schrecklich aus und er hat gesagt, es sei wohl alles sein Fehler, das sähe er mittlerweile ein. Du hättest dich nie mit einem anderen Mann eingelassen, wenn er nicht etwas falsch gemacht hätte. Vermisst du ihn eigentlich sehr?"

Katja schob sich einen Wattebausch zwischen die Zehen. „Wen? Kai? Ich weiß nicht. Manchmal denke ich ja, dann aber wieder meine ich ... Ach, ich kann dir wirklich keine befriedigende Antwort auf deine Frage geben. Patrick vermisse ich sehr."

Für einen Moment war Funkstille, und Katja nutzte die Sekunde, um mit dem Fingernagel etwas frischen roten Lack von der Zehe zu kratzen.

„Ja, Patrick, das ist klar. Aber du musst den Jungen doch verstehen. Für ihn ist das alles auch nicht einfach."

Katja verdrehte die Augen. „Ich sage ja auch nichts. Bis zum Sommer will ich unser neues Zuhause fertig haben, dann wird sich Patrick hier wohl fühlen."

„Na ja, ich weiß nicht. Patrick ist ein Großstadtkind, das wird bestimmt nicht so einfach für ihn. Zumal du dich ja wirklich ganz auf das Land zurückgezogen hast. Wenn du dir ein Haus in einem der Seebäder gekauft hättest, vielleicht sogar mit Strandnähe, aber so ... Das ist nichts für Jedermann, also mich bekämst du nicht dahin, zumindest nicht auf Dauer."

Katja verzog das Gesicht. Ihre Freundin Roswitha hatte soeben ihre eigenen Befürchtungen ausgesprochen.

„Was sollte ich denn machen?", verteidigte Katja den Kauf ihrer Scheune. „Ein Grundstück in den Seebädern wäre mir zu teuer gewesen. Die vierhundertvierzig Quadratmeter Land und die einhundertzwanzig Quadratmeter große alte Steinscheune waren erschwinglich."

„Hhm, du darfst aber auch nicht vergessen, was du jetzt investierst. Hoffe, deine Rechnung geht am Ende auf. Jetzt aber nochmal: Hat Kai dich nun angerufen oder nicht?"

Katja unterdrückte einen Seufzer. „Ja, hat er."

„Zu Martin hat er wohl gesagt, wenn du bis zum Sommer nicht zurück bist, käme er dich holen. Ich glaube, ihm ist das verdammt Ernst."

Katja verdrehte die Augen. „Gott, was soll ich denn machen, Roswitha? Ich habe das Gefühl, mit nichts und niemandem mehr im Reinen zu sein, das Haus, die Kosten, Kai, Patrick. Dabei gefällt mir die Arbeit hier und ..."

„Und Sven Widahn, komm, Katja, mir kannst du nichts vormachen. Er soll ja wohl ganz gut aussehen, hat Martin mir verraten, schweren Herzens, glaube ich."

„Ja, da muss man ihm wohl Recht geben. Er hat so ein markantes und trotzdem weiches Gesicht. Und seine Augen gefallen mir ..." Katja unterbrach sich, sie wollte nicht zuviel von ihm schwärmen.

„Wie alt ist er eigentlich?"

„Dreiundvierzig!"

„Und du bist sechsunddreißig, passt doch!"

„Er raucht nicht ..."

„Wahnsinn!"

„Trinkt keinen Alkohol ..."

„Gibt es so etwas?“

„Er frisst liebend gerne Schokolade und Süßes ...“

Sie hörte Roswitha kichern. „Na, ja gut, irgendeinen Fehler muss er ja haben.“

„Und er knabbert an allem, was bei drei nicht auf den Bäumen ist und ab Körbchengröße 75c aufwärts trägt!“

„Oha!!“

„Genau! Und ehrlich gesagt, ich möchte ...“

Es klopfte an der Haustür.

„Moment mal, Roswitha, da hat es geklopft. Vielleicht hat der Glaser ja doch noch Zeit.“

Das Handy warf sie auf das Bett, das eigentlich nur aus zwei übereinander gelegten Matratzen bestand, achtete auf ihre Füße und öffnete die Tür. Überrascht prallte sie zurück. „Du?“, fragte sie gedehnt.

„Darf ich kurz eintreten?“ Sven Widahn trug das Haar offen, den verwaschenen Pullover hatte er gegen ein blau kariertes Hemd getauscht, das er sogar in – und nicht wie sonst über – der Jeans trug. In seiner Hand hielt er eine einzelne langstielige Rose.

Katja war ein wenig verwirrt. Was wollte er von ihr, war irgendetwas Wichtiges passiert? Andererseits sprachen sein Aufzug und die Rose in der Hand nicht unbedingt dafür. Misstrauisch sah sie ihn an und trat schließlich beiseite. „Komm rein. Ich telefoniere gerade.“

Sie lief zurück zu ihrem Bett, nahm das Telefon wieder auf und setzte sich. „Du, ich muss Schluss machen, Sven ist gekommen. Ich rufe dich später an.“

„Ist gut, lass ihn aber um Gottes Willen ...“

Katja klappte ihr Handy zu. „Was kann ich für dich tun?“ Sie entfernte die Wattebäusche zischen den Zehen und sah sich suchend um. Wo war nur die verflixte Mülltüte?

Widahn drehte sich einmal um die eigene Achse. Die Rose legte er auf den Tapeziertisch. „Gemütlich hast du es hier, wirklich. Sehr einladend!“ Er grinste.

„Danke für deinen Sarkasmus!“ Mit den Fingern glitt sie noch einmal durch ihr Haar und schaute sich dabei verstohlen in ihrem unaufgeräumten Zimmer um. Auf Besuch war sie nun wirklich nicht vorbereitet. An der Zimmerdecke hing eine nackte Glühbirne. Außer einem eintürigen Kleiderschrank mit zwei Schubfächern, der offen stand, einem kleinen Tisch mit zwei Stühlen, von dem einer mit Kleidung belegt war, und dem Bett, auf dem sie saß, gab es noch ein kleines Fernsehgerät, das auf einem Teewagen in der Ecke am Fenster stand. Fast ihre gesamten Möbel standen noch in einer Lagerhalle in Köln und warteten darauf, dass sie hier fertig wurde. Ihr blieb ja noch Zeit, bis das Schuljahr zu Ende war. Immerhin waren die Heizung, der Wasseranschluss und die Elektroleitungen schon in der gesamten Scheune installiert, aber es mussten noch die Fußböden verlegt, die Tapeten geklebt werden. Sie würde Mühe haben, Patrick zu Ostern hier unterzubringen.

Sie bemerkte, wie Widahn schmunzelnd den roten Spitzenbüstenhalter betrachtete, der über der Rückenlehne des Stuhls hing. Katja wurde rot. „Also, was führt dich zu mir, zu so später Stunde?“ Gott, fiel ihr kein besserer Text ein? Sie stand auf und nahm so unauffällig wie möglich den BH und ließ ihn in einer Schublade ihres Kleiderschranks verschwinden.

„Ich wollte einmal mit dir reden.“ Ungeniert setzte er sich auf das Bett, seinen Kopf lehnte er gegen die Wand und schaute interessiert auf ihre Beine, die aus den hochgekrempelten Jeanshosen hervorlugten, sowie die Zehen mit den rot lackierten Nägeln, zwischen denen vereinzelte Watteflusen klebten.

„Willst du Tee? Ich habe mir vorhin welchen mit Himbeergeschmack aufgesetzt“, fragte Katja hastig. Sie ging in die Küche.

„Tee?“ Sein Blick folgte ihr. „Ja, das wäre nicht das Verkehrteste. Aber hast du vielleicht auch schwarzen Tee? Er kurbelt die Lebensgeister an.“

Sie seufzte. „Ja, habe ich!“ Von dem selbst gezimmerten Holzregal über der Pantryküche nahm sie zwei Keramikbecher sowie die Dose mit dem ostfriesischen Tee. Lebensgeister wecken? Es war halb zehn abends. Das war doch jetzt nicht mehr nötig. Er hatte doch nicht etwa ...? Nein, so dreist war selbst er nicht. Sie überlegte gerade, welchen Grund es wohl noch für seinen Besuch gab, als er ihr zurief: „Weißt du, Katja, du kennst mich gar nicht richtig.“

Katja schaute aus dem Fenster, um sie herum nur Felder und Wiesen, von dem oftmals rauen Wind war die Landschaft zerklüftet. In der Ferne sah sie zwei Scheinwerferlichter, wie kleine gelbe Punkte, die sich bewegten. Was kam denn jetzt? Der Wasserkocher gab ein brodelndes Geräusch von sich.

„Du hältst mich für einen Mann, der nur Sex im Kopf hat."

Sie zog die Augenbrauen hoch. Ach was, wie kommst du denn auf die Idee? Sie goss das heiße Wasser in die vorbereiteten Tassen.

„Aber der bin ich nicht. Ich habe noch ganz andere Qualitäten. Ich bin zum Beispiel ein guter Polizist."

„Möchtest du Milch und Zucker?" Oder lieber einen Spiegel, dem du das alles erzählen kannst?

„Ja, Zucker und Zitrone, wenn möglich."

Katja schüttelte den Kopf. Was hieß hier *wenn möglich*? Er bekam doch immer, was er wollte. Aber nicht mit mir, Freundchen. Sie nahm die Tassen und balancierte mit ihnen in das Wohnschlafzimmer.

„Hier, mit Zucker, aber ohne Zitrone. Ich habe nämlich keine."

„Hmm, das ist schade, dann bitte mit Milch." Er lächelte und gab ihr die Tasse zurück.

Sie ignorierte die Tasse, ging erneut in die Küche, um Milch zu holen, und stellte den Karton auf den kleinen Tisch. Dann räumte sie den einen Stuhl von ihrer Kleidung frei, warf die Wäsche achtlos auf ihr Bett, setzte sich und nahm demonstrativ einen Schluck von dem heißen Getränk. Er wollte mit ihr reden, hatte er gesagt. Aber worüber?

„Und was ist nun so wichtig, dass es nicht bis morgen im Büro hätte warten können?" Und sein ungewöhnlich adretter Aufzug? War er für sie bestimmt? Vielleicht hatte er ja anschließend noch eine Verabredung mit einem seiner weiblichen Traumwesen. Und die Rose? Er hatte nicht gesagt, dass sie für sie sei. Sie traute ihm zu, dass er sie nachher wieder mitnahm. Und wenn schon! Sollte er doch. Sie hätte allerdings nichts dagegen, wenn das holde Wesen, das sich später schnuppernd über die Blüte beugte, sich ordentlich in die Finger stäche.

„Wie schon gesagt, ich wollte dich sprechen.“ Umständlich stand er auf und setzte sich ihr gegenüber an den Tisch. „Du hast dich doch für den Posten als Dienststellenleiter beworben, korrekt?“

Ach, daher wehte der Wind. Katja schwieg und sah zu, wie er einen Schuss Milch in seinen Tee gab. Sollte er ruhig ein wenig zappeln.

„Weißt du, Katja“, sein Blick haftete auf der Tasse, in der er unentwegt herumrührte. „Solch eine Arbeit bedeutet viel Einsatz.“

Katja spürte, wie die Hitze in ihr Gesicht strömte. Seine nächsten Worte würden darüber entscheiden, ob sie ihn hinauswarf oder ob er seinen zerrührten Tee austrinken durfte.

„Ich glaube, du würdest eine hervorragende Dienststellenleiterin abgeben. Du bist fleißig, intelligent ...“

Okay, er konnte seinen Tee austrinken. Katja entspannte sich ein wenig, wusste aber noch nicht, was er eigentlich von ihr wollte.

„... du bist teamfähig, siehst gut aus.“

Katja zog die Augenbrauen hoch und hätte sich beinahe an ihrem Tee verschluckt. Musste man für den Posten gut aussehen? Sie dachte an Hansen und dessen dicke Nase in dem schmalen Gesicht. Er war ihr Vorgesetzter in Köln gewesen, aber gut aussehend? Katja musste sich ein Grinsen verkneifen.

„Du bist eine brillante Polizistin ...“

Und du trinkst gleich kalten Tee, wenn du weiter so schwafelst ...

„Aber, und nun komme ich zu dem eigentlichen Problem, du bist eine Frau.“ Anscheinend machte sie ein wütendes Gesicht. Die Hitze stieg zurück in ihr Gesicht. Sie wollte etwas sagen, aber Widahn schenkte ihr sein schönstes Lächeln und hob beschwichtigend die Hände. „Nein, nein, verstehe mich nicht falsch, ich weiß deine Weiblichkeit sehr wohl zu schätzen.“ Er schaute an ihrer Gestalt herunter. „Deine Leidenschaft ...“

„Sven, ich ...“ Die Hitze verstärkte sich.

„Lass mich ausreden, bitte! Wenn du Dienststellenleiterin bist ... werden solltest, musst du mit einigen Problemen rechnen. Wie gesagt, du bist eine Frau und du bist nicht von hier. Verstehst du? Du bist keine von ihnen oder besser gesagt, von uns. Du wirst es nicht einfach haben. Aber wenn du den Posten bekommen solltest, egal was dann auch passiert, ich halte zu dir, hörst du?" Wie um seine Worte zu untermalen, griff er über den Tisch hinweg nach ihrer Hand, streichelte sie sanft. Schnell entzog Katja sie ihm.

„Dein Tee wird kalt!" Sie war verwirrt. Schon mehr als einmal hatte sie sich genau mit diesem Problem auseinandergesetzt. Aber warum kam er damit zu ihr? Verstohlen beobachtete sie ihn, wie er seinen Tee schlürfte. Er hatte die Augen halbgeschlossen, sie sah seine dichten schwarzen Wimpern. Seine feingliedrigen Hände umfassten die warme Tasse. Er war ein schöner Mann, ohne Zweifel, aber so richtig schlau wurde sie nicht aus ihm. Sie misstraute ihm eher. Es war schwer, seine Nähe auszuhalten. Aber sie musste ihm antworten. Nur was? Ach ja, Sven, du hast Recht. Danke, dass du mir trotteliger Rothaarigen, die natürlich immer gut genug für dein weiches Bett ist, wann immer es dir beliebt, na ja, dass du mir eben die Augen geöffnet hast. Ohne dich, du Held, wären mir diese potenziellen Schwierigkeiten nie in den Sinn gekommen. Und jetzt, wo du es sagst, vielleicht verzichte ich besser auf den Posten. Sollte er eine solche Antwort erhofft haben, so hatte er sich gewaltig verrechnet.

„Nun", sie blickte ihm fest in die Augen. „Ich danke dir für den späten Besuch und für deinen Aufklärungsversuch, aber ich glaube, Sven, mit diesem Problem werde ich schon klarkommen. Wenn du sonst nichts auf dem Herzen hast ..."

Er stellte seine Tasse ab und sah ihr tief in die Augen. In seinem Gesicht lag mit einem Mal so viel Verletztheit. Hatte sie ihm Unrecht getan? Unterschätzte sie vielleicht die Situation im Büro? Was wusste sie denn schon, wer was wann hinter ihrem Rücken über sie sagte. Bisher waren alle nett zu ihr gewesen, aber auch reserviert. Außer Ulrich Majonika und Konrad Vohwinkel, mit den beiden verband sie seit ihrer Zechtour ein herzlicheres Verhältnis. Bei den anderen, dachte sie, würde sich das mit der Zeit schon legen. Und wenn nicht? Wenn sie gegen Windmühlen kämpfen musste? Ihr Blick folgte Sven, als er aufstand, um den Tisch herumkam und neben ihr stehen blieb wie ein kleiner Junge, der bei einer Dummheit ertappt worden war und sich gerade Schelte abholte.

„Ich wollte dich nicht verletzen oder dich beleidigen, Katja", sagte er sanft. „Ich habe dir lediglich meine Freundschaft angeboten, das war alles. Vielleicht bin ich etwas tollpatschig vorgegangen. Aber ich bin oft so unsicher, wie ich mich dir gegenüber verhalten soll. Nach dem, was mit uns im letzten Sommer geschehen ist. Ich habe auch ein wenig gehofft, wir könnten noch einmal von vorne anfangen." Er strich kurz über ihr Haar. Katja ließ es zu, nun fühlte sie sich wie ein Vollidiot.

„Kai hat angerufen", sagte sie leise. „Er hat mir verziehen und will, dass ich zu ihm zurückkehre. Ansonsten kommt er im Sommer ..."

Mit einer Hand griff er unter ihr Kinn. Er hob ihr Gesicht an. „Und holt dich persönlich zurück nach Köln? Das hätte ich dem Knaben gar nicht zugetraut. Aber ich denke, du weißt selbst sehr genau, was du willst und wo dein Platz ist, sonst hättest du wohl kaum diese Scheune hier gekauft, nicht wahr? Allerdings ... du könntest sie ja auch wieder verkaufen. Patrick hätte bestimmt nichts dagegen. Und Hansen nimmt dich mit Kusshand zurück. Also, die Entscheidung liegt ganz allein bei dir." Seine klaren graugrünen Augen suchten ihren Blick. Sein halbgeöffneter Mund kam ihrem gefährlich nahe.

Katja schwindelte. Lass mich los, bitte lass mich los. Sie kam sich vor wie ein Kaninchen, das von einer Schlange kurz vor dem Angriff fixiert wurde.

„Ich bin ein Jäger", flüsterte er. Der Kuss, der ihre trockenen Lippen traf, war mehr ein warmer Hauch. Abrupt ließ er sie los, richtete sich wieder auf und zwinkerte ihr lächelnd zu. „Vergiss das nicht, Katja Sommer!"

Katja schwirrte der Kopf. Wortlos sah sie ihm zu, wie er ihr zum Abschied eine Kusshand zuwarf und aus dem Haus ging. Die Rose ließ er zurück.

23

Das Flüstern drang durch den dunklen Raum. Starker Parfumduft lag in der kalten Luft.

„Mama?"

Der leichte, eiskalte Wind blies die Vorhänge auf. *„Bitte wach auf!"*

Regina öffnete mühsam ihre Augen. Sie erkannte einen Schatten direkt vor ihrem Bett. „Melli?"

„Ja, Mama! Ich bin's!"

Merkwürdig, trotz der Dunkelheit sah Regina ihre Tochter klar und deutlich vor sich: Ihr Haar war tropfnass, sie trug den roten Winteranorak. „Melli? Du lebst?" Mellis Duft war überall. Aber er mischte sich mit dem Geruch von modrigem Wasser. Sie hörte Tropfen auf das Parkett fallen. Melanie lebte! Gott, im Himmel, ich danke dir! Ich werde ihr jetzt die Wahrheit sagen, und dann wird alles gut. Aber erst muss sie sich abtrocknen. Sie wollte aufstehen, konnte sich aber immer noch nicht bewegen.

„Bleib liegen, Mama. Es ist zu spät ... einfach zu spät."

„Zu spät? Wofür zu spät?"

„Du warst nicht da, als ich dich brauchte."

„Was sollte ich denn tun, Melli? Ich habe dir gesagt, lass die Finger von Darius. Ich wusste, das geht nicht gut. Das wäre doch nie passiert, wenn du auf mich gehört hättest."

„Wieso hast du mir nicht die Wahrheit gesagt?"

„Ich konnte doch nicht wissen, dass du dich ausgerechnet in Darius verlieben würdest. Hätte ich es auch nur geahnt ... Ich liebe dich mehr als mein Leben, du weißt das." Regina versuchte, Melanies Gesicht zu sehen, es zu berühren. Es gelang ihr nicht.

„Aber du", Melanie hob den Arm und deutete mit dem Zeigefinger auf sie, Wasser tropfte auf ihre Daunendecke, *„du hast dein Leben doch noch. Ich habe alles verloren. Und ist es dir völlig egal, dass unser Mörder frei herumläuft? Er soll bestraft werden. TU DOCH WAS!"*

Mit Entsetzen sah Regina, wie die Gestalt sich langsam von ihrem Bett fortbewegte. Es schien, als löse sie sich auf, der Duft im Raum wurde schwächer.

„Melli, warte, bitte! Melli, wer war es? Sag es mir? Melli ... MELLI!"

Schwer atmend setzte sich Regina in ihrem Bett hoch. Wo war Melanie? Sie war doch gerade hier gewesen! Sie betastete ihre Bettdecke, sie war trocken, auch auf dem Fußboden waren keine nassen Flecken. Aber Melanie war hier gewesen, ganz sicher. Das konnte doch nicht nur ein Traum gewesen sein. Sie hatte hier vor ihr gestanden, hatte mit ihr geredet! Robert, er musste es doch auch bemerkt haben. Sie schaute neben sich, seine Bettseite war leer. Er war nicht nach Hause gekommen.

Ihr Hals war trocken und schmerzte. Sie musste etwas trinken. Mit unsicherem Schritt ging sie in das angrenzende Badezimmer und schaltete das kleine Licht über der Spiegelkonsole ein. Roberts Zahnputzglas vom Tag zuvor stand noch auf dem Waschbeckenrand. Sie nahm es und ließ Wasser hineinlaufen, dass es schmutzig war, interessierte sie nicht. Hastig trank sie das Glas leer. Sie war also ab jetzt alleine, ohne Robert. Gut so!

Melanie war da gewesen. Vielleicht war es ja nur ein Traum. Aber vielleicht gab es Engel, oder doch ein Leben nach dem Tod? Alles war so ... real gewesen. Melanie hatte sie aufgefordert, den Mörder zu finden, sie hatte ihr einen Auftrag gegeben. Endlich konnte sie etwas tun. Sie schaute in den Spiegel, erkannte den entschlossenen Zug um ihren Mundwinkel, nicht aber den fiebrigen Glanz in ihren Augen. *„Ach Mami, du immer mit deinen Träumen. Wann lernst du endlich einmal, Träume sind Schäume!"*

Aber sie hatte doch Recht behalten. Die Bedrohung, die von dem dunklen See ihrer Träume ausging, war doch furchtbare Realität geworden. Regina umfasste das Waschbecken an den Rändern und stützte sich ab. Ihr war schwindelig und übel. Kleine Schweißtropfen bildeten sich auf ihrer Stirn. Ihr Traum war eine Botschaft gewesen. Bereite dich vor, hatte er ihr sagen wollen, du entkommst dem tiefen kalten Wasser nicht.

Zurück in ihrem Bett setzte sie sich auf und lehnte ihren Oberkörper gegen das Kopfteil, die Beine zog sie fest an ihren Körper, ihre Arme umklammerten die Knie. Ihr Kopf lehnte gegen den kühlen Satinbezug ihres Bettes.

„WACH AUF, FAULPELZ!! ES IST FREITAG DER ...“ Mit voller Wucht warf sie den Wecker zu Boden, er zersprang.

Sie nahm die eingerahmte Fotografie, die seit ein paar Tagen neben dem grässlichen Wecker ihren Nachttisch zierte, und sah sie an. Sie zeigte Melanie im Alter von vier Jahren. Mit großen Augen sah sie hoch in die Kamera, in ihrer Hand hielt sie ein Körbchen mit bunten Ostereiern. „Melli, du kannst dich auf mich verlassen, ich werde es dir beweisen. Ich bringe den Mörder zu dir an den See.“ Sie schloss die Augen, atmete tief ein und aus. Ihr wurde heiß, als ob Lava statt Blut durch ihre Adern strömte. Und ihr Herz klopfte einen neuen Takt. Rache! Rache! Rache ...

24

Irma war traurig. Seit fast dreizehn Jahren war sie als Reinigungskraft in der Kriminalpolizeiinspektion in Stralsund tätig. Sie sorgte dafür, dass ihre *Herren Kommissäre* ihr Büro morgens aufgeräumt und sauber vorfanden. Sie saugte Staub, leerte die Papierkörbe aus, putzte alle zwei Wochen die Fenster, versorgte die Blumen – Männer vergaßen so etwas ja immer – und kochte dem Frühdienst frischen Kaffee. Natürlich war Irma sich der Wichtigkeit ihres Berufes bewusst. So achtete sie beispielsweise penibel darauf, dass nach dem Ende ihrer Arbeit auf den Schreibtischen der Herren Kommissäre alles wieder da lag, wo es vorher gewesen war. Sie wusste, dass jeder auch noch so unscheinbar wirkende Fetzen Papier sehr wichtig sein konnte. Ihren Kolleginnen, die sie im Laufe der Jahre hatte kommen und gehen sehen, hatte sie versucht, diese Wichtigkeit zu vermitteln. Eine falsche Bewegung ihrerseits und wesentliches Beweismaterial konnte vernichtet sein. Aber die hatten sie nicht verstanden, sie für überdreht gehalten, und so manches Mal hatte Irma wieder etwas aus dem Papierkorb gefischt, von dem sie glaubte, es sei von Bedeutung. Irgendwann ließ sie, Irma, die anderen Frauen einfach nicht mehr an die Schreibtische ran. Sie sollten sich um die Böden, Fenster und Toiletten kümmern. Da konnten sie wenigstens keinen Schaden anrichten.

Aber Irma war alt geworden, nicht dass sie nicht mehr hätte arbeiten können, dass sie nicht mehr jedes Staubkorn, jeden Fleck gesehen hätte, aber sie wurde vergesslich. So hatten ihre Kolleginnen bereits das eine oder andere Mal für sie einen Papierkorb geleert oder vertrocknete Pflanzen weggeworfen. Manchmal wusste sie nicht mehr, welches Büro sie schon gemacht hatte und welches nicht. Dass sie an Alzheimer im Anfangsstadium litt, ahnte niemand. Sie war nun zweiundsiebzig und hätte wahrscheinlich bis zu ihrem Ableben die Büros gereinigt, wären nicht die jüngeren Kolleginnen gekommen und hätten sie bei Hauptkommissar Widahn – ausgerechnet bei ihm – denunziert. Alles habe damit angefangen, dass sie den Müll in den Containern nicht mehr richtig sortiert habe, zum Schluss habe eine Kollegin sie dabei erwischt ... was für ein Ausdruck: erwischt – als sei sie ein Schwerverbrecher – wie sie statt Blumendünger Seifenlauge in die Pflanzen gegossen habe.

Hauptkommissar Widahn war dann eines Morgens früher als sonst gekommen. Er hatte Kaffee für sie beide gekocht, sie zu sich gebeten und hatte ihr in einem langen Gespräch nahe gelegt, endlich ihren wohlverdienten Lebensabend zu genießen. Nichts hatte ihn, dem sie gerne mit zwanzig begegnet wäre, von seiner Meinung abbringen können. Auch nicht ihr Flehen, die schmale Rente von August, ihrem Mann aufbessern zu wollen, ach was, zu müssen – was eine glatte Lüge war. Nun war es so weit. Heute war ihr letzter Arbeitstag, fertig! Noch bevor die Sonne aufgegangen war, hatte sich Irma wie in all den Jahren zuvor auf ihr altes Fahrrad gesetzt und war zur Arbeit geradelt.

Es war ein schwerer Tag für sie, und irgendwie kam es ihr vor wie der Gang zum Schafott. Sowieso war heute alles anders als sonst, ihr August war sogar vor ihr aufgestanden und hatte, zum ersten Mal in ihren dreiundfünfzig Ehejahren, den Frühstückstisch gedeckt. Auf ihrem Teller hatte sie einen rosafarbenen Umschlag vorgefunden. „Eine Überraschung, Irmchen!" Zwei Flugtickets und ein Hotelgutschein. August hatte sie fest an sich gedrückt. „Wir zwei für ganze drei Wochen auf Teneriffa, Irmchen. Wenn du nach Hause kommst, sind die Koffer schon gepackt, na ja, deinen musst du noch mal kontrollieren, aber dann fährt uns Martin zum Flughafen, und heute Abend geht es ab mit uns in den Süden. Das habe ich mir immer für uns gewünscht."

Missmutig nahm Irma den Papierkorb und leerte ihn in einen Plastiksack. Niemand fragte sie nach ihren Wünschen. Sie wollte nicht nach Hause, zu gepackten Koffern, wollte nicht von ihrem ältesten Sohn Martin, der sich extra frei genommen hatte, nach Berlin gefahren werden, und sie wollte schon mal gar nicht nach Teneriffa. Draußen auf dem Gang hörte sie das Schwatzen und Lachen ihrer Kolleginnen, irgendwo klingelte ein Telefon. Niemand war hier, um sich von ihr zu verabschieden. Mit einem festen Ruck zog sie das Band des Müllsacks zu. Sie war zwar manchmal ein wenig vergesslich, aber sie war nicht dumm. Sehr wohl war ihr aufgefallen, dass ihr heute Morgen alle aus dem Weg gingen. Das machte sicher ihr schlechtes Gewissen. Überall wurde getuschelt und bestimmt über die Alte gelästert. Kein noch so kleiner Blumenstrauß oder ein Tässchen Kaffee in der Kantine erwartete sie, nichts. Sie seufzte, während sie den vollen Sack zu den anderen auf einen ausrangierten Einkaufswagen hob.

Auch gut, macht mir den Abschied nicht so schwer. Sie öffnete die Tür, schob den Einkaufswagen auf den Gang. Aus den Augenwinkeln sah sie eine ihrer Kolleginnen die Treppe hinunterlaufen. Sie drückte den Knopf für den Aufzug und das Gefühl der Traurigkeit nahm zu. Jahrelang war sie für alle da gewesen! Hatte sich die Sorgen und Nöte ihrer Kolleginnen angehört, und bei manchem Beamten hatte sie sogar Babysitter gespielt.

Die Aufzugtüren öffneten sich, und sie fuhr mit ihrem Einkaufswagen in das Erdgeschoss. Sie grüßte Otto, einen älteren uniformierten Polizisten von der Wache, aber ihr kam es vor, als wiche sein Blick ihr aus. Auch er war im letzten Dienstjahr, allerdings freute er sich auf seine bevorstehende Pensionierung und wurde nicht wie sie in Zwangsrente geschickt. Was erwartete sie nach den drei Wochen Teneriffa? Ihre Kinder hatten eigene Familien und August seinen Schrebergarten. Und sie?

„Entschuldigen Sie!“

Irma schreckte auf. „Ja, bitte?“ Vor ihr stand ein Mann, der sie freundlich anlächelte. Misstrauisch zog Irma ihre Augenbrauen zusammen. Was hatte er hier hinter den Containern zu suchen? Hatte er sich etwa hier versteckt und ihr aufgelauert? Kein Mensch war weit und breit in ihrer Nähe. Was also wollte er von ihr?

„Ich möchte Sie nicht erschrecken, wirklich nicht.“ Beschwichtigend hob der Mann kurz seine Hände. Dann zog er aus seiner Manteltasche ein kleines, in braunes Packpapier gebundenes Päckchen. „Ich wollte das hier gerade in den Briefkasten werfen, aber dann sah ich Sie hinter das Haus gehen. Sie arbeiten doch hier, oder?“

Irmas Rücken straffte sich. Was für eine Frage! Noch war der Tag nicht zu Ende. „Ja, ich arbeite hier.“

„Ah, das ist schön!“ Er strahlte sie an. „Wären Sie wohl so nett, das hier“, und bevor Irma reagieren konnte, hatte er ihr das Päckchen in die Hand gedrückt, „den Beamten zu überreichen, die den Mord an den beiden Königskindern untersuchen?“

Während die eine Hand immer noch den Müllsack festhielt, schaute sie auf das Päckchen und überlegte. Was für ein Mord an welchen Königskindern? Natürlich kannte sie nicht die Fälle, die ihre Kommissäre bearbeiteten, aber davon hätten doch die Zeitungen berichten müssen. Sie wollte gerade nachfragen, als er schnell hinzufügte: „Ich bin nur der Bote. Keine Ahnung, was darin ist. Aber eines weiß ich“, er schaute auf den Einkaufswagen mit den Müllsäcken und schob ihn zu den Containern, „die Säcke sind viel zu schwer für eine Dame, ich mache das für Sie.“

Erstaunt sah sie dem netten Menschen zu, wie er den Containerdeckel hochhob und ihren Müllwagen mit den Säcken leerte. Was hatte der Mann gesagt? Er sei ein Bote? Der Postbote und die Kurierfahrer gaben ihre Päckchen und Briefe doch immer vorne am Haupteingang ab. Vielleicht war es ja ein geheimer Fall, von dem die Öffentlichkeit nichts wissen durfte?

„Und? Würden Sie mir den kleinen Gefallen tun?“ Fragend schaute er sie an.

„Ja, gerne! Was soll ich den Herren Kommissären denn sagen?“

„Geben Sie ihnen nur das Päckchen, das reicht. Sie wissen dann schon Bescheid.“

Hastig nahm Irma aus ihrer Kitteltasche einen kleinen Block und einen Bleistift. Vergessen war der Einkaufswagen, und sie schritt langsam zurück zum Eingang, während sie eine Notiz schrieb. Natürlich würde ihr etwas so Wichtiges nicht entfallen, aber sicher ist sicher, dachte sie und steckte das Päckchen in ihre Kitteltasche. Am besten gab sie es gleich im ersten Zimmer bei Otto ab. Er wusste bestimmt, was damit zu tun wäre. Sie öffnete die Eingangstür und blieb verdutzt stehen. Ottos Zimmer war leer!

„Otto?“ Sie klopfte an der Tür des Nebenraums, aber auch hier war niemand. Wo waren sie alle hin? Sie ging weiter in Richtung Kommissariat. Niemand war auf den Fluren, keine ihrer Kolleginnen lief ihr über den Weg, alles war wie ausgestorben. Ein Putzeimer mit einem Wischmopp stand verloren vor einer der Bürotüren. „Helga, Martha, wo seid ihr?"

Sie ging die Treppe hinauf, öffnete eine Bürotür nach der anderen, traf aber niemanden an. Und diese Stille. Sie hörte nur ihre eigenen Schritte, nicht einmal ein Telefon bimmelte. Irma griff sich erst an den Kopf, dann an den Hals. Er war wie ausgetrocknet. Hier war etwas passiert, das durfte doch nicht wahr sein. Aber was? Geiselnahme! Jetzt war es soweit! Die ganze Welt sprach von Terroristen, und nun hatten sie den Weg zu ihrem Kommissariat nach Stralsund gefunden, und das an ihrem letzten Arbeitstag. Und sie konnte nicht einmal die Polizei rufen, sie war bei der Polizei! Es musste doch jemand hier sein. Sie öffnete die Tür zum großen Besprechungsraum.

„Überraschung!"

Sprachlos blieb sie stehen. Auf den Tischen standen Sektgläser, Flaschen mit diversen Getränken, und auf Tabletts waren Häppchen nett drapiert. Aber das beste war: Sie waren alle da. Irma schlug die Hände vor den Mund. Martha, Helga, Hauptkommissar Widahn, die neue Hauptkommissarin mit den roten Haaren, wie hieß sie denn noch gleich? Dann Konrad Vohwinkel, daneben stand sogar der Rechtsmediziner Dr. Ulrich Majonika, vor Jahren hatte sie sein Haus gehütet, als er mit seiner Familie in Urlaub gefahren war. Otto kam mit einem großen Frühlingsstrauß auf sie zu.

„Mensch, Irmchen, ich dachte schon, du würdest den Weg zu uns überhaupt nicht mehr finden." Er umarmte die immer noch sprachlose Frau und überreichte ihr den Blumenstrauß. „Ich muss wieder runter, die Kollegen vom Frankendamm haben uns ausgeholfen und kurzfristig unsere Telefonate angenommen, aber deren Hilfsbereitschaft muss man ja nicht überstrapazieren. Alles Gute für dich!" Er drückte sie nochmal und verabschiedete sich.

Ein anderer Beamter kam und reichte ihr ein Glas Sekt. Ihr schwirrte der Kopf. Damit hatte sie nicht gerechnet. Sie zog den Kittel aus, hängte ihn achtlos über eine der Stuhllehnen. Nein, damit hatte sie wirklich nicht gerechnet. So ein toller Abschluss ihres langen Arbeitslebens. Mit einem Mal freute sie sich sogar auf ... ja, wo wollte August noch mal mit ihr hinfahren? Vor lauter Aufregung hatte sie es vergessen. Ein letzter Blick fiel auf ihren Kittel. Gab es noch etwas zu erledigen? Nein, die Büros waren sauber, die Papierkörbe geleert und die Pflanzen gegossen. Sie hob ihr Sektglas in die Höhe, prostete den anderen zu. Es durfte gefeiert werden.

25

Sie träumte von einem schneeweißen Haus mit roten Dachziegeln. Sie wusste, dass es ein Traum war, und bemühte sich aufzuwachen. Aber sie hörte nicht auf, dieses verdammte Haus zu umfliegen. Ihr war bewusst, dass sie nicht hier sein sollte. Aber wo genau war sie eigentlich? Etwas kitzelte in ihrem Nacken, ließ die feinen Härchen sich aufrichten. Es war ein angenehmes Gefühl. Es breitete sich in ihrem Körper aus. Dann berührte etwas angenehm Warmes und Weiches ihren Hals.

„Du siehst so süß aus, wenn du schläfst!"

Die Stimme kam von ganz weit her. Erst war sie ganz leise, dann kam sie immer näher. Sie paarte sich mit einem Duft von ... Sven! Abrupt riss Katja die Augen auf. Ihr Kopf lag auf ihren Unterarmen, diese wiederum ruhten auf ihrem Schreibtisch. Sie fuhr hoch. Sie war an ihrem Schreibtisch eingeschlafen, und ausgerechnet Sven hatte sie dabei ertappt. Sie hob den Kopf, wünschte sich überallhin, nur nicht jetzt in dieses Büro, als seine warme Hand sanft, aber viel zu kurz durch ihr feuerrotes Haar strubbelte.

„Na, wieder von den Toten auferstanden?" Seine Stimme klang belustigt.

Katja richtete sich auf, bemühte sich um Fassung. Hatte er sie etwa eben geküsst? Ihre Hand griff in den Nacken „Ich muss wohl eingeschlafen sein!" Welch intelligente Bemerkung! Noch mehr davon und sie sollte sich besser krankschreiben lassen.

Widahn setzte sich ihr gegenüber. Immer noch trug er dieses wissende Lächeln zur Schau. Katja versuchte, es zu ignorieren. Ihr Blick fiel auf ein bunt geblümtes Stoffbündel, das er in der Hand hielt. „Was ist das?"

„Irmas Kittel, sie hat ihn vorhin vergessen. Ich bringe ihn nachher runter zu Martha. Irma ist schon gegangen." Katja fuhr sich mit der Hand durch das noch schlafwarme Gesicht. Gott, wie lange hatte sie denn so gelegen? Es war ihr peinlich, dass sie im Dienst eingeschlafen war, aber noch viel schlimmer war die Tatsache, dass derjenige, der ebenfalls den Posten zum Dienststellenleiter haben wollte, sie dabei erwischt hatte. Als Irmas Abschiedsfest sich dem Ende zugeneigt hatte, war sie in ihr Büro geschlichen, um die Akte Hofer/Conelly noch einmal durchzuschauen, aber das Letzte, woran sie sich erinnerte, waren die tanzenden Buchstaben vor ihren Augen.

„Mach dir keine Sorgen." Widahn ging zur Kaffeemaschine, um frischen Kaffee aufzusetzen. „Ich werde keinem erzählen, dass du dich vor den Aufräumarbeiten gedrückt, dafür aber ein gesundes Nickerchen gemacht hast. War wohl eine unruhige Nacht, was?"

Katja nickte mechanisch. Sie hatte so gut wie gar nicht geschlafen. Als die ersten Vogelstimmen einen neuen Frühlingstag angekündigt hatten, war ihr mit fast schon morbider Erleichterung bewusst geworden, dass die Unruhe in ihr nicht von Widahn, sondern von dem ungeklärten Fall herrührte. „Ja, ich habe die letzte Nacht kein Auge zugemacht."

Sollte sie ihm wirklich glauben, dass er ihren Fehltritt niemandem erzählte? Ihr fiel wieder ein, was er ihr ins Ohr geflüstert hatte, als sie im geschmückten Besprechungsraum alle leise auf Irma warteten. „Gib's zu, du hast Irmas Ausstand vergessen. Aber auch das gehört zu den Aufgaben eines Dienststellenleiters." Sie hatte ihn nur mit vor Wut zusammengekniffenen Augen angesehen. Aber sie hatte wirklich nicht an Irma, sondern an den unaufgeklärten Mord an zwei Jugendlichen gedacht und an all die vielen Fragen und mögliche neue Hinweise, die vielleicht ins Nichts, aber auch zum Erfolg führen konnten. Ihre Fähigkeiten zur Dienststellenleiterin daran zu messen, ob sie für eine Reinigungsfachkraft eine Abschiedsfeier organisiert hätte, gab ihr deutlich zu verstehen, dass Widahn hinter der Position her war wie der Teufel hinter der armen Seele. Aber sie wusste nun auch, dass er sie als ernstzunehmende Konkurrenz ansah. Das freute sie, vielleicht standen ihre Chancen ja gar nicht so schlecht.

„Und welch holdes männliches Wesen hat dir deinen Schlaf geraubt? Ich bin doch gegangen."

Sollte das ein Scherz sein oder musste man sein Gerede ernst nehmen? An seinem Gesichtsausdruck ließ es sich nicht erkennen.

Sie sah zu, wie er ihre Tassen mit Kaffee füllte. „Ob das Wesen männlich oder hold ist, kann ich noch nicht beurteilen, jedenfalls ist es ein Mörder!"

„Und? Zu welchem Ergebnis bist du gekommen?" Befriedigt stellte sie fest, dass er sie nun mit dem nötigen Ernst ansah.

„Noch zu keinem konkreten", nachdenklich fiel ihr Blick auf den buntgeblümten Kittel, etwas Kleines, Rechteckiges zeichnete sich unter dem weichen Stoff ab. Hatte Irma etwas vergessen, etwas, das wichtig für sie war? Sie wischte den Gedanken beiseite, hier war nur eines wichtig: die Aufklärung des Mordes an zwei Jugendlichen. „Ich habe mir den Täter vorgestellt."

„Und?" Widahn lehnte sich in seinem Stuhl zurück und verschränkte die Arme hinter seinem Kopf.

Katja beugte sich nach vorn. Ihre Hände spielten mit der Kaffeetasse, drehten sie hin und her. „Würdest du dich so ohne weiteres erpressen lassen?" Jetzt hatte sie seine volle Aufmerksamkeit. Sie blies eine etwas längere Haarsträhne aus dem Gesicht. Und ich werde doch eine gute Dienststellenleiterin.

„Kommt darauf an. Wenn ich Dreck am Stecken und du Beweise gegen mich hättest ..."

„Eben! Melanie fühlte, dass sie beobachtet wurden und tatsächlich erwischt Darius auch jemanden. Wäre er für sie aber einfach nur irgendein Voyeur gewesen, Darius hätte ihn verjagt und fertig."

„Du glaubst, es ging um mehr, als um bloße Spannerei! Na, was gibt es denn sonst Interessantes bei solch einem Pärchen?"

Sie winkte ab. „Nein, ich meine etwas anderes. Wenn sie irgendeine fremde Person als Voyeur erwischt hätten, dann hätten sie doch gar keine Möglichkeiten gehabt, ihn zu erpressen. Er hätte sich aus dem Staub gemacht, sie hätten seinen Namen nicht gewusst und auch nicht, wo sie ihn auftreiben könnten. Also müssen sie ihn wohl gekannt haben." Sie nahm einen Schluck von dem heißen Getränk.

„Führt uns jetzt aber auch nicht unbedingt direkt zum Täter", unterbrach Widahn ihren Vortrag.

Katja schnippte mit den Fingern. „Nicht direkt, aber wir können unseren Täterkreis eingrenzen. Erstens müssen sie ihn gekannt haben. Aber es kommt vielleicht noch etwas hinzu. Ich glaube, sie waren sich der Gefahr nicht bewusst. Niemals hätten sie ihm einen Mord zugetraut. Sie haben ihn also zweitens unterschätzt. Demnach suchen wir nun jemanden aus ihrem näheren Umfeld, der ihnen vertraut war, den sie für harmlos und ungefährlich hielten, der aber hinter einer netten Fassade ein furchtbarer Teufel ist."

Widahn nickte stumm, sein Kopf ruhte in seinen Händen, die er im Nacken verschränkt hielt. „Und wer kommt da deiner Meinung nach in Frage?"

Sie öffnete die Schreibtischschublade und nahm Zigaretten und Feuerzeug heraus, die sie vor sich selbst versteckt hatte. In diesem Augenblick war es ihr wieder einmal egal, dass Widahn Nichtraucher war. Tief inhalierte sie das Nikotin, bemühte sich aber, den Rauch nicht direkt in seine Richtung zu blasen. „Ich weiß es nicht."

„Vielleicht sollten wir noch einmal mit den Eltern sprechen. Vielleicht kennen sie jemanden. Oder, wenn es doch einer von ihnen ist, vielleicht verrät er sich? Darum mein Vorschlag, du fährst zu Hofers, ich besuche Conellys." Widahn stand auf, und wie um seine Worte zu untermalen, hob er Irmas Kittel einmal an und legte ihn wieder ab. „Und vergiss nicht, nach dem Eichhörnchen zu fragen."

Katja schnappte sich ihre Jeansjacke. „Darius und Melanie. Er hat sie überlistet. Gott, der Junge war so töricht, und Melanie hat mitgemacht. Der Täter hat sich zum Schein darauf eingelassen. Ich wette mit dir, wer auch immer er ist, er hat den Jungen belogen. Als das Spiel begann, stand für ihn fest: Sie sollten beide sterben, erst Darius und dann Melanie." Sie trat an das Fenster und betätigte den Knopf für die automatische Jalousie. Es versprach, ein sonniger Tag zu werden, und ohne heruntergefahrene Jalousie würde das Büro bei ihrer Rückkehr völlig überheizt sein. Sie ging zur Tür und schaute noch einmal zurück. Ein kleines braunes Päckchen und eine weiße Papierecke lugten aus Irmas Kitteltasche hervor, aber Katja achtete nicht weiter darauf, sie sah auch nicht, dass der Kittel langsam vom Schreibtisch runterrutschte, sie dachte an den Mörder und an seine Tat, während sie die Bürotür hinter sich zuzog.

Es war gegen halb zwölf mittags, als Konrad Vohwinkel auf der Suche nach Katja Sommer und Sven Widahn deren leeres Büro betrat. Der Raum lag im Halbdunkeln, und als Vohwinkel gerade die Tür schließen wollte, fiel sein Blick auf einen Kittel, der auf dem Boden neben Widahns Schreibtisch lag. Er hob ihn auf, dabei glitten ein kleines rechteckiges Päckchen und ein Blatt Papier aus der Tasche. Vohwinkel seufzte und bückte sich erneut. Er wollte beides gerade achtlos auf den Schreibtisch zu dem Kittel legen, als sein Blick sich trotz der Dämmerung auf die geschriebenen Zeilen heftete. Er betrachtete das Päckchen, strich sich über den kleinen Spitzbart, steckte Päckchen und Zettel in seine Jackentasche und verließ das Büro.

26

Der Tag war schön. Die Sonne schien fast schon zu warm nach der langen Kälteperiode. Hätte die knackige Kälte noch weiter angedauert, wären weniger Ostergäste gekommen, aber so waren die Hotels gut gebucht, man konnte zufrieden sein. Wenn es im April noch schneite, zogen die Urlauber oftmals einen letzten Skiurlaub vor.

Zeit für die Elfuhrnachrichten. Seit elf Uhr schon verfolgte er aufmerksam die Sendungen auf Radio Mecklenburg-Vorpommern. Wieso sprachen sie nicht von den neuen Beweisen? Er hatte der Frau in dem Blümchenkittel doch die Kassette für die beiden Polizisten gegeben. Wieso reagierte jetzt keiner? Hatten der blonde *Dschingis Khan* und die hübsche, wenn auch für seinen Geschmack zu magere, rothaarige Polizistin seinen Hinweis nicht erhalten? Aus der offenen Küchentür hörte er eine Waschmittelwerbung. Er unterbrach seine Gartenarbeit. Da, jetzt kamen die Nachrichten. Seine Hände waren von der Erde schmutzig, seine Nägel schwarz. Die Stimme aus dem Äther berichtete über den neuesten Stand im Nahen Osten, dann über die Wirtschaftskrise und über die Versprechungen von Politikern für die kommende Legislaturperiode.

Los, weiter!, dachte er und versuchte die Hände an seiner Hose von der Erde zu befreien. Jetzt komme ich dran, mach! Er stützte sich auf seinen Spaten und lauschte. „Immer noch gibt es keine konkrete Spur im Mordfall der beiden Jugendlichen auf Rügen. Vergangenen Montag wurden die Leichen der beiden Opfer, Darius Conelly und Melanie Hofer, die bereits am neunten April von ihren Eltern als vermisst gemeldet worden waren, aus dem Schwarzen See geborgen. In diesem Zusammenhang bittet die Kriminalpolizei Stralsund noch einmal um Ihre Mithilfe. Gesucht werden unter anderem die fehlenden Kleidungsstücke der beiden Opfer. Hierbei handelt es sich um eine gelbe, wattierte Winterjacke der Marke Adidas sowie ..."

Er fasste sich an den Kopf. Er schwitzte und sein Herz raste. Oh Gott, sind das Idioten!

„... Hinweise bitte an die Mordkommission, Kriminalkommissariat Stralsund unter der Telefonnummer ...“

Erschüttert ließ er den Spaten fallen. Eine Nachbarin kam in ihren Garten, sah zu ihm herüber. Er tat so, als bemerke er sie nicht. Das war doch nicht möglich. Schließlich hatte er sich direkt in die Höhle des Löwen begeben. Welches Risiko. Und alles umsonst? Er ging zurück ins Haus. Es ärgerte ihn maßlos, dass sie ihm nicht die nötige Beachtung schenkten. Er nahm den Wasserkocher und setzte Teewasser auf. „... Und zum Schluss noch die Wettervorhersage für den gesamten Bereich der Ostseeküste. Die Sonne zeigt sich von ihrer schönsten Seite. Der Frühling ist endlich eingekehrt, und in den kommenden Tagen klettert das Thermometer auf satte ...“

Entnervt drehte er das Radio ab. Wen interessierte das? Er hatte es sich so schön ausgemalt in seiner Phantasie: Die alte Frau gab das Päckchen der rothaarigen Kommissarin. Sie öffnete es und nahm die Audiokassette hervor. Ganz sicher drehte sie die Kassette zwischen ihren Fingern hin und her und ging damit zu dem blonden, langhaarigen Kollegen, sie würden die Kassette in ein Abspielgerät legen und dann ... Der Wasserkocher riss ihn aus den wunderbaren Gedanken. Er goss seinen Tee auf, setzte sich mit der dampfenden Tasse an den Tisch. Gedankenverloren tunkte er den Beutel auf und nieder. Er stellte sich die Gesichter der Beamten vor, wenn sie das Szenario hörten, das er für sie vorbereitet hatte. Herrlich! Nur schade, dass er nicht dabei sein durfte.

Allein schon das Zusammenstellen der Aufnahmen hatte ihm viel Spaß gemacht, aber letztendlich sollte das ja nur der Auftakt zu einem noch besseren, viel größeren Schauspiel sein. Er hatte einen Videorekorder und eine Videokamera, die er an seinen Großbildfernseher anschließen konnte, das reichte für seine Zwecke vollkommen.

Wenn die beiden sich nicht in den Kopf gesetzt hätten, nach Kanada zu gehen, wären sie auch nicht auf die Idee gekommen, ihn zu erpressen, mit ihm solch ein gemeines Spiel zu spielen. Er erinnerte sich nicht gerne an den Tag, als die beiden ihn erwischt hatten. Mit einem simplen Trick hatten sie ihn hereingelegt. Melanie hatte schon länger geglaubt, dass sie beobachtet würden, und er hatte sich bis dahin immer noch rechtzeitig zurückziehen können, bevor Darius herausgestürmt kam. Seitdem hatten sie ihr Versteck blickdicht abgedunkelt. Darüber hatte er sich zwar ein wenig geärgert, aber auch wenn er sie nicht immer sah, er konnte immer noch zuhören und dann seine Phantasie spielen lassen.Ohne Problem, er hatte ihnen schließlich lange genug zugeschaut. Das reichte ihm. An einem der Abende hatte er Melanie besonders laut stöhnen hören. Es hatte ihm gut gefallen, sehr gut sogar, und er hatte alles um sich herum vergessen. Bis er plötzlich durch ein lautes Klicken aufgeschreckt wurde. Was für eine Teufelei! Telefone, die fotografieren konnten. Wer das erfunden hatte! Er lehnte sich zurück und betrachtete den Garten, der genauso sauber und ordentlich gehalten war wie das gesamte Haus.

Er hatte versucht, dem Jungen eine Erklärung zu liefern.

„Was willst du mir erklären, Alter? Dass du dringend mal pinkeln musstest?“ Darius hatte sich das Foto angesehen. „Das hier sieht aber ganz anders aus, das wird dir keiner abkaufen. Ganz Sellin, ach was, ganz Rügen wird über dich lachen.“ Selbst jetzt noch brach ihm der Schweiß aus, wenn er nur daran dachte, dass dieses Foto in falsche Hände hätte geraten können. Dass sie ihm das angetan hatten. Sie waren doch seine Familie. Er hatte ihr Leben mit ihnen geteilt, bei jedem Streit mit ihnen gelitten und ihre Versöhnungen genossen. Und sie? Was machten sie? Sie verhöhnten und verspotteten ihn. Und sie erpressten ihn: „Tausendfünfhundert, und es gehört dir.“ Er war erschüttert. Wie hatte er sich nur so in ihnen täuschen können? Ihm war heiß geworden vor Zorn. Gut, der erste Punkt ging an sie. Aber dann hatte Darius einen entscheidenden Fehler begangen. Er hatte ihm Zeit zum Nachdenken gelassen, eine ganze Woche, und er hatte diese Zeit sinnvoll zu nutzen verstanden.

Auf der zumeist ruhigen Straße hörte er ein Auto herannahen. Es bremste, blieb stehen, der Motor wurde abgestellt. Durch die Schlafzimmergardinen schaute er nach draußen. Erstaunt hob er die Augenbrauen.

27

„Sie sind ja schon wieder in Ihrem Büro, Frau Hofer." Katja bemühte sich, Regina nicht anzusehen. Sie war ein wenig verärgert. Als sie nach langer Fahrt auf der gut frequentierten B 196 endlich bei Hofers vor der Tür gestanden hatte, öffnete niemand. Eine bestens informierte Nachbarin klärte sie auf, dass Frau Hofer schon sehr zeitig am Morgen das Haus verlassen habe, und ach ja, der Ehemann sei die ganze Nacht nicht nach Hause gekommen, aber vorhin habe sie ihn kurz im Garten gesehen. Kurz entschlossen, auch um der geschwätzigen Frau zu entkommen, war Katja in das Hotel Pelikan gefahren.

Sie blickte aus dem weit geöffneten Fenster über die Grünanlage hinweg auf den dahinter liegenden Strand und die heute erstaunlich ruhige Ostsee. Die Sicht war klar, und Katja glaubte, draußen auf der See ein Frachtschiff zu erkennen. Der Rasende Roland gab in der Ferne sein markantes Pfeifen von sich. Sven hatte ihr gesagt, dass es um die alte Dampflok nicht gut stand, und dass man im letzten Jahr allen Ernstes überlegt hatte, aus finanzieller Not heraus dieses Wahrzeichen Rügens stillzulegen.

„Ja und? Ich arbeite hier, ist es also ungewöhnlich, mich hier anzutreffen?"

Katja atmete tief ein, drehte sich zu ihr herum und sah sie nun direkt an. Regina Hofer stand gelassen gegen ihren Schreibtisch gelehnt, ihre Hände hatte sie vor ihrem Körper ineinander gefaltet, ihre Beine waren gekreuzt. Sie trug einen ärmellosen weißen Pullover aus Kaschmir und eine weiße Leinenhose. Unterbrochen wurde diese Symphonie in Weiß durch einen orangefarbenen Gürtel. Auch der Seidenschal, den sie locker um den Hals gebunden trug, ihre Pumps und ein Haarband hatten diesen sommerlichen Farbton. Perfekt gestylt. Was konnte diese Frau aus der Reserve locken?

Aber irgendwie wirkte sie seit ihrer letzten Begegnung verändert. Vielleicht durch ihren spöttischen Blick, der ihre Frage begleitete. „Und was führt Sie zu mir, Frau Sommer?"

Es gelang Katja, sich ihre Überraschung nicht anmerken zu lassen: Sie hatte sich endlich ihren Namen gemerkt! „Vielleicht setzen wir uns erst einmal. Dann können wir reden."

Regina Hofer deutete auf den Besucherstuhl. „Bitte!" Sie selbst nahm in ihrem Schreibtischsessel Platz. „Möchten Sie auch etwas zu trinken, einen Kaffee oder lieber ein kaltes Getränk?"

„Nein, danke!" Katja bemühte sich immer noch, ihr Misstrauen zu verbergen. Es kam ihr vor, als nähme die schöne Frau sie nicht ernst. War etwas vorgefallen, das ihre Verhaltensänderung bewirkt hatte?

Regina beugte sich vor, ihre Hände legte sie flach auf den Tisch, ihre feingliedrigen langen Finger in Katjas Richtung ausgestreckt. Sie saß gerade und doch bequem. Ihr Blick war nicht ablehnend und ihre Lippen waren nicht fest aufeinander gepresst, wie Katja es schon bei so vielen Menschen gesehen hatte, die ihr Liebstes verloren hatten.

„Ich sage Ihnen geradeheraus, was ich denke, Frau Hofer. Sie verschweigen uns etwas. Nicht nur Sie allein, sondern auch Ihr Mann, Frau Steinbrück und Herr Conelly. Ihre Tochter und Darius haben jemanden erpresst und dieser Jemand hat die beiden getötet. Nun fragen wir uns natürlich, wer in Melanies näherer Umgebung erpressbar ist." Katja sah ihr direkt in die Augen, und Regina hielt ihrem Blick stand. Was lag hinter der glatten Stirn und den tiefbraunen Augen? Was verbarg sie?

„Sie haben doch auch ein Kind, Frau Sommer?" Reginas Stimme war ruhig und sanft. Sie hatte ihre Sitzhaltung nicht verändert und schaute Katja immer noch unverwandt an.

Katja schluckte. Sie musste sich beherrschen, ihr nicht barsch zu antworten. Ständig lenkte sie von dem eigentlichen Thema ab. „Ja und?" Sie hielt die Hände angespannt gefaltet auf dem Tisch.

Regina Hofer lächelte. „Sind Sie eine glückliche Mutter?"

Katja atmete scharf ein, während Regina sich weiter vorbeugte und ihre Finger langsam zu Katjas Händen glitten. Das ging zu weit. „Wie kommt es eigentlich, Frau Hofer, dass Sie uns jedes Mal ausweichen? Auf jede unserer Fragen antworten Sie mit einer Gegenfrage. Ihre Tochter ist tot, sie wurde ermordet, interessiert es

Sie denn gar nicht, wer ihr Mörder ist?" Katja wollte sich zurücklehnen und ihre Hände zurückziehen, aber Reginas kühle Finger griffen nach ihnen. Es war ein sanfter Griff, dem sich Katja durchaus hätte entziehen können. Aber etwas hielt sie zurück, etwas, das sie sich selbst nicht erklären konnte.

Regina Hofer legte den Kopf schief und lächelte immer noch. „Wir werden uns zu dritt unterhalten. Melanie ist immer bei mir, müssen Sie wissen. Und ich bin nicht nur Ihnen, sondern auch ihr eine Erklärung schuldig."

Sie ist verrückt, dachte Katja, komplett verrückt. Was ging nur in ihr vor? Verschwunden war der ausdruckslose Blick, ihre Wangen trugen nun ein zartes Rosé, und ihre Augen glänzten, als habe sie Fieber. War sie krank?

Ihre kalte Hand griff weiter hoch und umfasste Katjas Handgelenk, spürte ihren Puls. Für einen Moment schloss sie ihre Augen. Es tat gut, das Leben pulsieren zu fühlen.

Katja überlegte, ob sie einen Arzt holen sollte, als Regina sie plötzlich wieder losließ und sich mit ihrem Schreibtischsessel herumdrehte. Katja ging um den Schreibtisch herum an das geöffnete Fenster und lehnte sich gegen die Fensterbank. Sie wollte Regina ins Gesicht sehen, wenn sie sich unterhielten.

„Es war kurz nach der Wende. Sie können es nicht verstehen, aber für uns hat sich alles verändert. Nichts war mehr so wie vorher." Regina faltete die Hände auf ihrem Schoß und sah Katja flüchtig an. „Sie sind eben nicht von hier, Sie haben ganz anders gelebt. Sie können es sich nicht vorstellen, aber für einige von uns drehte sich die Welt auf einmal andersherum. Meine Freunde und ich, wir waren junge Erwachsene und doch plötzlich wieder kleine Kinder. Die Werte, die man uns bis dahin vermittelt hatte, galten nicht mehr. Alles wurde mit einem Schlag weggewischt."

Warum erzählte sie ihr das? Warum holte sie so weit aus? Ihr Blick folgte dem Reginas, vorbei an den Baumstämmen, hinunter an den Strand. Ein Paar lief Hand in Hand über den Sand, vor ihnen ein weißer Pudel. Lebensfroh sprang er hin und her und wartete darauf, dass der Mann den Stock endlich warf, den er in der Hand hielt.

„Natürlich haben wir uns damals noch nicht solche Gedanken gemacht, die neu gewonnene Freiheit hielt uns viel zu sehr in ihrem Bann. Plötzlich durften wir überallhin, und ein jeder durfte zu uns."

Worauf wollte sie hinaus? Katja hörte weiter zu, aber ihr Blick folgte dem Paar mit dem Hund, bis es hinter den Bäumen verschwunden war, die dem Strand vorgelagert waren.

„Ich besuchte damals eine Sprachenschule, wollte Fremdsprachensekretärin werden, was bedingt durch die neue Situation in Deutschland für mich natürlich auch völlig andere Dimensionen annahm." Sie seufzte tief, und Katja fühlte regelrecht, wie die anmutige Frau sich in der Vergangenheit verlor. „Dann kam er." Sie schwieg, ihr Blick glitt weiter auf das Meer hinaus, so als suche sie etwas. Ihre Finger strichen eine nicht vorhandene Haarsträhne aus dem Gesicht.

„Wen meinen Sie mit er?", fragte Katja, als Regina immer noch nicht weitersprach.

„Ian! Er und Robert arbeiteten auf den Gleisanlagen am Bahnhof in Stralsund. Eines Tages sprach er mich an. Robert schaute aus der Entfernung zu. Es ist vielleicht schwer vorstellbar, aber ich hatte wirklich keine Erfahrung mit Männern. Meine Eltern haben mich sehr streng erzogen. Es war so einfach für ihn, mein Herz im Sturm zu erobern, so schrecklich einfach." Sie hob den Kopf, um ihre Lippen lag ein bittersüßer Zug.

„Sie fingen ein Verhältnis mit Ian Conelly an?"

Regina Hofer zuckte mit den Schultern, ihre Finger glitten durch den Seidenschal. „Sagen wir mal lieber, er fing mit mir ein Verhältnis an. Für mich hingegen bedeutete er alles. Eines Tages erschienen er und Robert bei mir zu Hause. Sie hätten meinen Vater erleben sollen, ich hatte ihn schon oft wütend gesehen, aber noch nie so wie an diesem Abend. Ich dachte, jetzt ist alles aus, du siehst Ian nie wieder. Ich weinte, bis ich mich leer fühlte, aber er kam zurück, als ob ihn die Abfuhr, die mein Vater ihnen erteilt hatte, nur noch angestachelt hätte."

Katja erinnerte sich an die Aussagen von Robert Hofer und Ian Conelly. Sie hatten ihre Begegnungen mit Regina ganz anders dargestellt. „Er kam in derselben Nacht und Sie ließen ihn durch das Fenster in Ihr Zimmer, richtig?"

Regina Hofer nickte stumm und spielte weiter mit dem Schal.

Mit einem Mal wurde das Bild klarer. Leise fragte Katja: „Ian Conelly ist ... der Vater von Melanie?"

Wieder nickte Regina. „Es war nur eine Nacht ...", flüsterte sie. „Nur diese einzige Nacht." Sie stand auf, die Augen hielt sie geschlossen. „Hörst du, Melli", flüsterte sie, „es war wirklich nur die eine Nacht!"

Das war es! Melanie und Darius waren Halbgeschwister! Deswegen war Regina gegen die Beziehung der beiden gewesen!

„Sie haben Ihrer Tochter aber nie gesagt, wer ihr biologischer Vater ist? Weiß Ihr Mann davon, oder Ian Conelly? Und was ist mit Corinna Steinbrück?"

Regina Hofer stand auf, ging auf die andere Seite des Zimmers und stellte sich an das Seitenfenster. Es kostete eine hellblaue Blüte des Vergissmeinnichts das Leben. „Nein, meine Tochter hat es nicht gewusst. Lassen Sie mich weitererzählen, ja? Ich habe damals geglaubt, in Ian den Mann meines Lebens gefunden zu haben. Aber vielleicht habe ich mich in der Nacht zu blöde angestellt oder wie auch immer, jedenfalls sah ich von da an Ian immer seltener. Natürlich machte ich mir Gedanken, aber ... ich war so naiv." Sie lehnte sich ebenfalls gegen den Fensterrahmen neben Katja, stützte sich mit den Händen ab und sah Katja ernst an. „An dem Tag, als ich erfuhr, dass ich ein Kind bekam, sah ich Ian und Corinna Hand in Hand auf dem Marktplatz in Bergen. Sie hatten mich nicht entdeckt, und ich versteckte mich in einem Hauseingang. Für mich brach eine Welt zusammen. Ich hätte mich am liebsten umgebracht, aber ich hätte ja auch ein unschuldiges Kind getötet. Dann kam mir eine Idee, es war furchtbar, gemein, hinterhältig, ich weiß, aber ich war so verzweifelt, verstehen Sie?"

Katja schluckte, sie hatte doch nicht etwa ...? „Sie haben sich an Robert herangemacht und ..."

Regina nickte. „Ich schlief noch am selben Tag mit ihm. Ich wusste, dass er in mich verliebt war. Drei Wochen später sagte ich ihm, dass er Vater würde."

Katja glaubte kaum, was sie da hörte. „Und das hat er Ihnen abgenommen, ich meine, spätestens als Melanie zur Welt kam, hätte ihm doch auffallen müssen, dass da etwas nicht stimmte."

Regina lachte spöttisch. Sie strich sich über ihre Arme. Ihr war mit einem Mal kalt. „Wurden Sie schon einmal von einem Mann so richtig geliebt? Ich meine, von einem, der Ihnen regelrecht verfallen ist? Die glauben doch alles! Nur wenn sie dann irgendwann doch die Wahrheit erfahren, dann ... ist alles aus."

Katja wurde es unbehaglich zumute. Sie dachte an Kai, an ihren Betrug. Aber er hatte ihr ja nun verziehen.

„Wann hat Ihr Mann denn davon erfahren?"

Regina zuckte mit den Schultern. „Keine Ahnung, wir haben nie darüber gesprochen."

„Sie meinen, Ihr Mann hat nie erfahren, dass er nicht Melanies Vater ist?"

„Doch, hat er. Zwar nicht von mir, aber ich bin mir ganz sicher, dass er Bescheid weiß."

„Und wieso sind Sie sich da so sicher?"

Regina verschränkte die Arme ineinander. „Wenn ein Mann von einem Tag auf den anderen vom liebevollen Vater zum Eisblock wird, dauernd unterwegs ist und sich dann noch eine Geliebte nimmt, dann weiß er doch Bescheid, oder?"

Katja biss sich auf die Unterlippe. Wenn das stimmte, und es gab für sie keinen Grund, Regina Hofer nicht zu glauben, dann ... Ihre Gedanken wurden von dem Klingeln ihres Handys unterbrochen.

„Ja bitte?"

„Wo bist du?" Sven! Kein Hallo, keine Blödelei auf den Lippen, etwas musste geschehen sein.

„Im Pelikan bei Frau Hofer!" Ihre Antwort war genauso knapp.

„Komm bitte umgehend ins Büro. Der Mörder hat sich bei uns gemeldet."

28

Regina Hofer parkte den silbernen Mercedes A-Klasse direkt vor ihrer Haustür. Der Wagen holperte, dann kam er zum Stillstand. *„Du hast schon wieder die Bordsteinkante mitgenommen. Papa hat gesagt, wenn du nicht endlich lernst, richtig einzuparken, dann geht ihr bald nur noch für die vielen neuen Reifen arbeiten. Wenn ich erst einmal meinen Führerschein habe ...“* Regina zog den Schlüssel aus dem Zündschloss und blieb einen Augenblick sitzen. Sie spürte den kalten Schweiß auf ihrer Stirn und lehnte den Kopf gegen die Kopfstütze. „Melli, Melli. Es tut mir so Leid. Ich wollte dich nicht belügen. Aber was hätte ich denn tun sollen?“ Sie dachte an ihren Vater, seine schlaksige Gestalt, hager, seine stets gebeugte Haltung, seine stechenden Augen. Hätte sie nicht solch eine Angst vor ihm gehabt, dann wäre sie nie auf die Idee gekommen, Robert ein Kind unterzuschieben, das nicht seins war. Kuckucksei!

„Mama, wie konntest du nur?“

„Ich habe einfach keinen anderen Ausweg gesehen.“ Ihr Herz raste. Sie sah ihre Tochter vor sich. Sie blickte sie verständnislos und vorwurfsvoll zugleich an.

„Aber du hättest es auf keinen Fall der Kommissarin sagen sollen, Mama.“

„Ich musste mit jemandem reden. Und früher oder später wären sie sowieso dahinter gekommen. Aber eines verspreche ich dir: Ich werde alles tun, damit dein Mörder gefasst wird. Er soll nicht ungestraft davonkommen.“

Regina spürte einen stechenden Schmerz in der Brust, dieses Brennen und den Durst nach Rache, dann wurde ihr kalt. Aber ihr Kopf war ganz klar. Entschlossen stieg sie aus dem Wagen, aus den Augenwinkeln registrierte sie, wie sich in dem rechten Nachbarhaus eine Gardine bewegte, vor dem Haus zur Linken fegte ihre Nachbarin die Treppenstufen. Sie grüßte Regina nicht. Früher hatten sie mit ihr geredet, jetzt redeten sie wohl eher *über* sie. Sie versuchte Haltung zu bewahren, ging zur Haustür und steckte den Schlüssel ins Schloss. Sie musste den Mörder finden. Bei dem

Gedanken, ihn in die Finger zu bekommen, vibrierte ihr ganzer Körper.

„Psst!"

Erschrocken fuhr sie zusammen. Ian! Er kam hinter einer Zypresse hervor. Was wollte er?

„Mach schon auf und lass mich rein." Unruhig kontrollierte er durch die Äste , ob sich auf der Straße etwas bewegte.

Sie öffnete die Tür, ihre Lippen kräuselten sich spöttisch. Natürlich! Er wollte nicht mit ihr gesehen werden. Wahrscheinlich durfte Corinna nicht wissen, dass er hier war. „Komm rein!" Konnte ihm das jetzt nicht egal sein, jetzt da sein Sohn ...

Wie ein flinker Schatten glitt er an ihr vorbei in den Korridor.

Achtlos warf sie den Schlüssel auf die kleine Kommode. Sie ging durch den Flur ins Wohnzimmer. „Und? Was willst du?"

Er sah schlecht aus, dunkle Ringe lagen um seine Augen. Sein Mund war nur noch ein dünner Strich. Er schaute sich nicht in dem hellen, sonnendurchfluteten Raum um, nichts interessierte ihn. Seine Hände hatte er tief in die Jackentasche seines Blousons gesteckt. Er starrte sie an. „Warum?"

Sie zog die Augenbrauen hoch. Das verlieh ihrem Gesicht den gewünschten kühlen und abweisenden Ausdruck. „Warum was?" Sie hatte ihn geliebt, all die Jahre, trotz allem, bis zu dem Tag, als die Kriminalpolizei das erste Mal ihr Büro betreten hatte.

„Warum hast du mir an dem Abend in der Tiefgarage alles gebeichtet? Warum hast du nicht einfach alles auf sich beruhen lassen?"

Regina atmete tief ein. Vor ihr stand der personifizierte Vorwurf. Wollte er sie nun für den Tod der beiden verantwortlich machen? Was, wenn sie nicht mit ihm gesprochen hätte? Unmerklich ballte sie ihre Hände zu Fäusten, ihre Augen wurden schmal. „Hast du sie getötet?" Ihre Stimme klang rau und heiser. Gnade Dir Gott, Ian Conelly!

Entsetzt wich er einen Schritt zurück. „Bist du verrückt, ich töte doch nicht meinen eigenen Sohn."

Und was ist mit deiner Tochter? Ja, warum hatte sie es ihm überhaupt erzählt? Er hatte es ja bis heute nicht wirklich realisiert.

„Also, sag es mir. Warum hast du fast fünfzehn Jahre gewartet, um mir das zu erzählen? Warum hast du mir das nicht erspart?"

„Warum? Das fragst du noch? Weil an jenem Abend dein Sohn mit unserer Tochter ein Verhältnis angefangen hat, darum."

Ian schlug sich mit der Hand gegen die Stirn. Er schluchzte, und erst jetzt bemerkte sie seine Tränen. Sie drehte sich um, schaute aus dem Verandafenster hinaus in den Garten. Sie wollte ihn nicht weinen sehen. Sie verschränkte die Arme.

„Verhältnis! Mein Gott, Regina! Sie waren vierzehn Jahre, noch halbe Kinder. Hättest du doch alles dabei belassen. Sie hätten ein bisschen herumgeknutscht. Dann wäre alles vorbei gewesen. Du weißt doch, wie so etwas läuft."

Nein, sie wusste es nicht. Sie hatte nie solche Erfahrungen gemacht. In jener Nacht, als ihre Eltern schon längst schliefen, war er ihr erster Mann gewesen, und sie war sofort schwanger geworden. Und danach gab es Robert. Das war alles. „Sie haben sich geliebt!"

„Geliebt, geliebt! Sie haben sich an dem Abend eures bescheuerten Betriebsfestes doch erst kennen gelernt. Wie kannst du da schon von Liebe sprechen?"

Regina schwieg, hörte ihn hinter sich weiter weinen. Dann nahm sie wahr, dass Ian sich auf das Sofa gesetzt hatte. Immer noch schluchzte er, den Kopf hatte er in seine Hände gestützt. Eines der roten Zierkissen hatte er sich auf den Schoß gelegt. Sie schwieg weiter, ihre Gedanken kehrten zu dem Betriebsfest im November zurück. Sie war erstaunt gewesen, dass Corinna Steinbrück die Frau von Ian war. Zwar war Corinna ihr in der Küche, im Büro und in der Halle schon tausendmal begegnet, aber nie hätte sie die kleine stämmige Frau als das Mädchen wiedererkannt, das damals Hand in Hand mit Ian die Straße heruntergekommen war. Sie hatte sich im Laufe der Jahre sehr verändert.

Irgendwann war Carmen aufgeregt zu ihrer Mutter gelaufen. „Mama, Darius ist mit Melanie schwimmen gegangen, darf ich auch?" Corinna nickte, und die Kleine flitzte schnell wie der Blitz in Richtung Wellness-Bereich los. Regina aber war erschrocken. „Wie bitte? Melli ist schwimmen gegangen? Sie kann doch gar nicht schwimmen. Und von wem bitte hat sie den Badeanzug?"

Immer noch hörte sie die drei lachen. Robert legte seinen Armen um sie und drückte sie an sich. Dass er sich dabei auf Zehenspitzen stellen musste, schien ihn nicht zu stören. „Ich habe ihn ihr extra für heute besorgt. Lass sie wenigstens im Wasser herumplanschen. Sie hat doch solch einen Spaß. Hier kann ja nichts passieren."

Sie seufzte, sie wollte sich nicht erinnern, aber die Bilder ließen sich nicht mehr wegscheuchen. Sie sah Ian, der sich vor Lachen auf die Schenkel klopfte, darauf achtend, nichts aus seinem Whiskyglas zu verschütten. „Das müsst ihr mir erklären. Wir wohnen auf einer Insel, und eure Tochter kann nicht schwimmen?"

Eure Tochter! Welch ein Hohn. Corinna versuchte, sie zu beruhigen, wenn sie auch einen kleinen spöttischen Unterton in ihrer Stimme nicht unterbinden konnte. „Machen Sie sich keine Sorgen. Darius ist ein guter Schwimmer, er wird schon auf sie aufpassen."

Dann war Carmen, eine Schnute ziehend, in einem weißen, viel zu großen Gästebademantel und den dazu passenden Hausschuhen herangeschlurft. „Ich mag nicht alleine schwimmen."

„Wieso alleine? Wo sind dein Bruder und Melanie?"

Wütend hatte die Kleine aufgeschaut und dabei ihren Blick gesucht. „Die sind in der Sauna knutschen!"

Die sind in der Sauna knutschen! Das konnte doch nicht wahr sein. Nur verschwommen hatte sie Ians und Roberts Gelächter wahrgenommen, das Abwinken von Corinna, und wie sie sagte: „Früh übt sich ..." Sie brauchte frische Luft, war vor die Tür getreten. Irgendwann war Theo aufgetaucht, hatte sie in den Garten geführt. Sie hatte Robert mit Christine gesehen, es war ihr egal. Sie hatte Theo abgewimmelt, sie wollte in Ruhe nachdenken, in der Tiefgarage war sie zwischen den parkenden Autos auf- und abgegangen.

Ihre mühsam aufgebaute Scheinwelt schien zu zerbrechen. Ihr Vater hatte Recht gehabt. Gott ließ keine Schuld ungesühnt, früher oder später musste man im Leben für alles zahlen. Sie hatte das Gefühl für Zeit und Raum verloren, als Ian plötzlich vor ihr auftauchte. In der Hand immer noch ein Whiskyglas, die Krawatte schief, hatte er sie mit dem gleichen Glitzern in den Augen wie vor fünfzehn Jahren angelächelt. „Na, Schönheit? Hier hast du dich also verkrochen. Ich habe dich gesucht, was hast du hier vor, so ganz alleine?"

Ganz nah war er an sie herangetreten, sie hatte ihn lange angeschaut, und ihr Blick schien ihm nicht zu behagen. Er hatte nervös an seinem Kragen gezupft.

„Sie ist deine Tochter, Ian!"

„Was erzählst du da für einen Blödsinn?" Sein Lachen war unsicher geworden.

„Das ist kein Blödsinn. Melanie ist unsere gemeinsame Tochter." –

Regina drehte sich zu ihm um. „Hast du es ihm gesagt?"

Ian schaute hoch, seine Augen waren vom Weinen verquollen, er griff nach einem Taschentuch in seiner Blousontasche. „Wem habe ich was gesagt?"

„Hast du Robert gesagt, dass Melanie nicht seine Tochter ist?"

Ian schnäuzte sich. Umständlich steckte er das benutzte Taschentuch zurück, bevor er antwortete. „Er hat es bereits gewusst."

„Von wem? Wer hat es ihm erzählt?"

Ian sprang auf, hob die Hände und ließ sie über die Oberschenkel fahren. „Was weiß ich denn von wem? Vielleicht von deiner blöden Freundin Christine. Ich habe keine Ahnung, jedenfalls weiß er es nicht von mir."

Regina überlegte. Zu keiner Zeit hatte sie Christine erzählt, dass Melli nicht Roberts Tochter war. „Und Corinna, weiß sie, dass ...?"

Ian Conelly schüttelte den Kopf. „Nein, um Gottes willen. Als Robert mich besuchte, war Corinna im Pelikan."

„Wann war das?"

„Kurz nach dem Geburtstag eurer ... deiner Tochter."

Regina überlegte, biss sich dabei auf die Lippen.

Conelly wurde blass. „Du glaubst doch nicht etwa, dass Robert Darius und Melanie ...? Nein, das kann doch nicht sein."

Regina winkte ab. „Nein, nein, Robert war in der Nacht, als die beiden verschwanden, bei Christine, da bin ich ziemlich sicher."

Robert bei Christine? Conelly stutzte nur einen kurzen Moment, dann überlegte er weiter: „Aber wer hatte einen Grund, sie zu töten? Was haben die beiden denn getan? Ich glaube nicht an die Geschichte mit der Erpressung. Du etwa? Gott sei Dank weiß die Polizei nicht, dass Robert nicht der Vater ist, sonst kämen sie am Ende noch auf falsche Ideen."

„Sie wissen es!"

Erschrocken riss er seine Augen auf. „Was? Woher denn?"

„Von mir. Ich habe es der Kommissarin heute erzählt."

Conelly fasste sich an die Stirn. „Bist du verrückt? Ist dir eigentlich klar, was deine Aussage bedeutet? Sie werden Robert verdächtigen und verhaften. Gott, was bist du nur für eine eiskalte Hexe."

Hexe nannte er sie? Der Mann, den sie aufrichtig geliebt hatte, der mit ihr aber nur gespielt hatte, der sie allen Ernstes fragte, warum sie ihm überhaupt offenbart hatte, dass sie ein Kind hatten, der nannte sie eine eiskalte Hexe? Was wäre gewesen, wenn sie sich an dem Tag vor fünfzehn Jahren nicht in dem Hauseingang versteckt hätte? Wenn sie Ian und Corinna gegenübergetreten wäre und gesagt hätte: „Du, ich bin schwanger von dir!" Was wäre dann gewesen? Eiskalte Hexe, ohne Gefühl.

„Und was glaubst du, wird die Polizei denken, wenn ich ihnen erzähle, dass du hier gewesen bist, und was wir miteinander besprochen haben, was glaubst du, wird sie dann denken?"

Conelly war noch eine Spur blasser geworden. Er stand auf und ging mit schnellen Schritten durch den Flur. An der Eingangstür blieb er kurz stehen und drehte sich zu ihr um. „Ich verfluche den Tag, an dem ich dir begegnet bin!"

29

„Gut, dass du sofort gekommen bist." Widahn griff nach Katjas Arm. Sie wusste nicht, ob er extra im Korridor des Kriminalkommissariats auf sie gewartet hatte, als sie abgehetzt die Stufen in den ersten Stock hinaufgelaufen kam.

„Sven, ich habe eine Aussage von Regina Hofer, ich weiß jetzt ..."

Widahn winkte ab. Sein langer Haarzopf, der sonst so sorgsam gebunden seinen Rücken hinunterfloss, löste sich in seine Bestandteile auf, und er schien es nicht einmal zu bemerken. „Alles später", er öffnete die Tür zu ihrem Büro und zerrte sie regelrecht in den Raum. Er war nervös, und nichts schien ihm nun schnell genug zu gehen. Jemand hatte die Jalousien hochgezogen, und in dem Büro machte sich eine stickige Hitze breit. Katja hängte ihre Jacke auf. Warum war er nur so schrecklich hibbelig? Hatte er einen konkreten Hinweis bekommen, der zum Täter führte? Natürlich, es war wichtig für ihn, den Fall schnellstmöglich aufzuklären, das konnte ihm Pluspunkte bei der Vergabe des heiß ersehnten Postens geben. Konrad Vohwinkel war ebenfalls im Büro und nickte ihr kurz zu.

„Du musst dir das anhören", sagte Widahn weiter.

Erst jetzt fiel ihr auf, dass ein alter Kassettenrekorder auf dem Tisch stand. Es handelte sich um ein schmales, rechteckiges Gerät, wie sie selbst als Kind eines geschenkt bekommen hatte. „Wo habt ihr denn den alten Hund ausgegraben?"

Widahn sah sie scharf an. „Gib dem Land Geld, und wir kaufen uns eine Stereoanlage. Das Teil funktioniert, und jetzt hör zu." Er drückte die Abspieltaste herunter.

„Mein Vater bringt uns um."

„Bist du sicher?"

„Ja, sobald wir am See sind."

Katja starrte auf die Kassette, nur noch Rauschen war zu hören. Melanie und Darius? Höchstwahrscheinlich. Aber irgendwie ... Sie spürte, wie dieses typische Kribbeln sie überkam. Jetzt verstand sie auch, wieso Widahn so nervös gewesen war.

„Spul noch mal zurück!"

Vohwinkels Spitzbärtchen vibrierte. „Du hast es also sofort gemerkt. Für wie blöd hält der Kerl uns?" Er spulte die Kassette zurück.

„Mein Vater bringt uns um."

„Bist du sicher?"

„Ja, sobald wir am See sind."

Sie hörte genau hin, die Stimmen klangen ein wenig verzerrt. „Wo habt ihr das her?"

Widahn reichte ihr einen Zettel. „Der hier und die Kassette sind in einem Päckchen aus Irmas Kitteltasche gefallen."

„Irma?" Katja sah ihn stirnrunzelnd an. Was hatte Irma damit zu tun?

„Irma hat den Zettel geschrieben. Lies!"

Irma hatte sich entweder beim Schreiben der Zeilen in einer ungünstigen Position befunden oder sie hatte eine Handschrift, mit der sie jedem Mediziner Konkurrenz machen könnte. *Abgegeben von einem Boten: für die Kriminalbeamten, die den Fall der Königskinder bearbeiten.*

„Aber das muss sie doch bereits heute früh erhalten haben, wieso haben wir das jetzt erst auf dem Tisch?"

Widahn zuckte mürrisch mit den Schultern. „Ich habe nur kurz mit ihr am Telefon gesprochen. Sie behauptet, kein Päckchen bekommen zu haben. Sie und ihr Mann sind bereits auf dem Weg hierher. Heinrichsen spricht gleich mit ihr."

„Habt ihr schon feststellen lassen, ob das die Stimmen von Darius und Melanie sind?"

„Ja, wir haben das Band Corinna Steinbrück am Telefon vorgespielt. Sie ist sich sehr sicher, dass die Stimme ihres Sohnes darauf ist und höchstwahrscheinlich auch Melanies."

Vohwinkel mischte sich ein. „Die Kassette hier ist nur eine Kopie. Das Original liegt bereits im Labor. Ich bin gespannt, was noch alles darauf zu hören ist. Ich verstehe nicht, wie ein Mensch so dumm sein kann, uns solch ein Beweisstück freiwillig zu liefern. Das wird uns doch alle möglichen Rückschlüsse auf den Täter erlauben."

Katja trat an das Fenster, schaute hinaus auf die sonnige Landschaft. Sie glaubte, ihr Kopf müsse explodieren. Erst drehten sich alle im Kreis, es passierte gar nichts, und dann plötzlich heute Vormittag Regina mit ihrer Aussage, und nun das hier. „So dumm ist er gar nicht."

„Wie bitte?" Vohwinkel lachte spöttisch auf. „Also entschuldige mal, jeder Laie hört doch, dass in den einzelnen Sätzen Brüche vorhanden sind. Die Sätze sind aus Einzelteilen zusammengesetzt worden."

Katja winkte ab. „Vielleicht will er ja, dass wir ihn für dumm halten. Er wäre nicht der erste Täter, der versucht, mit der Polizei Katz und Maus zu spielen. Darum lass uns später die technischen Details durchgehen. Was der Täter uns damit vermitteln will, ist viel wichtiger."

„Na, wenn du meinst!", antwortete Konrad Vohwinkel eingeschnappt. Er ging an den Aktenschrank und setzte Kaffeewasser auf.

„Regina Hofer hat mir eben erzählt, dass nicht ihr Mann, sondern Ian Conelly der Vater von Melanie ist."

„Nein! Du glaubst es nicht!" Widahn schaute noch ein wenig ungläubig zu Katja.

Vohwinkel unterbrach seine Arbeit und drehte sich um, dabei verschüttete er ein wenig von dem Kaffeepulver.

Katja nahm ein Päckchen Papiertaschentücher von ihrem Schreibtisch und reichte es ihm, während sie kurz ihr Gespräch mit Regina Hofer wiedergab. „Natürlich dachte ich auch sofort, dass sie uns damit ein Motiv für ihren Mann geliefert habe, aber dann hast du angerufen, Sven, und unser Gespräch unterbrochen."

Widahn nickte und deutete auf den Rekorder. „Und auch das hier soll den Verdacht auf den Vater, oder besser gesagt Scheinvater, lenken. Aber wer hat es zuammengestellt? Conelly, seine Frau oder Regina Hofer selbst?"

„Weder noch. Es war keiner von ihnen."

„Wieso das nicht?"

Sie zeigte auf den Zettel. „Königskinder! Er gibt seinen Opfern einen Namen, sie sind ihm vertraut. Was auch immer Darius,

Melanie und den Mörder verband, es war mehr als nur ein simpler Erpressungsversuch von zwei unreifen, pubertierenden Gören. Er fühlte sich wahrscheinlich verletzt von seinen *Königskindern*. Robert Hofer hätte schon ein Motiv gehabt, Eifersucht oder Rache, aber wieso hätte er dann Melanie und Darius getötet? Seine Frau oder Conelly, ja, das hätte einen Sinn ergeben." Sie strahlte ihn an. „Wir sind einen Riesenschritt vorwärts gekommen." Sie rieb sich die Hände, nahm dankend Kaffee von Vohwinkel entgegen. „Es ist so, wie wir vermutet haben, der Mörder war Darius und Melanie nicht unbekannt und war dadurch erpressbar. Fangen wir an, unserem Täter ein Profil zu geben. Erstens: Er gehört höchstwahrscheinlich nicht zu der Familie, aber er kennt sie, er muss in ihrer Nähe sein, denn er weiß, dass die Beziehung der beiden nicht geduldet wird. Und nun möchte er also, dass wir Robert Hofer verdächtigen."

Vohwinkel nickte. „Und für wie blöd er uns hält." Er ärgerte sich immer noch. Katja überging den Kommentar. „Nun komme ich zu dem zweiten Punkt: Er hat die beiden Königskinder nicht nur beobachtet, sondern von ihren Treffen auch Tonbandaufnahmen gemacht ..." Katja unterbrach sich, sie dachte nach.

Widahn stöhnte auf. „Also ein Bekannter der Hofers, den Darius und Melanie als gewöhnlichen Voyeur entlarvt haben?"

„Ein Voyeur? Gut möglich, aber als gewöhnlich würde ich ihn nicht bezeichnen. Wir müssen nach seiner Triebfeder suchen. Die beiden stellten offensichtlich einen ganz außergewöhnlichen Reiz für ihn dar. Wieso sonst hätte er ihre Gespräche - und was weiß ich noch alles - auf Band aufgenommen?"

„Somit doch sexuelle Motivation?", warf Vohwinkel ein.

Katja sah ihn nachdenklich an. „Auch, aber ich denke, hier geht es um mehr. Er hat ihnen einen Namen gegeben. Die Königskinder, und den hat er für sich so verinnerlicht, dass ihm gar nicht aufgefallen ist, dass er bei Irma diesen Ausdruck benutzt hat."

„Wenn nicht die reine Lust, was dann?" Vohwinkel streckte seine langen Arme.

Katja stellte sich an das Fenster. Einen Moment lang schwieg sie, dann schnippte sie mit den Fingern: „Die beiden Königskinder.

Warum nennt er sie gerade Königskinder? Kennst du den Text des alten Liedes?“

Widahn zuckte mit den Schultern. „Irgendwas mit ... sie hatten sich lieb und konnten sich nicht finden, oder so.“

Katja trat an ihren Schreibtisch. „*Oder so* reicht mir nicht, ich will es genau. Im Internet werden wir sicher eine Antwort finden.“ Sie zog ihre Tastatur heran und gab das Stichwort ein.

„Und?“ Widahn trat zu ihr, sie runzelte die Stirn, zeigte auf den Bildschirm. „Es waren zwei Königskinder, sie hatten einander so lieb. Sie konnten zusammen nicht kommen ...“

„... das Wasser war viel zu tief! Ich weiß, was du jetzt denkst. Der Schwarze See ist fünfzehn Meter tief, das reicht zum Ertrinken, auch ohne Eis.“

Katja schüttelte kaum merklich den Kopf. Sie spürte seine Nähe, und es war ihr im Augenblick egal. Ein beruhigendes Gefühl. „Sie konnten zusammen nicht kommen ..., zusammen nicht kommen ...“, murmelte sie, dann schnippte sie erneut mit den Fingern. „Das war sein Reiz! Er hat es gewusst.“

„Was gewusst?“ Widahn machte ein neugieriges Gesicht.

„Er hat gewusst, dass sie Geschwister sind!“

30

Wie aus Stein gemeißelt saß Regina in ihrem Wohnzimmer. Die Hände hatte sie in ihrem Schoß verschränkt, ihr Rücken war gerade und der Kopf hoch erhoben. Sie starrte auf einen imaginären Punkt gegenüber an der weißen Wand. Melli war ein liebes Kind gewesen, unvorstellbar, dass sie jemanden erpresst haben sollte. Solch ein Unfug. Ihr Kind doch nicht. Melanie war der Sinn ihres Lebens gewesen, wie sollte es nun weitergehen?

Das Telefon klingelte, riss sie aus ihren Gedanken. „Ja bitte?" Es gelang ihr, einigermaßen klar zu sprechen.

„Kripo Stralsund, Katja Sommer am Apparat. Frau Hofer, ich habe eine Frage an Sie und ich bitte Sie, genau nachzudenken."

„Gerne." Regina mochte die rothaarige Polizistin. Sie machte zwar vordergründig einen kühlen Eindruck, aber sie war doch sicher, dass sie ihren Schmerz nachvollziehen konnte.

„Sagt Ihnen der Begriff Königskinder etwas?" Die Kommissarin kam sofort zum Punkt, auch das gefiel ihr. Aber was sollte das jetzt?

„Königskinder? Es gibt doch ein altes Volkslied, das so ähnlich heißt."

Die Stimme an der anderen Seite der Leitung hörte sich ungeduldig an. „Ja, aber ich möchte wissen, ob irgendjemand in letzter Zeit in Ihrem Beisein den Begriff verwendet hat."

„Nein, warum?" Regina lächelte spöttisch. Abgesehen von ein paar Gesprächen, konnte sie sich an so gut wie nichts erinnern, was in letzter Zeit gewesen war.

„Das erkläre ich Ihnen später. Eine Frage habe ich noch." Die Stimme räusperte sich. „Wo finde ich Ihren Mann?"

„In Bergen, bei Christine Thorwald", und da würde er auch bleiben. „Übrigens in der Nacht, als Melanie verschwand, war er meines Wissens auch bei Christine Thorwald, ich sage das nur, falls Sie ihn verdächtigen", fügte sie hastig hinzu.

Eine Sekunde lang herrschte Schweigen zwischen ihnen.

„Wieso sollten wir Ihren Mann verdächtigen, Frau Hofer?"

Weil Ian das vorhin gesagt hat. „Vielleicht weil Sie denken, dass

Robert ein Motiv hatte. Aber wenn er auch etwas grob im Umgangston ist, letztendlich kann er keiner Fliege etwas zu Leide tun."

Sie hörte ein kurzes Seufzen. „Haben Sie die Telefonnummer von Frau Thorwald zur Hand?"

Regina kannte sie auswendig, sie waren fast ihr ganzes Leben befreundet gewesen. Weitere Fragen hatte die Hauptkommissarin nicht.

Nachdenklich stieg sie die Treppe zu Melanies Zimmer hoch. Sie schloss die Augen, lauschte in die Stille und lächelte. Erinnerungen wurden lebendig. Der Raum wurde dunkel und warm. Die kleine Lampe auf dem Regal leuchtete. Aus der Ministereoanlage erklang ein Popsong. Melanie saß im Bademantel am Schreibtisch. Sie hatte geduscht und es roch nach frisch gewaschenem Haar. Sie gab ihrer Tochter einen Kuss auf den feuchten Hinterkopf, spürte mit ihren Lippen die warme Kopfhaut. Melanie zuckte zusammen, überrascht von der liebevollen Attacke ihrer Mutter. *„Mensch, lass den Scheiß, weißt du, wie eklig sich das anfühlt?"*

„Puuh, du alte Zimtzicke! Stell dich nicht so an. Räum lieber dein Zimmer auf." Regina lachte. Sie spürte Melanie immer noch in ihrer Nähe.

„Mama! Sitz nicht hier rum und vertrödele deine Zeit. Hilf endlich, meinen Mörder zu finden!"

Aber wo genau konnte sie einen Hinweis finden? Sie öffnete die Schublade des Schreibtisches, holte ein paar beschriebene Blätter hervor, schaute sie durch. Es waren Schmierzettel von alten Mathematikaufgaben, dazwischen eine BRAVO und ein Rezept für ein Grippemittel, das Melanie nie eingelöst hatte. Schon wieder das Telefon, sie achtete nicht darauf, öffnete den Kleiderschrank, suchte zwischen der Wäsche, ohne wirklich zu wissen wonach.

Nun klingelte ihr Handy in der Jackentasche. Wieso ließ man sie nicht einfach in Ruhe? Aber vielleicht war es ja noch einmal die Polizistin, vielleicht hatten sie ja den Mörder? Sie hasste ihn so sehr, sie würde ihn umbringen, wenn sie nur könnte. Das Handy gab keine Ruhe. „Ja?"

„Ich bin's!" Robert.

Sie setzte sich auf den Schreibtischstuhl. „Was möchtest du?"

„Die Polizei hat mich gerade angerufen, haben die Christines Nummer von dir?"

„Ja! Es ist doch wichtig, wegen deines Alibis." Sie hielt das kleine Handy ganz fest. Jetzt war die Gelegenheit gekommen. „Wer hat dir verraten, dass Melli nicht deine Tochter ist?"

Kein Ton kam von der anderen Seite.

„Robert?"

„Ich fand eine Nachricht in meinem Auto."

„In deinem Auto?"

„Ja, mein Gott, ich hatte das Fahrerfenster einen Spaltbreit offen gelassen und als ich zum Wagen zurückkam, lag da ein Zettel mit dem Hinweis, dass Melanie nicht meine, sondern Ians Tochter sei. Ich dachte, die Nachricht sei von Ian gewesen, und bin sofort zu ihm hingefahren. Er hat mir dann alles erzählt."

„Wieso hast du denn nie mit mir darüber gesprochen?"

„Sonst noch was? Du warst all die Jahre so kalt wie ein Fisch zu mir, und ich Trottel ... ach, ist mir auch egal. Ich rufe aus einem anderen Grund an. Die Polizistin hat mich gefragt, ob jemand in letzter Zeit den Ausdruck Königskinder verwendet hat, kannst du mir vielleicht mal verraten, was der Scheiß soll?"

„Nein, mich haben sie auch ..."

„Pass mal auf!", unterbrach Robert sie barsch. „Ich habe genug von dem ganzen Kram. Und ich habe nichts mit dem Tod deiner Tochter zu schaffen. Und genau das habe ich auch der Polizei gesagt. Christine und ich möchten nur noch unsere Ruhe haben. Ich werde die Scheidung einreichen, und wenn diese Prozedur vorbei ist, hoffe ich, dass du endgültig aus meinen Leben verschwindest."

„Du brauchst die Scheidung nicht einzureichen, spar dir die Anwalts- und Gerichtskosten, ich werde ... Robert?" Er hatte eingehängt. Sie klappte das Handy zu und warf es auf das Bett gegenüber. Auch gut, dachte sie. Sie machte sich wegen Robert keine ernsthaften Sorgen, bevor er die Scheidung einreichte, war sie schon bei Melanie.

Wieso rief die Polizei bei den Angehörigen an und fragte nach den *Königskindern*? Regina stand auf, ging zu dem Bett und legte sich hin, die Schuhe ließ sie an. Sie faltete die Hände und versuchte, sich zu konzentrieren. Es machte keinen Sinn, Melanies Schränke und persönliche Sachen zu durchwühlen, wenn man nicht wusste, wonach man genau suchte. Hätte sie doch nur in das Tagebuch geschaut, bevor sie es der Polizistin gegeben hatte. Die Königskinder, Königskinder ... irgendwo, von ganz weit weg kam eine Erinnerung. Es war ein Satz gewesen ... nein, es war eine Frage, die ihr jemand gestellt hatte. Aber wie lautete sie noch einmal, und wo war das gewesen und, vor allen Dingen, wer ... wer hatte die Frage gestellt? Sie bemühte sich, strengte sich an, tappte aber im Dunkeln.

„Och Mami, das ist aber auch schlimm mit dir! Ich hatte gesagt, ich wollte Vanille- und Erdbeereis. Du bringst mir Vanille und Himbeere, ich mag keine Himbeere. Du wirst alt, weißt du das?"

„Ach Melli", flüsterte sie in den stillen Raum hinein. „Ich weiß einfach nicht mehr weiter."

Sie blieb still liegen und horchte. Sie hörte auf der Straße zwei Nachbarinnen miteinander schwatzen, das Rattern eines Presslufthammers weiter entfernt am Ende der Straße, neue unterirdische Rohre wurden verlegt. Ein Auto kam angefahren und entfernte sich wieder. In der Diele tickte die Uhr rhythmisch. Dazu diese furchtbare Ruhe im Haus. Sie krallte ihre Finger zusammen. Königskinder ... Königskinder ... nein, nein, nicht Kinder, aber König, ja ... Dann fiel es ihr endlich ein. Sie erstarrte.

„Na, wie geht es deiner Königstochter?"

31

Die drei halbverfallenen Häuser lagen oberhalb eines Hangs vergessen am Rande der Granitz. Sie befanden sich hinter einem halbhohen alten Gartenzaun, auf einem riesengroßen Grundstück, das den Ortsausgang Sellins säumte und sich bis hinein in das Naturschutzgebiet zog. Oberhalb der Häuser im Wald lag eingezäunt der Friedhof. Auf einem Schild war zu lesen, dass der Baugrund mitsamt dem großen Haus und den beiden kleineren zum Verkauf stand. Aber anscheinend hatte sich bisher niemand gefunden, der solch ein großes und abgelegenes Gelände kaufen wollte. Ein kleiner Trampelpfad, der nur selten benutzt wurde, führte an dem Haus vorbei. Die meisten Spaziergänger nutzten den Hauptweg an der Mutter-Kind-Klinik vorbei in das Waldgebiet. Das Tor im Zaun, einst mit einem Türschloss gut gesichert, war aufgebrochen worden. Die Häuser befanden sich in einem maroden Zustand: die Dächer teilweise eingestürzt, die Fenster mit Sperrholzbrettern vernagelt.

Nur das dritte Gebäude schien noch einigermaßen intakt zu sein. Es war mehr ein großer Geräteschuppen mit einem größeren und einem kleineren Raum, die durch einen Durchgang miteinander verbunden waren. Das einfache Wellblechdach hatte bisher allen Witterungen zum Trotz standgehalten. Und doch schien es, als würde der Wald das Haus langsam für sich einnehmen, es in die Natur hineinbetten wollen. Die Fensterscheiben waren zerschlagen und über die Jahre hatten Wind und Sturm viel Waldlaub in das Haus geblasen.

Ein letztes Mal hatte er den Boden gefegt. Melanie und Darius hatten immer alles sauber gehalten. Er schwitzte und wischte sich über die Stirn. In seiner Hand hielt er eine einzelne Rose. Die warf er zu Boden, zum Andenken. Er wollte nicht mehr hierher kommen. Ständig musste er Acht geben, dass ihn niemand sah. Und was sollte er hier auch noch? Er kaute auf seiner Unterlippe herum, biss ein sprödes Hautfädchen ab. Wie oft war er an oder in diesem Haus gewesen? Er berührte die nackte Wand, fühlte die Kälte und die Feuchtigkeit, roch den Moder. Seine Augen brannten, die Erinnerungen kehrten zurück.

Auf dem Betriebsfest hatte alles angefangen. Eine Kette von glücklichen Zufällen hatte ihn zu Melanie und Darius geführt. Zuerst hörte er am Rande des Hotelgeländes, direkt vor dem Strand, eine Unterhaltung, die ihn wieder aufmerksam werden ließ. Eine Frau und ein Mann führten ein heißes Gespräch. Er war angetrunken, und sie begrapschte ihn. Robert und Christine! Voller Vorfreude war er in die Tiefgarage gelaufen, um seine Videokamera zu holen. Das versprach spannend zu werden. Wenn alles dem augenblicklichen Anschein nach weiterlief, dann würde er sich zu Hause einen tollen Film noch einmal in Ruhe anschauen können. Später dann wollte er Robert die Kassette überlassen. Der würde Augen machen.

Als er gerade die kleine Handycam aus dem Auto nehmen wollte, hörte er das Klackern von Stöckelschuhen. Froh darüber, in der zweiten Reihe geparkt zu haben, wartete er in gebeugter Position darauf, dass die Schritte verschwanden, und ein Auto davonfuhr. Stattdessen ertönte eine Männerstimme. „Na, Schönheit? Ich habe dich gesucht, was hast du hier vor, so ganz alleine?" Er hatte den Kopf gehoben, seine Neugier war größer als alle Vorsicht. Er hatte Regina sofort erkannt, die in ihrem schwarz-weißen Kostüm fast schon zerbrechlich wirkte, hatte gesehen, wie sie über ihr langes nussbraunes Haar strich, wusste, dass sie diese Geste immer machte, wenn sie nervös war. Aber was zum Teufel suchte sie hier mit dem Mann der Küchenhilfe? Selbst jetzt noch spürte er, wie sein Herz vor Aufregung schlug. In Conellys Blick hatte er schon einmal dieses gewisse Interesse erkannt, wie bei vielen Männern, die Regina begegneten, aber sie schien ja immun dagegen zu sein.

Ganz langsam ging Conelly auf Regina zu. Im Schein einer Lampe konnte er seinen lüsternen Blick erkennen. Sein Herz begann zu rasen: Regina und Corinna Steinbrücks Mann ... hier in der Tiefgarage, und er würde alles aufnehmen, alles festhalten, sich auch zu Hause daran freuen, und dann würde die Steinbrück die Kassette bekommen ... Die schöne Regina und die fade Corinna.

„Sie ist deine Tochter, Ian!“ Reginas Stimme war heiser und rau. Hatte er richtig verstanden? Wen meinte sie? Ja, Corinna Steinbrück hatte außer einem Sohn noch eine kleinere Tochter. Aber das war nichts Besonderes. Den Sprössling hatte er vorhin in einer der Saunen mit Melanie ... Mit Melanie?

„Was erzählst du da für einen Blödsinn?“ Conelly wich zurück. Das lüsterne Lächeln war aus seinem Gesicht verschwunden.

„Das ist kein Blödsinn. Melanie ist unsere gemeinsame Tochter.“ Vor lauter Aufregung hatte er sich in den Fingerknöchel gebissen. Das durfte doch nicht wahr sein! Den Jungen und Melanie hatte er zwar vorhin gesehen, aber sie hatten nicht wirklich sein Interesse geweckt. Ihre Küsse waren zu verschämt, ihre Zärtlichkeiten zu unbeholfen, um ihn zu erregen. Ich habe Bruder und Schwester beobachtet.

Das Geheimnis, das er von da an mit Ian Conelly und Regina Hofer teilte, hatte etwas Reizvolles für ihn. Bruder und Schwester im Garten der verbotenen Früchte. Und er wusste es. Es gab ihm ein nie gekanntes und prickelndes Machtgefühl, das er jedes Mal verspürte, wenn er ihnen zuschaute. Oder als er Robert heimlich eine Nachricht zukommen ließ und anschließend den ganzen Abend in Hofers Garten versteckt auf die Wirkung seines Tuns wartete. Und er hatte gehofft, dass Robert der hochmütigen Regina, die immer so abweisend zu ihm war, endlich die Meinung blies, aber nichts dergleichen war geschehen.

Bei allem Risiko, entdeckt zu werden, er suchte ständig ihre Nähe. Bruder und Schwester. Es war so aufregend, ihre zarte Liebe so rein und dennoch so verdorben. Sie hatten einander entdeckt, und er hatte alles mit der Kamera festgehalten. Das Verletzliche, die ängstliche Neugier in ihrem Blick, das Erstaunen über sich selbst.

Und dann entpuppten sich diese beiden Schmetterlinge als eiskalte Verbrecher, die ihn erpressen wollten. Als Darius von ihm eintausendfünfhundert Euro verlangte, hatte er einen Moment gezögert. „Pass auf“, hatte Melanie noch draufgelegt, „ist doch alles kein Problem. Bleibt alles unter uns. Du gibst uns ... zweitausend Euro, damit wir abhauen können, und dafür erzählen wir nicht den Nachbarn und den Mitarbeitern im Pelikan, wie du so deine Freizeit verbringst." Darius hatte seine Melanie bewundernd angeschaut und gelacht. Sie hatten sich so stark und so sicher gefühlt. „Ich ruf dich an, Alter. "Darius hatte mit dem Finger auf ihn gezeigt. „Dann besprechen wir die Geldübergabe."

Was glaubte der Junge eigentlich? Hatten sie zuviel Fernsehen geguckt? Vorsichtshalber war er nicht mehr zum Versteck gegangen und hatte abgewartet. Zwischenzeitlich hatte er überlegt, ob er ihnen sagen sollte, dass sie Geschwister waren. Aber das wäre für ihn ja doch nur eine kurze Freude gewesen. Und es hätte ihn nicht retten können. Denn sie hatten ja das Foto und konnten es allen zeigen. Das durfte nie geschehen, niemals!

Als Darius dann anrief, hatte er sich entschlossen zu handeln. Mühsam stand er auf, streckte seine Beine. Er hatte Darius und Melanie ein Treffen am Schwarzen See vorgeschlagen und sie waren ihm ja auch prompt in die Falle gegangen.

Jetzt hatte er nur noch mit einer Person eine Rechnung offen. Regina! Sie hatte ihn mehr als einmal abblitzen lassen, dabei hatte er sich soviel Mühe gegeben. Und sie war kalt wie ein Fisch zu ihm. Aber jetzt war sie an der Reihe. Er griff zu dem Handy, das er auf dem Fenstersims abgelegt hatte, Melanies Handy! Es hatte Gott sei Dank keine PIN und er schaltete es ein.

Im Januar hatte sie einmal geglaubt, es verloren zu haben.

"Scheiße, wo ist mein Handy? Mein Vater bringt mich um, wenn es weg ist. Ich habe es doch erst gerade zu Weihnachten bekommen."

„Wir waren vorhin an der Seebrücke, vielleicht hast du es da liegen lassen?"

"Nein, ich hatte es doch hier noch bei mir."

„Bist du sicher?"

„Ja, verdammter Mist, das gibt einen Mordszirkus, hab doch sowieso schon Stress mit dem Alten. Vielleicht merkt er es ja nicht, bis wir abhauen. Sobald wir in Kanada sind, kaufe ich mir Handys ohne Ende, die sollen da spottbillig sein. Wir müssen uns nur langsam mal entscheiden, wann es losgehen soll."

Später stellte sich heraus, dass sie ihr Telefon einfach nur zu Hause vergessen hatte, aber aus dem kurzen Gespräch hatte er den Dialog für die Polizei zusammenstellen können. Aber das war noch gar nichts im Vergleich zu dem, was er mit Regina vorhatte.

32

„Der Mörder wollte zwar, dass wir die Kassette bekommen, aber wohl kaum, dass wir etwas über seine Beziehung zu den beiden erfahren, das wäre zu gefährlich. Und ich bin mir sicher, ihm ist diese Bezeichnung für Melanie und Darius schon vor einiger Zeit eingefallen. Sie ist ihm nämlich so vertraut, dass er sie automatisch benutzt, auch wenn das nicht gerade sinnvoll ist, wie hier bei uns im Kommissariat." Sie zeigte auf ihren Monitor. „Aber er muss ja einen Grund gehabt haben, um sie Königskinder zu nennen. Und das wiederum kann nur bedeuten, dass er gewusst hat, dass die beiden eigentlich auch nicht zueinander kommen durften, weil sie nämlich Geschwister sind."

„Hm!" Widahn machte ein nachdenkliches Gesicht, so ganz schien sie ihn noch nicht überzeugt zu haben.

Katja verdrehte die Augen. Was war er doch manchmal für ein Gipskopf. „Meine Güte, du kennst das doch: Die beiden sind wie Königskinder."

Widahn lächelte, seine Augen funkelten sie an. „Ja, genau wie wir. Wir können auch nicht zueinander kommen. Was ich im Übrigen sehr bedauere." Er zwinkerte ihr zu und griff erneut zu seinem Handy.

Katja antwortete ihm nicht. Es war nicht der richtige Zeitpunkt, darüber zu diskutieren, was sie füreinander empfanden.

„Also mich für so blöde zu halten", unterbrach Vohwinkel ihr Gespräch. Er hatte das Telefonat beendet und hielt andächtig eine CD hoch, die ihm einer seiner Kollegen aus der Kriminaltechnik gebracht hatte und betrachtete die glänzende Scheibe im Licht der Nachmittagssonne, als ob er sie lesen könne. Katja war über die Unterbrechung froh und musste trotz aufkeimender Kopfschmerzen lächeln. Mittlerweile nahm Vohwinkel die stümperhaft zusammengeschnittenen Sätze geradezu persönlich.

„Ich darf doch mal kurz?" Vohwinkel zeigte auf Widahns Rechner und schob die CD ein, ohne eine Antwort abzuwarten. „Jede Wette, gleich haben wir den Täter."

Katja war sich da nicht so sicher, sie suchte in ihrer Schreibtischschublade nach einer Kopfschmerztablette, der Schmerz hinter ihren Augen nahm zu.

„Fangen wir mit der Analyse der einzelnen Sätze an. Zusammenhängend hat das weibliche Opfer gesagt: *Mein Vater bringt*, dann kommt ein Bruch. Die Wörter *uns* und *um* stammen eindeutig aus jeweils anderen Zusammenhängen.“ Immer noch grimmig über so viel Dreistigkeit sah er Katja und Widahn an. „Könnte also theoretisch möglich sein, dass sie in Wahrheit gesagt hat *Mein Vater bringt mir Kekse mit* oder *Mein Vater bringt mich zum Schwimmen*, oder was weiß ich. Und in einem völlig anderen Moment kann sie beispielsweise gesagt haben: *Wir treffen uns nach sieben* oder *Um wie viel Uhr treffen wir uns*?‘“ Er nickte. „So muss es sich bei den beiden Sätzen von Melanie Hofer verhalten haben. Das *Bist du sicher*? wurde von dem Jungen zusammenhängend gesprochen, aber es ist wirklich auch eine Allerweltsfrage. Der Mörder hat beim Zusammensetzen Wert auf die Tonfolge gelegt. Ich schätze, er verfügt über ein großes Repertoire von Gesprächen der beiden. Dann ist es einfach, Wörter einzusetzen, die im deutschen Sprachgebrauch häufig verwendet werden. Aber wir haben noch etwas Interessanteres für euch herausgefunden.“ Beifall heischend sah er die beiden Kollegen an.

„Und das wäre?“ Widahn nahm das Trommeln mit den Fingerknöcheln auf der Schreibtischplatte wieder auf.

Vohwinkel lehnte sich zurück und faltete die Hände vor dem Oberbauch. „Auch wenn das kurze Gespräch zusammengewürfelt wurde, alles wurde an ein und demselben Ort besprochen, und zwar in einem leer stehenden Gebäude ...“

„... von denen es ja auf Rügen so gut wie gar keine gibt“, fügte Widahn sarkastisch ein und zog das Gesicht in die Länge.

Vohwinkel winkte ab. Er ließ sich durch die Bemerkung nicht aus dem Konzept bringen, „... aber wahrscheinlich an unterschiedlichen Tagen. Bei der Frage von Darius war im Hintergrund ein Klopfen zu hören, so als würde starker Regen gegen eine Fensterscheibe oder ein Wellblech prasseln, bei dem ersten Satzteil von Melanie konnten wir im Hintergrund ein Rascheln hören. Ähnlich wie bei Bäumen, die sich im Sturm bewegen. Dann, nach dem ersten Bruch, hört man keine nennenswerten Hintergrundgeräusche, kein Husten, kein Nasehochziehen, kein Rascheln, nichts."

„Er hat sie also tatsächlich über einen längeren Zeitraum beobachtet und belauscht", sagte Katja, die Tablette wirkte und der Kopf wurde langsam freier. „Lasst uns mal zusammenfassen. Wir suchen einen Täter mit zumindest voyeuristischen Ambitionen. Er ist männlich, er kann ledig, aber genauso gut verheiratet sein. Aber ganz sicher ist er allein, fühlt sich einsam vielleicht auch unverstanden, ob nun von seiner Frau oder von seinen Mitmenschen. Er muss irgendwie erfahren haben, dass die beiden Geschwister sind. Und da ich kaum annehme, dass einer der Elternpaare nach außen hin damit hausieren gegangen ist, kann es durchaus sein, dass er unfreiwilliger Zeuge eines Gespräches zum Beispiel zwischen Regina Hofer und Ian Conelly geworden ist." Sie stand auf und ging hin und her. Ihr altbekanntes Kribbeln überkam sie. „Und natürlich hat niemand etwas davon bemerkt. Er ist vorsichtig. Er hat ein viel zu großes Geheimnis zu wahren, seinen Voyeurismus, er verhält sich also nach außen völlig korrekt."

Vohwinkel stöhnte leise. „Also der gute, liebe Nachbar, Freund oder Kollege, der nach außen hin einer alten Oma die schweren Tüten in den fünften Stock trägt und in seinem stillen Kämmerlein seiner Neigung frönt."

„So sehe ich das, ja. Und die Tonaufnahmen beweisen, dass es ihm nicht reicht, seine sexuellen Bedürfnisse nur vor fremden Schlafzimmerfenstern zu befriedigen."

„Oder in schwülen Sommernächten auf Küchentischen." Widahn lächelte vielsagend.

„Wie?" Konrad Vohwinkel machte ein fragendes Gesicht. „Wieso Küchentisch?"

Katja spürte Hitze in ihr Gesicht aufsteigen. „Vergiss es." Irgendwann würde sie den blonden Hünen umbringen. Sie schloss die Augen für einen Moment, versuchte sich dem Täter zu nähern, sich in ihn hineinzuversetzen. Ich bekomme dich, mein Freund. „Er ist im Sommer nachts unterwegs, schleicht über die verschiedenen Strandpromenaden. Höchstwahrscheinlich ist er mobil.

Seine Augen suchen den Strand ab, suchen nach Pärchen, die sich unter freiem Himmel lieben. Er wird fündig, versteckt sich in den angrenzenden Wäldern und filmt sie. Zu Hause kann er dann die Filme beliebig oft abspielen." Sie öffnete die Augen und sah direkt in das belustigte Gesicht von Sven Widahn.

„Aber das dann wohl nur im Winter. Im Sommer kann er doch allerorten Live-Shows miterleben."

Katja hörte nur mit halbem Ohr hin. „Aber warum fixiert er sich auf die beiden? Das ist eher unüblich. Ein Voyeur wird von seinem sexuellen Trieb beseelt. Ihn interessieren keine Gespräche."

„Ihn vielleicht doch", warf Widahn ein. „Vielleicht will er Anteil nehmen an ihrem Leben." Er zuckte mit den Schultern. „Wenn sie sich miteinander unterhalten, essen, trinken, streiten. Seltsam ist nur, dass wir nichts von einem Spanner auf Rügen wissen. Normalerweise bleiben solche Leute nicht lange unbemerkt."

Katja sah ihn an und schnippte mit den Fingern. „Ja, er will Macht spüren. Wahrscheinlich ist er in seinem offiziellen Leben bemüht, möglichst nicht durch unangemessenes Verhalten aufzufallen, hält sich an alle Ordnungen. Er hat sicher noch nie in seinem Leben ein Bußgeld für zu schnelles Fahren bekommen. Wer seine privaten Beziehungen so gestaltet, kann aber auch keinen Einfluss nehmen, verliert an Macht. Und nun erlebt er die untypische Liebe zwischen einem Geschwisterpaar mit und genießt die Macht, die er aus seinem Wissen um ihre Blutsverwandtschaft zieht. Es ist eine ganz neue Erfahrung für ihn. Eine neue Art der Stimulation."

„Ach, ja?"

Katja sah Widahn streng an. „Natürlich. Sie schlafen miteinander, lachen und lieben sich. Er hält alles fest, jedes Treffen, jedes Wort, das sie austauschen, ist immer als dritter, als Unsichtbarer anwesend."

„Was für eine schreckliche Vorstellung!" Vohwinkel schüttelte sich.

Katja nickte. „Ja, ich nenne so etwas schon Vergewaltigung. Und immer hat er vor Augen, dass die beiden eng miteinander verwandt sind."

„Wenn deine Theorie stimmt“, warf Widahn ein und tippte sich gegen die Nasenspitze, „wieso nutzte er dann seine Macht nicht aus und sagte ihnen, dass sie Geschwister sind?“

Katja zuckte mit den Schultern. „Ich nehme mal an, das lag am Zeitpunkt. Wahrscheinlich hätte er ihnen alles erzählt, wenn er genug von ihnen gehabt, wenn sein geheimes Wissen ihm keinen Kick mehr gegeben hätte.“

„Und dann haben sie seine Pläne durchkreuzt, haben den Spieß umgedreht.“

„Ja, so wird es gewesen sein.“

Die Tür öffnete sich, und Heinrichsen trat ein, sein Gesicht war ernst. „Irma können wir vergessen.“

„Wieso?“ fragte Widahn.

„Sie kann sich noch nicht einmal daran erinnern, dass sie heute den Müll weggebracht, geschweige denn dass ihr jemand ein Päckchen gegeben hat. Jetzt ist sie total verunsichert. Sie gibt zu, ab und an Blackouts zu haben. Ich habe ihrem Mann geraten, mit seiner Frau dringend einen Arzt zu konsultieren.“

„Schade, aber ich habe noch etwas für euch“, mischte sich Vohwinkel ein. „Ich war ja noch nicht ganz fertig mit meinen Ausführungen, wir wissen vielleicht nicht, wie der Täter aussieht, aber vielleicht kann das uns ja weiterhelfen. Hier, hört es euch mal an.“

Vohwinkel stellte den Lautsprecher in Katjas Richtung. Wie aus weiter Ferne kam ein Motorengeräusch.

„Was ist das? Der Rostocker Flughafen?“, fragte Widahn. Er hatte sich auf den Besucherstuhl neben Katja gesetzt, ein Bein über das andere gekreuzt, wie im Takt ließ er seinen freien Fuß nervös auf- und niederfahren und trommelte wieder einmal mit den Fingern auf die Schreibtischplatte.

Vohwinkel sah ihn streng an. „Wenn du einfach mal ein wenig stillsitzen könntest, statt hier die ganze Zeit herumzuzappeln, könnte man auch etwas verstehen.“ Er spielte die CD erneut ab, stellte dazu den Lautsprecher lauter. Katja war bemüht, sich zu konzentrieren, was ihr allerdings schwer fiel. Sie glaubte nicht, dass die CD ihr den Täter näher brachte. Sie schloss die Augen und versuchte, das Geräusch zu identifizieren. Es war eine Art

Rumpeln wie von einem Motor, wurde lauter, dann verstummte es einen Moment, nur um im nächsten Moment wieder von vorne anzufangen.

„Könnte eine Waschmaschine sein“, mutmaßte Katja.

Widahn schmunzelte. „Dann aber eine, die den zweiten Weltkrieg miterlebt hat.“

„Fällt dir was Besseres ein?“ Vohwinkels Bedarf an Witzen war für heute gedeckt. Ein Zischen folgte. „Ja, es scheint sich hier um eine Waschmaschine zu handeln.“

Widahn tippte sich gegen die Stirn. Er nahm keine Rücksicht auf Vohwinkels sinkende Laune. „Was soll das werden? Liebe im Waschsalon? Die haben sich doch wohl kaum beim Wäschewaschen getroffen.“

„Nein, natürlich nicht.“ Vohwinkel verschränkte die Arme vor der Brust und lehnte sich in Widahns Bürosessel bequem zurück. „Was du da gehört hast, sind Geräusche, die eindeutig vom Täter stammen.“

„Heißt?“ Widahn zog die Augenbrauen hoch.

„Dass der Täter mit ganz simplen Mitteln gearbeitet hat. Er hat den kleinen Dialog per Mikrophon zusammengeschnitten, dabei aber jedes Hintergrundgeräusch aus seinem näheren Umfeld, und sei es noch so leise, mit aufgenommen. Dem starken Rauschen nach handelt es sich im Übrigen wahrscheinlich um ein Mikrophon älterer Bauart. So eines mit Kabel, das man am Griff an- und ausschalten kann. Sehr primitiv, aber es funktioniert. Und nun müssen wir nur noch die Hintergrundgeräusche richtig zuordnen.“

Katja sah ihm an, dass er langsam wieder mit sich und der Welt Frieden schloss. Sie schluckte. Aber eine Ortung des Raums, in dem die Aufnahme entstanden war, konnte ja ewig dauern. Ein Klopfen an der Tür riss sie aus ihren trübsinnigen Gedanken.

„Herein!“ Unwillig drehte Widahn sich herum. Wer auch immer es war, er kam höchst ungelegen.

Zaghaft öffnete sich die Tür. „Carmen?“ Katja hatte das Mädchen mit den ernsten Augen und dem roten Haar sofort wiedererkannt. „Komm herein!“

Die Kleine betrat das Büro, schloss sorgsam die Tür hinter sich, gerade so, als gäbe es nichts Wichtigeres. Sie trat zu Katja an den Schreibtisch. In ihren Händen hielt sie eine einzelne Rose ohne Dornen und rollte sie aufgeregt zwischen ihren Fingern. Sie macht ein Gesicht wie Patrick, wenn er etwas ausgefressen hat, dachte Katja.

Carmen holte so tief Luft, dass ihr schmächtiger Brustkorb sich aufblähte. „Ich möchte eine Aussage machen!"

33

Reginas Hände waren mittlerweile eiskalt, während sie immer noch auf dem Bett in Melanies Zimmer lag und fieberhaft darüber nachdachte, wer Melanie als ihre Königstochter bezeichnet hatte. Zwar konnte sie sich immer noch nicht daran erinnern, aber eine Assoziation drängte sich ihr immer wieder auf. Sie sah Wälder im Herbstlaub, vereinzelte goldbraune Blätter, die hoch oben in den Baumkronen hingen, während die unteren Äste bereits kahl waren. Es musste ein schöner Tag gewesen sein, denn die Ostsee hatte ihr herbstlich grünes Kleid angezogen, bei schlechtem Wetter schien sich ihre Farbe in ein dunkles Grau zu verwandeln, nur aufgehellt durch die weiße Gischt, die immer wieder aufs Neue an das Ufer trieb.

Dann waren ihre Gedanken abgeschweift. Sie stellte sich vor, den Mörder zu stellen, sah sich Hand in Hand mit einem gesichtslosen Mann an das Ufer des Schwarzen Sees treten. Er versuchte, ihr zu entkommen, seine Hand aus ihrem Klammergriff zu befreien, doch sie ließ ihm keine Chance. Er schlug auf sie ein, schrie sie an, doch sie ließ ihn nicht los. Sie würde ihn dahin führen, wo er ihre Tochter getötet hatte, gemeinsam mit ihm würde sie in das Moor und in den See waten, bis nur noch ihre Oberkörper zu sehen waren. Und dann würde sie seinen Kopf unter Wasser drücken, ganz ruhig und ohne Aufregung. Sie würde die Kraft dazu haben. Er würde sich wehren und um sich schlagen, aber sie würde stark sein und ihn festhalten, bis er aufhörte sich zu bewegen. Und wenn sein Rücken an der Oberfläche des Wassers wie eine kleine schwimmende Insel von ihr forttrieb, dann würde sie einfach weitergehen, bis das Wasser über ihr zusammenschlug. Und dann würde endlich auch für sie alles vorbei sein.

Es war ihr Handy, das sie aus den süßen Gedanken riss. Sie klappte das kleine silberne Telefon auf. *1 neue Nachricht.* Sie runzelte die Stirn, sie hatte seit ... seit Anfang April keine SMS mehr erhalten. Die meisten, die sie kannte, riefen sie an, manche schrieben eine E-Mail. Eigentlich gab es nur eine Person, die ihr regelmäßig SMS schickte ... geschickt hatte. Sie zögerte, musste sich überwinden, die kleine Taste zu drücken, um sich die Nachricht anzeigen zu lassen.

„Hallo Mama, komm an den Schwarzen See, ich warte auf dich.“

34

„Dann setz dich erst mal zu mir!“ Katja klopfte auf den Stuhl neben sich. Das Mädchen kam näher und ließ sich auf dem Stuhl nieder.

„Was möchtest du uns denn erzählen?“, fragte Katja behutsam. Ihr tat Carmen Leid, wie sie unruhig auf dem Stuhl hin- und herrutschte und ihre Rose zwischen den Fingern drehte.

„Ich weiß eigentlich nicht, ob ich das überhaupt sagen darf.“ Verstohlen schaute sie zu Widahn und Vohwinkel.

„Katja“, sagte Konrad Vohwinkel und schlug dabei Sven Widahn, der immer noch nicht gerade freundlich schaute, auf die Schulter. „Wir müssen los.“

Katja nickte dankbar, vielleicht konnte Carmen besser sprechen, wenn die Männer weg waren. Sie drehte ihren Schreibtischstuhl zu dem Mädchen herum und bemühte sich, der Situation alle Förmlichkeit zu nehmen: Sie stützte den Arm auf den Schreibtisch und den Kopf auf die Hand. „Hat dir jemand verboten, mit uns zu sprechen?“

Carmen zuckte mit den Schultern, ihr Blick glitt suchend über den Schreibtisch. „Nicht direkt.“

„Nicht direkt?“

Carmen schwieg, ihre Finger spielten mit den Rosenblättern und streichelten über die zarte Blattoberfläche.

Katja beobachtete sie. Was auch immer sie auf dem Herzen hatte, es schien ihr eine Last zu sein, von der sie sich nur zu gerne befreien würde, sich aber noch nicht traute. „Wer hat dir denn verboten, mit uns zu sprechen?“

Einem letzten Zögern folgte dann endlich die hastige Antwort: „Darius!“

Katja runzelte die Stirn. „Du bist Eichhörnchen, stimmt's?“

Carmen sah sie verwundert an. Dann nickte sie. „Melanie hat mir den Namen gegeben. Ich fand das doof! Ich habe Darius versprochen, niemandem etwas zu verraten.“

Aha, das hörte sich schon etwas anders an, trotzdem musste sie zunächst herausbekommen, ob Carmen in ihrer Trauer phantasierte oder ob sie tatsächlich etwas über ihren Bruder wusste, das für die Aufklärung des Falles wichtig war. „Darius ist tot, du weißt das!"

„Natürlich weiß ich das, deswegen verrate ich ja auch unser Geheimnis. Wenn er noch leben würde ..." Tränen füllten ihre Augen.

Katja verspürte Mitleid. „Dann hättest du es niemandem gesagt, stimmt's?"

Carmen nickte. „Dann wäre es ja auch nicht wichtig gewesen. Aber so ..." Es fiel ihr offensichtlich immer noch schwer, das Versprechen zu brechen, das sie ihrem toten Bruder gegeben hatte.

Katja fühlte, dass sie noch einen Anstoß brauchte. „Weißt du, Carmen, ich bin mir sicher, wenn Darius wüsste, dass du uns bei der Aufklärung seines Todes helfen könntest, indem du mir euer Geheimnis verrätst, dann hätte er gewollt, dass du sprichst."

„Deswegen bin ich ja hier. Aber ich weiß eben nicht, ob es helfen kann, Darius' Mörder zu finden."

„Pass auf, wir machen es so", Katja lächelte ihr aufmunternd zu, „du erzählst mir alles, und wenn es nicht wichtig für unsere Arbeit ist, dann haben wir beide ein Geheimnis, dann verrate ich es niemandem. Aber wenn es wichtig ist, dann hast du entscheidend dazu beigetragen, den Mord an deinem Bruder aufzuklären. So oder so, Darius wäre dir bestimmt nicht böse, denn du versuchst ja nur zu helfen."

Carmen seufzte, und Katja sah ihr an, dass sie die richtigen Worte gewählt hatte. „Soll ich von Anfang an erzählen?"

„Natürlich", unauffällig zog sich Katja einen Stift und Papier heran.

„Ich bin Darius nachgegangen."

„Wohin bis du ihm denn gefolgt?"

„Das war so ... ich soll ja von Anfang an erzählen ...", sie überlegte angestrengt und schaute dabei an die Decke. „Ende November, etwa drei Wochen nach dem Fest von Mamas Arbeit ..."

„Ach ja, dort habt ihr euch ja alle kennen gelernt, und Darius hat sich in Melanie verknallt, stimmt's?"

Überrascht sah Carmen sie an, und sie konnte sich denken, was in ihrem Kopf gerade vorging: Die Kommissarin wusste mehr, als sie gedacht hatte, und schien zusätzlich auch noch ihre Sprache zu sprechen. Vielleicht taute Carmen jetzt etwas auf.

„Früher ist er immer mittwochs mit mir ins Nemo schwimmen gegangen. Aber ein paar Wochen nach dem Fest also hat er mich nur noch alleine reingehen lassen und wieder abgeholt. Und ich durfte es Mama und Papa nicht verraten. Dafür hat er mir auch jede Woche zwei Euro von seinem Taschengeld gegeben. Aber sauer war ich trotzdem."

„Aber du bist doch bestimmt auch neugierig geworden und wolltest wissen, wo dein Bruder hinging, oder?"

„Klar, vor allem, weil er ja auch so komisch wurde. Er kriegte nichts mit, wenn man mit ihm sprach, hörte Musik, für die er früher das Radio ausgeschaltet hat, und jeden Montag, Mittwoch, Freitag und Sonntag war er weg, und sagte niemandem, wo er hinging."

Katja schrieb mit. An den vier Tagen hatten die beiden sich demnach immer getroffen. „Und irgendwann wurde es dir zu bunt, und du bist ihm gefolgt."

„Ja, an einem Mittwoch bin ich nicht reingegangen ins Nemo und bin ihm hinterher. In das Waldgebiet Granitz."

Im Winter, im Wald. Katja konnte sich schönere Orte für ein Stelldichein vorstellen.

„Es gibt am Waldrand ein großes Grundstück, auf dem stehen drei verfallene Häuser. Eines sieht aus wie ein Schuppen, da haben sie sich immer getroffen."

Katja schrieb rasch mit. Ein leerstehendes Haus. Das passte zu Konrads Stimmenanalyse. „Ist das in der Nähe des Schwarzen Sees?"

„Nein, das Grundstück beginnt am Ortsrand von Sellin, man muss am Zaun entlang einen Trampelpfad hochgehen, dann kommt man am Waldrand zu dem Haus. Da ist es richtig gruselig, kein Mensch weit und breit, nur Wald und komische Geräusche. Zuerst hatte ich Angst, aber der Mond schien an dem Abend, ich konnte Darius' Schatten immer sehen, bis er ins Haus reingegangen ist. Ich hab durch das Fenster geschaut, sie haben Kerzen angezündet und rumgeknutscht. Die hätten mich garantiert nicht bemerkt, wenn ich nicht den Schatten gesehen und knackende Äste gehört hätte. Da musste ich schreien."

Was kam jetzt? Katja biss die Zähne aufeinander.

„Darius kam rausgerannt und hat mich geboxt und mit mir geschimpft. Mann, war der sauer. Und er hat mir nicht geglaubt, dass ich jemanden gehört habe. Aber Melanie hat mich gedrückt und zu ihm gesagt: Siehst du, ich sag doch, da ist jemand. Darius ist dann noch mal raus, hat aber niemanden sehen können."

„Was habt ihr dann gemacht?"

„Ich bin bei ihnen geblieben, hab mich nicht allein zurückgetraut. Und sie haben es richtig gemütlich gehabt. Wir haben Kekse gegessen, warmen Kakao getrunken und Geschichten erzählt. Es war ... schön."

„Und du hast Darius versprochen, niemals das Versteck zu verraten, stimmt's?", fragte Katja leise. Sie war zwar selbst nur ein Einzelkind gewesen, konnte sich aber lebhaft vorstellen, wie es wohl für das Mädchen gewesen sein musste. Vielleicht war das einer der größten Momente in ihrem gemeinsamen Leben. Vielleicht war sie ihrem Bruder nie näher gewesen.

„Es war gut, dass du mir das erzählt hast, Carmen."

„Ich bin aber noch nicht fertig."

Katja schwieg erstaunt und sah ihr zu, wie sie begann, die Blütenblätter auszuzupfen.

„Von da an hat Darius wieder mit mir gesprochen, auch viel über Melanie. Und dann hat er mir irgendwann gesagt, dass sie zusammen abhauen wollen, weil die blöde eingebildete Kuh, Tschuldigung, ich meine Melanies Mutter, einfach nicht einsehen wollte, dass sie sich liebten."

„Abhauen!", wiederholte Katja, vergaß Carmen für einen Augenblick und sprach in Gedanken zu dem Mörder. Natürlich hast du es gewusst, du hast sie ja belauscht. Sie wollten sich dir entziehen, dich alleine lassen, wo du dich so an sie gewöhnt, ihnen einen Namen gegeben hattest. Schlimmer noch, mit dem Geld, das sie von dir erpressen wollten, würden sie abhauen!

Sie versuchte sich ihre Unruhe nicht anmerken zu lassen und wandte sich wieder Carmen zu. „Und dann verschwanden sie am achten April, und du dachtest, nun seien sie weggelaufen, hätten ihren Plan in die Tat umgesetzt."

Carmen nickte. „Ja, ich dachte, sie seien weg nach Kanada. Ich wollte Darius helfen, habe ihm mein Sparschwein angeboten. Aber er hat gesagt: Ich brauche dein Geld nicht. Jemand anders bezahlt uns die Reise. Er hat mir aber nicht verraten wer, bevor er verschwand. Und ich habe gewartet. Jeden Tag. Auf eine Karte oder eine Nachricht von ihnen, bis ..."

„Bis man sie gefunden hat, im Schwarzen See."

„Seitdem bin ich jeden Tag zu dem Haus im Wald gegangen. Immer nur ganz kurz, irgendwie war ich Darius und Melanie da immer ganz nahe."

„Jetzt, wo du mir alles erzählt hast, zeigst du mir das Haus?"

Carmen zupfte die letzten Blätter aus der Blüte, ließ sie achtlos zu Boden fallen. „Das geht nicht."

„Warum nicht?"

„Weil schon wieder jemand in dem Haus ist."

„Wie bitte?"

Sie zeigte auf den kahlen Rosenstiel. „Die habe ich da gefunden."

Er war zurückgekommen! Wer sonst, außer ihm, sollte eine Rose in das Haus legen! Er war immer noch emotional mit seinen Opfern verbunden. Vielleicht hatte er mit der Rose versucht, endlich Abschied von dem Haus zu nehmen, in dem sie sich getroffen hatten. „Und hast du jemanden in dem Haus gesehen?"

Carmen schüttelte den Kopf. Katja atmete erleichtert auf, während sie zum Telefonhörer griff. Bei dem Gedanken an die Gefahr, in der das Mädchen geschwebt hatte, wurde ihr fast schlecht.

„Aber im Wald habe ich jemanden gesehen." Sie sagte es mit ruhiger, gelassener Stimme.

Oh nein! „Hat er dich auch gesehen?" Sie war dem Mörder begegnet und konnte von Glück sprechen, dass sie noch hier saß.

„Nein, er lief zurück zu seinem Auto, aber selbst wenn er mich gesehen hätte, ich hätte keine Angst gehabt. Das war ganz sicher nicht der Mörder."

„Woher weißt du das so genau?"

Carmen lächelte. „Ich kenn ihn doch."

35

Regina zog sich eine dünne Strickjacke über, nahm die Zündschlüssel aus ihrer Handtasche und ging die Treppe hinunter. Man hielt sie für komisch, eigenartig und sonderbar. Im Hotel, in der Nachbarschaft wurde über sie getuschelt. „Die redet mit ihrer toten Tochter, die Ärmste!" oder „Nicht eine Träne hat sie für die Kleine vergossen, was für eine Mutter!" Vielleicht war sie merkwürdig, der Schmerz betäubte sie, aber sie war nicht komplett verblödet. Ja, sie sprach zu ihrer toten Tochter, aber ihr war völlig klar, dass Melanie ihr nicht wirklich antwortete. Und ihr war auch klar, dass die SMS nicht von ihrer Tochter stammen konnte, sondern von dem Mörder auf Mellis Handy geschrieben worden sein musste. Wer auch immer es war, hatte erst ihr Kind ermordet und nun verspottete er sie.

Eine nie geahnte Wut ließ sie erzittern und regelrecht schnaufen. Sie konnte kaum atmen und musste für einen Moment innehalten. Und egal, was er mit ihr vorhatte, sie war nicht bereit, der Spielball seines Hohns zu werden. Mitten auf dem Kiesweg vor ihrem Haus blieb sie stehen. Sie schaute auf den alten Sandkasten, auf die Rosenstöcke und auf den Grillplatz. So viele Orte der Erinnerung!

„Sind wir soweit, Melli?" Sie fühlte sich ihrer Tochter ganz nahe. *„Ja, Mama, wir sind soweit!"* Sie ging weiter in Richtung Straße, als sie wie versteinert innehielt. Sie hörte ein helles Mädchenlachen: „Darius, hör auf, mich zu kitzeln, du bist bescheuert!"

Melanie! Und diesmal kam die Stimme nicht aus ihrem Kopf. Sie ließ den Zündschlüssel achtlos fallen, und ihre Füße trugen sie wie von selbst zu dem Nachbarhaus.

* * *

Vom Geschehen gefangen genommen, starrte er auf den Bildschirm. Jeden Moment musste sich nebenan die Tür schließen, ein Wagen würde angelassen, und Regina durfte ein klein wenig sinnlos durch die Gegend fahren. Ah! Da waren Schritte auf dem Kies, ihre

Schritte. Bye bye, Regina, mach's gut. Warte nur, bis ich den Film für dich zusammengeschnitten habe! Er stellte mit der Fernbedienung den Ton lauter. Jetzt kam eine seiner Lieblingsstellen.

„Darius, hör auf, mich zu kitzeln, du bist bescheuert!" Ihr langes Haar flog Melanie förmlich um die Ohren. Sie hockte auf dem Steinboden und wurde von hinten von Darius umklammert.

„Nein, ich höre nicht auf!"

Sie wollte sich aus dem Griff befreien und schlug mit dem Handrücken nach hinten, dabei traf sie Darius' Nasenspitze. „Oh ... oh ... oh, sorry, Schatz, das tut mir Leid, echt. Gott, du blutest ja!"

Der Gedanke, dass er nun Regina ganz langsam in den Wahnsinn trieb, erregte ihn. War sie schon unterwegs zum See? Er lauschte, hörte aber nichts mehr. Natürlich war sie auf dem Weg zum Schwarzen See. Er starrte auf Melanies Handy und überlegte, wann er ihr eine neue SMS schicken sollte. Der Fußmarsch zum See dauerte eine Weile, und dort durfte sie ruhig noch ein wenig herumirren. Er beschloss, ihr in etwa einer Stunde noch einmal eine Nachricht zukommen zu lassen. Dann wandte er sich wieder den fesselnden Bildern im Fernsehen zu. Noch unbeholfen zogen sich Melanie und Darius gegenseitig aus. Gleich würde Darius' Blut auf Melanies Gesicht tropfen, ihre Augen benetzen und ihre Lippen, wie damals die Schweine ... man ließ sie ausbluten. Er rieb sich die feucht gewordenen Hände.

* * *

Sie lief durch die Büsche zur rückwärtigen Seite des Hauses. Auf ihrem Gesicht lag ein leises Lächeln. Sie war bereit, den Zweikampf mit dem Mörder ihres Kindes aufzunehmen. Sie hatte keine Angst, niemand war unersetzlich. Die Welt würde sich weiterdrehen, auch ohne eine Regina Hofer. Ihr Wunsch, den Mörder Melanies zur Strecke zu bringen, wuchs ins Unermessliche.

Hinter einer Tanne tauchte die grüne Tür zu dem Waschkeller auf. Sie ließ sich ohne Probleme öffnen. Wie oft schon hatte sie dieses Haus betreten? Ihr Herz raste. Mellis Stimme war jetzt lauter zu hören. Sie spürte die Tränen in sich aufsteigen. Sie lehnte sich gegen die kalte Steinmauer. Die ganze Zeit hatte sie nicht eine einzige Träne vergießen können, und jetzt, in diesem Moment, wollten sie hochkommen? Aber ihre Tränen änderten nichts an ihrem Entschluss, ihn zu töten. Sie lachte kurz auf und ging weiter, immer der Stimme ihrer Tochter folgend.

Im Kellerflur stand neben einer Tür an die Wand gelehnt ein rostiges Stück Eisenrohr. Sie nahm es leise hoch und lauschte. Das Rohr hielt sie hoch über ihrem Kopf. Als sie nach der Türklinke griff, hörte sie in ihren Ohren das Blut rauschen, so laut wie das Meer in der Brandung. Sie riss die Tür auf, und erschrocken wirbelte der Mann herum.

„Du ... hier?“ Er trat einen Schritt zurück.

Sie musste sich sammeln. Die Kontrolle bewahren, ich muss die Kontrolle bewahren. Der Gedanke fraß sich in ihr Hirn, bis das Flackern der bunten Bilder in dem Fernseher hinter ihm zu einem Film zusammenschmolz. Ihre Augen starrten auf das Geschehen vor ihr, aber in ihren Ohren rauschte das Blut so laut, dass sie kaum verstand, was die Stimmen sagten, die das Geschehen auf dem Bildschirm begleiteten. Mit jeder Sekunde, die verging, spürte sie sich mehr und mehr erstarren. So musste sie weiter hinschauen, konnte sich nicht wegdrehen, sah Melanie in dem Eisloch verschwinden. Dann wanderte ihr Blick von der zerfressenen Spitze des Eisenrohres in ihrer Hand hin zu seinem Bauch.

* * *

Er war verwirrt. Wieso war sie nicht am Schwarzen See? Woher wusste sie ...? Und was zum Teufel hatte sie vor? So hatte er das nicht geplant. Er sah die wilde Mordlust in ihren Augen, beobachtete, wie sie fast schon liebevoll auf das Eisenrohr und dann langsam auf seinen Bauch starrte. Oh Herr im Himmel, sie wollte ihm das Teil durch den Körper rammen.

„Nein, Regina, tu es nicht. Bitte, ich habe die Sachen in einem Haus gefunden und bevor ich sie dir zeigen wollte, habe ich sie mir angesehen, ich wusste ja nicht, was es war.“ Ja, sie überlegte, er konnte doch noch gewinnen. Er leckte sich über die Lippen.

Was konnte er noch zu ihr sagen, damit sie endlich die Stange fallen ließ? Oben hörte er Autotüren zufallen, ein LKW kam vorbei. Sein Hals wurde trocken, das war doch nicht zu fassen. Sie lächelte! Fast schon glücklich lächelte sie ihn an. Nein, da lief etwas verkehrt, das war nicht das Gesicht, das er sehen wollte. „Nun hör mir doch zu, Regina. Es wäre besser gewesen, du hättest das nicht angeschaut. Ich wollte es jetzt zur Polizei bringen."

Er überlegte. In der Küchentischschublade hatte er ein großes Tranchiermesser ... Sie legte den Kopf schief und kam mit festem Schritt auf ihn zu. Instinktiv wich er zurück, die Hand schon in Richtung Küchentisch ausgestreckt. Aber Regina trat ihm blitzschnell in den Weg. Die Stange hatte sie wieder wie einen Schläger in der Hand, langsam kam sie näher.

„Was hast du getan, Theodor Winkler?"

36

Katja stützte den Kopf in die Hände. Sie saß alleine an dem großen Konferenztisch im Besprechungsraum. Um sie herum Stimmengemurmel, dazwischen ein Geräusch, das in den Ohren wehtat, als der Tisch mit dem Filmprojektor verschoben wurde. Ihre Beine zitterten, und sie war Sven dankbar, der ihr wortlos auf einem Tablett einen Becher Kaffee, ihre Zigaretten, Feuerzeug und einen Aschenbecher reichte. Sie trank einen kleinen Schluck. Kaum hatte sie angefangen zu rauchen, öffnete jemand das Fenster hinter ihr. Eine Projektionsleinwand wurde aufgebaut. Der Staatsanwalt konnte jeden Moment eintreffen, und sie würde den Film noch einmal sehen müssen.

Als Carmen ihr erzählt hatte, wen sie im Wald getroffen hatte, wurden Heinrichsen, Merz und Bauer zu dem Haus geschickt. Sie selbst war mit Widahn zu Winklers Haus gefahren. Aus dem Keller hatten sie laute Geräusche gehört. Sie näherten sich vorsichtig der Tür und standen plötzlich Regina gegenüber, die mit entschlossenem Gesichtsausdruck das Haus verlassen wollte, Theo Winkler an den Füßen hinter sich herschleifend. Er war bewusstlos und hatte eine blutende Kopfwunde. Nur mit Mühe hatte man sie festhalten können, sie entwickelte ungeheure Kräfte, es war eindeutig, dass sie unter Schock handelte. Sie hatte kein Wort gesprochen, auch nicht, als man sie zu einem Krankenwagen führte und auf eine Trage legte.

Vohwinkel und seine Kollegen brachten kistenweise sichergestellte Video- und Audiobänder in den Raum, dazu einen alten Radiorekorder, ein Videogerät, ein Mikrophon und einen Fernseher. Jemand schob die Kiste mit den Kleidungsstücken bis zu ihr herüber. Sie inhalierte einen letzten Zug aus der Zigarette, starrte auf die grellgelben Jackenärmel der Winterjacke.

„Können wir den Film abspielen? Staatsanwalt Weber ist gekommen. Er ist sehr gespannt", hörte sie Widahn an ihrem Ohr flüstern. Sanft massierte er ihre Schultern. Und es tat ihr gut. Sie drückte ihre Zigarette aus und ging nach hinten zu den versammelten Kollegen und Staatsanwalt Weber, sah in ihre zufriedenen Gesichter. Sie jedoch fühlte sich eher niedergeschlagen, jetzt da die Anspannung der Ermittlungsarbeit beendet war. Zwei Jugendliche waren getötet, zwei Familien zerstört worden, aber die Welt drehte sich weiter. Heute Abend würde man vor dem Fernseher sitzen, in den Nachrichten das Grundstück mit seinen Häusern am Rande der Granitz sehen können oder einen Blick auf den Krankenwagen erhaschen, in dem der Täter mit einer Schädelbasisfraktur lag. Schon bald würde kein Mensch mehr davon sprechen, andere Dinge würden wichtiger sein.

Staatsanwalt Weber sprach dem gesamten Team der Mordkommission Stralsund sein Lob aus. „Aber nun bin ich gespannt, wie der Täter die Opfer tötete“, sagte er zum Abschluss und klatschte in die Hände. War das hier eine Kinovorstellung? Stühle wurden gerückt, man setzte sich so, dass alle etwas sehen konnten.

„Er hat wirklich keine Mühen gescheut. Die Kamera hatte ein Weitwinkelobjektiv. So hatte er die Möglichkeit, den See und auch den vorderen Uferbereich aufzunehmen. Sie stand auf einem Stativ an der äußersten Ecke des Holzstegs. Wegen der Dunkelheit hat er eine sehr starke Stablampe benutzt“, erklärte Vohwinkel, während er den Schalter des Filmprojektors betätigte. Die Filmrolle begann sich zu drehen.

Der Mond schien vom klaren Himmel herab und ließ die mächtigen Baumstämme in der Granitz silbrig glänzen. Die Eisdecke auf dem Schwarzen See wirkte gespenstisch grell in dem Lichtkegel der Stablampe. Die knorrigen, mit Schnee bedeckten Äste warfen dunkle Schatten auf den verschneiten Waldboden, der im Licht funkelte.

„Was soll das Affentheater hier? Willst du die Geldübergabe filmen, Alter? Naja, mir soll es egal sein. Hast du das Geld?“ Die ungeduldige Jungenstimme hallte durch die verschneite Waldlandschaft. Der Sprecher hielt sich die Hand vor die blinzelnden Augen und schaute direkt in das Licht und in die Kamera. Versteckt hinter dem Baumstamm sah man den Schatten einer weiteren Gestalt.

„Ich habe sogar noch mehr mitgebracht: dreitausend Euro. Du bekommst das ganze Geld, wenn ich dich beim Tauchen filmen darf und ich Mellis schickes Handy bekomme." Ein kleiner, wie aufgeschwemmt wirkender Mann erschien: Theo Winkler. Sein Haar war fast genauso rosig wie seine Haut, und an manchen Stellen war der Kopf kahl.

„Was soll das denn jetzt schon wieder? Ist das wieder eine deiner bescheuerten Vorlieben?"

Winkler lachte. „Ich weiß, dass du ein hervorragender Taucher bist, Darius. Darum schlage ich dir ein Geschäft vor. Siehst du die beiden Eislöcher dort?"

Staatsanwalt Weber sah erstaunt zu Widahn. „Zwei Eislöcher? Ich dachte, da sei nur eins ..."

„Abwarten, Herr Staatsanwalt. Unser Mörder war ein Teufel. Sehen Sie selbst", murmelte Sven Widahn.

Der schlaksige Junge mit den rötlichen Haaren ging zum Ufer. Er starrte auf die beiden Löcher, die im Abstand von etwa fünfzehn Metern in das Eis geschlagen worden waren.

„Sag mal, willst du uns verarschen? Wie krank bist du eigentlich?"

„Hab ich doch gewusst, dass du ein Hasenfuß bist. Dein Vater hat mit dir geprahlt. Er hat behauptet, du seist ein Klassetaucher. Alles bloß Angeberei."

Der Junge drehte sich wütend um. „Mein Vater hat nicht gelogen. Die paar Meter zwischen den Eislöchern schaffe ich leicht."

Das Mädchen war aus seinem Versteck hervorgekommen. Bleich hob sich sein Gesicht im Mondlicht ab. Sein Gesicht wirkte ängstlich. „Lass den Scheiß, Darius. Wir nehmen die Zweitausend und verschwinden."

Winkler zuckte mit den Schultern. „Dreitausend Euro. Wenn du mir beweist, dass dein Vater kein Lügner ist."

„Darius, bitte! Lass doch den Bekloppten."

Nun hob sich Winklers Stimme. „Ich bin nicht bekloppt! Aber ihr seid verrückt. Was gibt es denn da noch zu überlegen? Mit dreitausend Euro bezahlt ihr nicht nur euren Flug, davon könnt ihr die erste Zeit in Kanada auch leben."

„Zeig mir erst die Kohle."

Winkler zeigte dem Jungen die Scheine.

„Gib uns das Geld, und ich mach's." Darius zog seinen Anorak aus.

Der Mann winkte ab. „Oh nein, so läuft das nicht! Erst tauchst du, dann gibt Melanie mir noch ihr Handy mit dem Foto von mir, und ihr bekommt im Gegenzug das Geld."

Darius baute sich vor dem wesentlich kleineren Winkler auf. „Wenn du versuchst, uns auszutricksen, Alter ..."

„Bist du verrückt? Gegen dich habe ich doch keine Chance. Aber wenn du nicht willst ... Melanie, gib mir dein Handy, und ihr kriegt zweitausend Euro."

„Halt! Ich mach es." Der Junge zog die Schuhe und seinen Rollkragenpulli aus und betrat das Eis.

„Nicht, Darius! Zweitausend reichen doch auch." Die Stimme des Mädchens klang weinerlich. Darius beachtete sie nicht. Er stand nun auf der Eisfläche direkt vor dem Eisloch und schaute hinunter. Er begann zu zittern, drehte sich noch einmal kurz um. „Wehe, du gibst uns nachher das Geld nicht. Du weißt, was dann passiert."

Winkler hatte rote Flecken auf den Wangen. „Ja ja, und nun spring endlich!"

„Nein, Darius ... tu's nicht. Bitte ..."

Aber der Junge holte einmal tief Luft, ließ sich in das Wasser gleiten und verschwand in der Dunkelheit.

„Darius! Darius!" Melanies Stimme überschlug sich fast. Sie lief auf das Eis und zog sich die rote Winterjacke aus.

„Was machst du da?"

„Wenn er wieder auftaucht, friert er, dann gebe ich ihm meine Jacke."

Winkler lachte höhnisch. „Wenn ... liebste Melanie. Wenn er wieder auftaucht." Er ging in die Hocke.

Katja Sommer spürte, wie ihre Hände feucht wurden. Sie wusste, was jetzt kam, sie hatte den Film ja schon einmal gesehen.

„Jetzt pass mal schön auf, Mutters Süße, was ich für dich habe."

Mit verständnislosem Gesichtsausdruck sah Melanie, wie Winkler sich bückte, er griff einen Bindfaden. Ihr Blick wanderte erneut suchend auf das Eis. „Wo ist Darius? Er muss doch jeden Moment wieder auftauchen. Oder?"

„Sag mal, Mutters Süße, kannst du nicht hören, was man dir sagt? Du sollst aufpassen."

„Gott, was machst du da?"

Er zog an dem Bindfaden, die kleinen Augen mit dem stechenden Blick starrten fasziniert auf das Eis. „Schau hin!" Seine Stimme war heiser geworden. „Schau ganz genau hin!" Er zog den Bindfaden zu sich ran, Stück für Stück, immer schneller.

Melanie kreischte. „Was ist das? Wieso bewegt sich das Loch? Ein Eisloch kann sich nicht bewegen."

In rasantem Tempo kam das hintere Loch auf das Ufer zu. Sie schaukelte ihren Oberkörper hin und her, sie schrie. „Nein! Nein! Nein! Das kann nicht sein." Sie schloss für einen kurzen Moment die Augen.

„Hier für dich!" Winkler berührte ihre Wange mit einem schwarzen Tuch.

Sie riss die Augen weit auf. „Ein ... ein Filzlappen? Es war nur ein Filzlappen? Es gibt gar kein zweites Eisloch! Darius! Darius! Darius!"

Ihre Stimme wurde immer lauter und schriller. Blut lief aus ihrer Nase, über ihren Mund und das Kinn, tropfte auf den Pullover.

Winkler schaute von dem Eisloch, das er fasziniert beobachtete, zu Melanie. „So, du hast nun zwei Möglichkeiten. Du kannst die Polizei rufen, aber bis die hier sind, ist dein Freund tot, und ich bin längst über alle Berge." Er ging einen Schritt zurück und ließ den schwarzen Filzlappen achtlos fallen. „Oder du springst hinterher und holst ihn heraus, denn nur du weißt, wo sich der einzige Ausweg aus der tödlichen Falle befindet."

Das Mädchen sah ihn mit panischem Blick an. „Du bist verrückt, vollkommen irre." Sie wollte weglaufen, doch Winkler hielt sie am Ärmel fest. Sie stand nun ruhig, begann zu würgen und übergab sich. Dann begann sie, um sich zu schlagen. „Du Schwein, du elendes Schwein. Darius! Darius! Komm zurück! Das ist eine Falle!"

„Unter Wasser kann er dich nicht hören." Er versuchte, die Schläge des Mädchens abzuwehren. Melanie kämpfte weiter, wollte von ihm wegkommen. Mittlerweile hatten sie die Holzbank erreicht. Der Mann zog unter der hölzernen Sitzfläche einen kurzen, dicken Ast hervor. Den Moment der Unaufmerksamkeit nutzte Melanie, um sich loszureißen. Sie lief ein paar Meter und stolperte. Als sie wieder aufstehen wollte, war Winkler bereits hinter ihr und schlug ihr den Knüppel auf den Kopf. Melanie sackte in sich zusammen, Winkler schloss für einen Moment die Augen. Dann hob er den leblosen Körper hoch, legte ihn sich über die Schulter und schleppte ihn schwankend bis zum Eisloch. Kopfüber stieß er Melanie in das Wasser.

Einen Moment lang blieb er stehen und schaute in das dunkle Loch. „Kanada! Pah!"

Er wischte sich mit dem Handrücken über das schweißnasse Gesicht. Dann hob er die einzelnen Kleidungsstücke auf und untersuchte die Jackentaschen des roten Winteranoraks. Mit lächelndem Gesicht zog er das Handy heraus. Er verstaute es in seinem Rucksack, holte eine Thermoskanne und ein Butterbrot daraus hervor und setzte sich auf die Bank. Sein Gesichtsausdruck war gelöst und zufrieden, als er sich etwas Leberwurst von seinem Zeigefinger ableckte.

Katja räusperte sich. Sie war froh, dass der Film endlich zu Ende war. „Theo Winkler ist bindungs- und beziehungsunfähig und somit außerstande, Gefühle anderer Menschen nachzuempfinden oder sich in sie hineinzuversetzen. Er interessiert sich nur für sich selbst, versucht aber so unauffällig wie möglich zu leben. Die Nachbarn, die wir befragt haben, empfanden ihn als eine harmlose Nervensäge und gingen ihm meist aus dem Weg."

Sie setzte sich zu Widahn und den anderen Kollegen der Mordkommission an den Tisch. „Aber er hat eine Leidenschaft, der er ihm Verborgenen nachgeht. Er ist ein Voyeur und absolut triebgesteuert. Wir wissen mittlerweile, dass der stille freundliche Mann in seiner Freizeit von Usedom bis Hiddensee die Ostsee entlang gefahren ist, immer auf der Suche nach Pärchen, die sich liebten. Diese Momente hielt er für sich auf Video fest und konnte sie zu Hause, wann immer ihm danach war, in Ruhe noch einmal erleben und dann noch einmal und noch einmal."

„Aber wieso dann Melanie und Darius?", fragte Heinrichsen. „Die beiden passen doch gar nicht in das Bild!"

Widahn nickte. „Melanie und Darius waren ja kein normales Pärchen, das sich liebte, sondern sie waren Geschwister. Er wusste das, sie nicht. Das gab ihm Macht, die er wohl sehr genoss. Aber durch sein intimes Wissen über sie, fühlte er sich auch mit ihnen verbunden. Wer weiß, vielleicht waren sie ihm sogar Familienersatz?" Widahn ging zum Fenster, zog die Sonnenjalousie hoch. Auf den Bahngleisen rollte ein Güterzug vorbei. Die späte Nachmittagssonne schien direkt in den Raum. „Wir haben in Winklers Kellerraum Melanies Handy gefunden, und auf ihm war ein Foto abgespeichert, das ihn in eindeutiger Haltung vor dem Versteck der beiden zeigt. Keine Ahnung, wie ihnen dieser Schnappschuss gelungen ist."

„Egal", warf Katja ein, „jedenfalls hatten die beiden einen Beweis und konnten ihn damit erpressen."

„Bis zu diesem Zeitpunkt war er davon überzeugt, dass er sich an dem Verhältnis der beiden langfristig erfreuen würde. Niemand würde Darius und Melanie die Wahrheit sagen. Regina Hofer traute sich nicht aus Scham, ihr Mann Robert hatte Angst, sich lächerlich zu machen. Conelly schwieg, um seine Frau nicht zu verlieren."

„Und Darius und Melanie suchten sich das Haus am Rande der Granitz als ihr Liebesnest! Und er war immer dabei", sagte Staatsanwalt Weber.

„Ja, aber die beiden wollten nach Kanada, haben wir von Carmen erfahren. Ihnen fehlte nur das Geld. Als sie Winkler vor ihrem Versteck entdeckten, witterten sie ihre Chance."

„Und natürlich war Winkler wütend und enttäuscht", schloss Vohwinkel aus dem Gespräch. „So dachte er sich für sie ein ganz besonders makaberes Spiel aus."

Katja nahm an dem ovalen Tisch Platz. „Er besaß so viel Hintergrundwissen über die beiden, dass er wusste, wie er Darius am besten locken konnte, und seine Rechnung ging ja auch auf."

Widahn sah die Betroffenheit in den Gesichtern der Kollegen und des Staatsanwaltes. „Und er hat Spaß an seinem Spiel gefunden, er suchte sich ein neues Opfer. Regina Hofer! Er wollte sie wohl in den Selbstmord treiben. Wahrscheinlich hat sie ihn nicht immer gut behandelt. Darauf konnte er schon einmal empfindlich reagieren, wie unsere Recherchen im Hotel Pelikan ergeben haben."

Katja steckte die Hände in die Jeanstasche und zuckte mit den Schultern. „Und nach der Hofer wäre vielleicht Ian Conelly dran gewesen. Möglicherweise auch Robert Hofer."

Staatsanwalt Weber winkte ab. Er schlug sich mit den Händen auf die Knie, schaute einmal in die Runde. „Damit dürfen sich die Psychologen später auseinandersetzen." Er stand auf und zupfte sich die Krawatte gerade. „Hauptsache, wir haben ihn, und es ist vorbei. Gleich ist Pressekonferenz, seien Sie bitte pünktlich."

Katja blieb sitzen, während um sie herum Stühle gerückt wurden. Widahn streckte sich am Ausgang, suchte über die anderen hinweg ihren Blick und winkte ihr zu. *Kantine* formten seine Lippen.

Sie hörte einen Zug vorbeirattern und wünschte sich auf ihre Insel. Zu Hause wartete noch eine Menge Arbeit auf sie. Aber vielleicht sollte sie einfach weiterfahren, die deutsche Alleenstraße entlang mit ihren prächtigen Bäumen, deren Äste wie zum Schutz über ihrem Wagendach ineinander zu greifen schienen. In Sellin würde sie anhalten, in der Wilhelmstraße parken, am Strand entlang spazieren und am Ende auf der Seebrücke eine Kleinigkeit zu Abend essen. Einfach die Seele ein wenig baumeln lassen. Und endlich den Brief lesen, den ihr ein Kollege schon vor Stunden übergeben hatte. Die Antwort auf ihre Bewerbung!

„Leider komme ich momentan aus beruflichen Gründen hier nicht fort. Ich gebe dir Zeit bis zum Sommer, wenn du dann nicht zurück bist, komme ich und hole dich" Kais Worte fielen ihr ein. Sie wollte Gewissheit haben. Jetzt. Sofort. Sie riss den Umschlag auf und entnahm ihm das förmliche Schreiben.

DANKE

Ein Dankeschön geht an die Mitarbeiter der Touristikinformation Sellin, die keine Mühe scheuen, mir bei meinen Recherchen zu helfen.

Ebenfalls einen großen Dank an Herrn Professor Dr. Karl-Ewald Tietz von der Ernst-Moritz-Arndt-Gesellschaft, der so freundlich war, für mich auf die Suche nach der genauen Quelle zu der Sage *Das Schloss im Schwarzen See* zu gehen. (Nachzulesen in: Alfred Haas, „Rügensche Sagen“, Stettin 1922)

Last but not least einen Dank an die Rüganer/innen, die Hauptkommissarin Katja Sommer in ihrer Mitte aufgenommen haben und die jederzeit ihre Arbeit unterbrechen, ihre Türen öffnen und nie müde werden, die Autorin vor Ort mit Informationen zu versorgen.

Katjas erster Fall auf Rügen

Birgit C. Wolgarten
Und es wurde Nacht
Kriminalroman
5. Auflage 2008
Paperback, 251 Seiten
ISBN 978-3-935263-24-5

Ein paar Tage ausspannen. Katja Sommer, Kriminalkommissarin aus Köln, fährt zum Inselurlaub an die Ostsee – und wird von ihrem Beruf eingeholt. In einem Strandkorb findet man eine Tote.

Katjas Stralsunder Kollege Sven Widahn bittet um ihre Mithilfe. Ihre Ermittlungen bringen sie schnell zu der exquisiten Seniorenresidenz auf Rügen, in der die Tote einen schicken Bungalow bewohnt hatte. Aber warum musste Wilhelmine sterben?

Das Motiv bleibt im Dunkeln. Doch langsam keimt ein ungeheuerlicher Verdacht in Katja auf, der auf wenig Verständnis bei ihren Kollegen vor Ort trifft.
Hartnäckig verfolgt sie ihre Spur und erkennt erst spät, fast zu spät, wohin diese sie führt!

Wieder entwirft die Autorin ein raffiniertes Psychopuzzle, das Katja Sommer nach und nach zu einem unglaublichen Bild zusammensetzt.

Hiddensee Krimi aus dem Prolibris Verlag

Birgit Lautenbach · Johann Ebend
Hühnergötter
Inselkrimi
3. Auflage 2008
Taschenbuch, 144 Seiten
ISBN 978-3-935263-29-0

Hiddensee hält den Atem an. Die kleine Leonie ist verschwunden. Eine Entführung auf der Insel, wo jeder jeden kennt und nichts verborgen bleibt?

Inselpolizisten, Kripo aus Stralsund und eine Polizei-Hundertschaft werden in Bewegung gesetzt. Wie lange kann ein Säugling ohne seine Mutter überleben?

Gespannt und bewegt verfolgt man die dramatische Suche und fiebert mit den Betroffenen. Hier wurden beeindruckend gezeichnete Charaktere geschaffen, die man lange nicht vergisst.

Das Autorenduo Birgit Lautenbach und Johann Ebend verbringt viel Zeit an der Ostsee und auf seiner Urlaubsinsel Hiddensee. Liebevoll fangen sie in ihrem Krimi die Inselatmosphäre ein und versetzen ihre Leser gleichzeitig in Hochspannung.

Die Autoren

Birgit Lautenbach, 1948 in Hamburg geboren, und Johann Ebend, 1958 in Heidelberg geboren, arbeiten und leben seit zwanzig Jahren in der „Toskana des Nordens" zwischen Braunschweig und Wolfenbüttel.

Gleich ihr erster Kriminalroman „Das Kind der Jungfrau" wurde für den begehrten *Friedrich-Glauser-Preis (Debüt) – Krimipreis der Autoren 2005* nominiert. *Hühnergötter* ist der zweite gemeinsame Roman der passionierten Ostseefahrer und Inselkenner.

Inselkrimi im Prolibris Verlag

Antje Friedrichs, Letzte Lesung Langeoog
181 Seiten, Paperback, 8. Auflage 2008
ISBN 978-3-935263-00-9 / 11,00 EUR

Onno Tjadens erster Fall !

Bombenalarm beim Dünensingen, ein Erpresser droht, das Ostfriesenmüsli zu vergiften, aus einer Dusche am Strand fließt plötzlich Blut ... Schon reisen Gäste übereilt ab. Hauptkommissar Onno Tjaden aus Wittmund soll vor Ort die Vorfälle aufklären und wieder Ordnung in die Ferienidylle bringen. Doch schon bald nach seiner Ankunft gibt es einen Toten. Dann verschwindet jemand spurlos.

Ein ganzer Reigen skurriler Figuren begegnet uns vor der Kulisse Langeoogs: ein tollkühner Schwimmer, eine glatzköpfige Kellnerin, ein herzensbrechender Literaturpapst ... Verdächtige unter den Gästen und auch unter den Langeoogern gibt es genug. Der sympathische Hauptkommissar Tjaden stürzt sich in die Ermittlungen.

Inselkrimi im Prolibris Verlag

Antje Friedrichs, Die Langeoog-Lektion
232 Seiten, Paperback, 2. Auflage 2008
ISBN 978-3-935263-48-1 / 12,00 EUR

Tjaden muß wieder ran!

»Tjaden, Sie machen das! Sie sind doch da zuhause!«, hatte sein Vorgesetzter in Wittmund nur gesagt. Ein unbekannter Toter ist an den Strand der Insel Langeoog gespült worden. Und einiges deutet auf Gewaltanwendung als Todesursache. Und dann geschieht auch noch ein Bankraub auf Langeoog.
Der sympathische Onno Tjaden ist auf der Insel geboren und weiß, wie er ermitteln muss. Bald stellt er fest, dass der Tote Stammgast auf Langeoog war, aber nicht nur Freunde auf der Insel hatte. Der Kreis der Verdächtigen wird immer größer. Und bis Tjaden nach Miss Marple-Art alle Verdächtigen zum Showdown versammeln und die Lösung des Falles präsentieren kann, begegnen dem Hauptkommissar viele kniffelige Situationen.